IL DUCA TRADITO

(IL CLUB DEL 1797 LIBRO 3)

JESS MICHAELS

Traduzione di
ISABELLA NANNI

Tra tutti i personaggi che ho scritto, Graham è stato uno dei miei eroi preferiti. La mia speranza è che vi innamoriate di lui profondamente come fa Adelaide.

Vi ringrazio di cuore per il calore e l'entusiasmo con cui avete accolto "Il Club del 1797".

Questo libro, come tutti i miei libri, è per Michael. Non risplendo se tu non risplendi. Grazie per essermi sempre stato di sostegno.

CAPITOLO UNO

Ottobre 1810

Graham Everly, Duca di Northfield, se ne stava seduto in un angolo di una squallida taverna, con un boccale di birra inacidita in pugno. Aveva bevuto, ma non era ubriaco. Non ancora. E voleva porvi rimedio il più rapidamente possibile.

Ma prima che potesse bere un altro sorso, due uomini emersero tra la folla e si diressero verso di lui. Ewan Hoffstead, Duca di Donburrow, e suo cugino Matthew Cornwallis, Duca di Tyndale, avevano entrambi un bicchiere in mano e si scambiarono uno sguardo non molto discreto prima di riprendere posto al suo tavolo. Graham sospirò, perché sperava che i due se ne fossero già andati. Invece no, a quanto pareva.

Ma nessuno dei due aveva lasciato il suo fianco molto spesso negli ultimi due mesi. Aveva cercato di evitarli, come aveva evitato tutti i suoi amici fin "dall'incidente", come gli piaceva chiamarlo. Ma Ewan e Tyndale erano implacabili.

Come se volesse darne dimostrazione, Ewan frugò nella tasca del cappotto e ne estrasse un piccolo taccuino e una tozza matita di carboncino. Scarabocchiò per un momento mentre Graham lo osservava. Ewan era muto dalla nascita e scrivere era la sua principale forma di comunicazione con amici e familiari.

Spinse il taccuino dalla sua parte e Graham lesse le righe pulite e regolari che vi erano scritte. «*Non stare qui tutta la notte. Non rintronarti di alcol.*»

Graham spinse indietro il taccuino e lo fissò. «Grazie amico. Sai, è possibile che non sia l'alcol a rintronarmi. Potrei essere rintronato di mio senza bisogno di alcun aiuto.»

Ewan scosse la testa con un accenno di sorriso davanti a quell'autoironia, ma non c'erano dubbi sulla preoccupazione che regnava nei suoi occhi scuri.

Tyndale non sembrava meno allarmato quando si sporse in avanti e disse: «Dai, non puoi negarlo anche se la prendi alla leggera. Sono due mesi che bazzichi i pub di Londra, evitando tutti quelli che ti amano. Riconosco i segni, sai.»

Graham sussultò. Tyndale era di sicuro in grado di riconoscere i segni del dolore. Dopotutto, la donna che aveva amato era morta anni prima, e Tyndale ne era stato devastato. Un fatto che faceva sembrare molto piccoli i problemi di Graham. Ma non aveva davvero nessuna voglia di discutere di questo argomento. Era esattamente il motivo per cui aveva evitato il suo gruppo di amici per tutto questo tempo. Non voleva commiserarsi. Voleva dimenticare.

«Sono con voi due, no?» ringhiò, prendendo alla leggera l'argomento che gli altri due erano decisi ad affrontare.

Ewan scrisse qualcosa e glielo porse malamente. «*Be', noi non ti amiamo.*»

Suo malgrado, Graham iniziò a ridere e Matthew lo imitò. Per un momento, i suoi guai svanirono, ma poi tornarono a gravargli sulle spalle. E questa volta non sembrava che potesse evitare l'argomento con la stessa facilità con cui era stato in grado di evitarlo prima.

«Sentite» disse, spingendo da parte il suo boccale. «So che dovrei farmela passare. Ma Crestwood era uno dei miei migliori amici e mi ha tradito con quello che è successo con Margaret.»

L'espressione di Matthew si addolcì. «Era la tua fidanzata, Northfield. Ed è una situazione complicata visto quello che provavano l'uno per l'altra, ma a parte le circostanze, Simon non avrebbe dovuto... *prenderla* come ha fatto. Ha sbagliato.»

«*Nessuno ti biasima per il dolore che devi provare*» aggiunse Ewan. «*Ci preoccupiamo solo di come scegli di esprimerlo.*»

Graham fissò le parole sul taccuino di Ewan e sospirò. Era stato fidanzato con Margaret Rylon, la sorella di un altro del loro gruppo, per sette lunghi anni. Non l'aveva mai amata, anche se aveva cercato disperatamente di far crescere quel sentimento nel suo cuore.

Ma l'idea che Simon lo avesse tradito... Simon, che aveva considerato un fratello da quando avevano tredici anni... be', il solo pensiero lo teneva sveglio di notte. «Non si tratta di lei, sapete.»

Matthew annuì e c'era di nuovo quel barlume di tristezza nella sua espressione. «Lo so.»

«*Dobbiamo riportarti nel mondo reale*» scrisse Ewan, poi gli diede una pacca sulla spalla. «*È ora, non credi?*»

Graham si agitò. Avevano ragione, ovviamente. Si era nascosto abbastanza a lungo, era rimasto a macerare imbronciato in un angolo mentre il resto del mondo andava avanti senza di lui. Ad un certo punto doveva pur rimettersi in sesto. Doveva affrontare la società e gli amici che aveva evitato e il futuro che ora sembrava aperto e completamente diverso da come lo aveva immaginato negli anni in cui si era rassegnato a un matrimonio combinato senza amore.

«Cos'avete in mente?» chiese, lento e incerto.

Ewan e Matthew si scambiarono un sorriso prima che Ewan scarabocchiasse: «*C'è uno spettacolo che devi vedere stasera. Ne parlano tutti. Vieni con noi.*»

Graham fece un lungo sospiro. «Non so. A teatro? È un bel salto rispetto a nascondersi nei pub.»

«Ci intrufoleremo dopo gli altri» lo rassicurò Tyndale. «Nessuno verrà a sapere che sei lì a meno che tu non lo voglia. Dai. È meglio che collassare dietro una taverna e costringere me ed Ewan a portarti a casa, no?»

Graham lanciò un'occhiata a Ewan. Era un uomo massiccio, ben più di un metro e ottanta di muscoli. «Non hai mai portato niente a casa in vita tua, Tyndale, non se tuo cugino è con te.»

Mentre Ewan sorrideva, Matthew gli diede una gomitata e lanciò un'occhiata a Graham. «Significa che verrai, anche se non sarai di gran compagnia?»

Graham annuì. «Sì. Vengo.» Poi sospirò. «Almeno mi distrarrà un po'.»

Gli altri due uomini sembravano felici della sua decisione quando si alzarono tutti per lasciare la taverna, ma Graham non era dello stesso avviso. L'ultima cosa che voleva era trascinarsi a un evento pubblico dove tutti potessero giudicarlo. Per tacere di sprecare un paio d'ore a guardare uno spettacolo che probabilmente sarebbe stato terribile.

Ma dopo tutto quello che avevano fatto per sostenerlo, era in debito con i suoi amici. E dopotutto, si trattava di una sola serata.

Graham occupava il suo posto in un loggione con vista sul palcoscenico ancora buio. Sebbene lui, Ewan e Tyndale fossero entrati poco prima che si alzasse il sipario, lo stratagemma non aveva diminuito l'interesse per la sua presenza. Anche adesso sentiva su di lui gli occhi della folla in platea, li aveva sentiti sussurrare il suo nome quando si era seduto.

Le guance e il petto gli bruciavano di umiliazione e di rinnovata rabbia. Grazie a Simon, il suo *amico*, il mondo lo compativa, lo giudicava e parlava di lui. Aveva passato una vita a cercare di evitare tutto ciò che avrebbe indotto gli altri a fare proprio quelle cose, ed eccolo lì. Esattamente dove non voleva essere. Lanciò un'occhiata all'uscita dietro di lui.

«*Non scappare*» scrisse Ewan, dandogli una gomitata per costringerlo a leggere il messaggio nella luce fioca.

Graham incrociò le braccia. Apparentemente stava diventando prevedibile. «Non vado da nessuna parte» grugnì mentre si accendevano le luci sul palco e si alzava il sipario.

Si appoggiò allo schienale preparandosi ad assistere quella che sarebbe stata sicuramente una rappresentazione orribile, come lo erano molte di queste commedie. Il teatro era più un luogo per coloro che desideravano essere visti, piuttosto che per qualcosa che valesse la pena vedere. Ma con sua sorpresa, il solito frastuono del chiacchiericcio tra gli astanti svanì e tutti sembrarono prestare veramente attenzione quando una donna salì sul palco.

Graham si sporse in avanti quando l'attrice iniziò a parlare. Era bellissima, con capelli ondulati biondo miele che le ricadevano morbidi sulle spalle. Aveva una bella voce limpida che arrivava fino al soffitto. Ma quello che spiccava di più era la sua sicurezza. Mentre calcava il palco, era impossibile non osservarne ogni mossa.

«Invoco la morte» disse la donna con una voce tremante che sembrava esprimere vera emozione. «Per liberarmi da questo dolore. Annientami, ti prego. Poni fine a questa farsa di vita.»

Graham la fissò. Era davvero brava.

Rimase a guardare per un po', affascinato, poi entrò in scena un altro attore e la donna si voltò verso di lui, il viso contorto dall'emozione. L'uomo era oscurato dalla luce della sua stella. Alla fine, Graham si chinò verso Ewan e sussurrò: «Chi è lei?»

Ewan gli lanciò uno sguardo di sbieco e poi per qualche istante scrisse sul suo blocco. Quando lo consegnò a Graham, c'era scritto: «*Lydia Ford. Al momento è l'idolo del teatro londinese. Il motivo per cui tutti vogliono vedere questo spettacolo.*»

«Lydia» ripeté restituendo il taccuino al suo amico. Fissò di nuovo la donna. Aveva voltato il viso e stava guardando il loro loggione, lui in particolare, anche se poteva essere solo un gioco di luci a ingannarlo. Sapeva che lei non poteva davvero vederlo nell'ombra.

«Bellissima» sussurrò.

Accanto a lui, sapeva che Ewan e Tyndale si erano scambiati uno sguardo, ma non gli importava. Per la prima volta da quella che sembrava un'eternità, gli si era acceso in petto un vivo interesse. Il bisogno di una donna. Di *questa* donna. Lydia Ford.

E voleva incontrarla, per vedere se quel desiderio sarebbe durato più a lungo dello spettacolo.

L ydia Ford si era seduta sul divano nel camerino dietro il palco, e si era messa a rammendare un buco in uno dei suoi costumi, ridendo con la sua sostituta, Melinda Cross.

«Accidenti, Robin deve smetterla di pugnalarmi così forte in quella scena» disse Lydia scuotendo la testa. «Anche una spada di legno fa un male cane, e continua a rovinarmi l'abito. Lo fa anche con te le serate in cui interpreti tu il mio ruolo?»

«È un imbranato ma no, non mi ha mai bucato il vestito.» Melinda alzò gli occhi al cielo. «Penso che sia solo geloso che tutti vengano a teatro a vedere te, non lui.»

A Lydia si gonfiò il petto di orgoglio ai complimenti della sua amica, perché era gratificata dalle sue serate a teatro. Più precisamente, si rendeva conto di quanto fosse fortunata a essere in grado di svolgere quel lavoro, considerato da dove veniva. I suoi due mondi non potevano essere più diversi.

Qualcuno bussò leggermente alla porta e quando entrambe si voltarono, videro il loro direttore di scena, Toby Westin, che entrava. Era un uomo alto e magro, dal carattere nervoso, con un foglio di carta coperto da una lista infinita di cose da fare. «Lydia, c'è qualcuno che desidera incontrarti.»

Lydia scosse l'abito che stava riparando prima di alzarsi in piedi. «Davvero?» chiese mentre appendeva l'indumento. Cercò di sembrare disinvolta ma fu assalita dal terrore.

Una cosa che aveva imparato nei suoi pochi mesi da stella del palcoscenico era che gli uomini accorrevano in massa dietro alle attrici. Oh, nessuno di loro avrebbe osato uscire in pubblico con una di loro, dal momento che qualsiasi signora che calcava il palcoscenico era considerata poco più di una prostituta, ma in privato erano attratti come falene a una fiamma.

Anche durante la sua breve vita da attrice aveva ricevuto diverse offerte impertinenti da commercianti e gentiluomini e le aveva rifiutate tutte nel modo più gentile possibile anche se le si rivoltava lo stomaco.

«Per favore, dicci che non è quell'orribile Sir Archibald» intervenne Melinda rabbrividendo. «Si rifiuta di lasciarmi in pace, per quanto respinga le sue avance disgustose.»

Lydia lanciò alla sua amica uno sguardo di sostegno. A nessuno piaceva quello schifoso di Sir Archibald. Era un appuntamento fisso a teatro e si spingeva dove non doveva tutte le volte che ci riusciva. Tastava il didietro delle attrici e si rendeva una seccatura per tutti ogni volta che veniva dietro le quinte dopo uno spettacolo.

«No» disse Toby con uno sguardo preoccupato per Melinda. «Sicuramente non è Sir Archibald. Hai attirato l'attenzione di un duca, Lydia.»

La giovane deglutì e la stanza iniziò a girarle intorno e le orecchie a ronzare. Usò tutto il talento che aveva e si sforzò strenuamente di non dare a vedere la sua reazione rivolgendo a Toby il sorriso che sapeva aspettarsi da lei.

«Un duca, *davvero*? Interessante.»

«Interessante?» cinguettò Melinda. «Vuoi dire redditizio.»

«Dipende dal duca» la corresse dolcemente Lydia. «Chi è quest'uomo?»

«Northfield» disse Toby, alzando entrambe le sopracciglia.

Melinda si voltò di scatto verso di lei, il suo bel viso illuminato da puro entusiasmo. «Il duca di Northfield, Lydia, mio Dio! Sai chi è, vero?» Non aspettò la risposta prima di continuare: «Prima di tutto è bello da svenire, ed è giovane. *E* ricco. Era fidanzato con una tipa e il suo migliore amico gli ha fregato la donna da sotto il naso. Da allora se n'è rimasto in disparte.»

Lydia deglutì a fatica. Sapeva tutte quelle cose. Anche se da fonti molto diverse da quelle che aveva sentito Melinda. «Da dove ti arrivano queste voci?» chiese, sforzandosi di ridere nonostante la gola inaridita.

Melinda sorrise. «A differenza di te, mi interesso di quello che succede in società, Lydia. Una donna nella mia posizione deve farlo. Ci sono molte strade da intraprendere per garantirsi la sicurezza finanziaria.»

Toby sbuffò e Lydia si allontanò quando i due iniziarono la stessa discussione che avevano almeno una volta alla settimana sulle attrici che diventavano amanti. Nonostante la sua avversione per Sir Archibald, Melinda non era contraria all'idea di diventare l'amante di un uomo importante. Incoraggiava sempre Lydia a considerare la stessa soluzione.

Ma Melinda parlava così solo perché non sapeva la verità. La verità che Lydia proteggeva gelosamente e teneva nascosta a tutti i costi. Ma ora che il Duca di Northfield desiderava incontrare Lydia, tutti i suoi sforzi sembravano sospesi sull'orlo di un precipizio. Il duca poteva distruggere non solo questo mondo, ma anche l'altro che lei frequentava regolarmente perché se fosse stato in una stanza con lei avrebbe potuto *vederla*. Una cosa era vederla sul palco, da lontano, con luci intense che la facevano sembrare qualcosa che non era.

Ma da più vicino, Northfield avrebbe potuto vedere il segreto che cercava di preservare ogni volta che scendeva dal palcoscenico.

Quel segreto era che lei *non* era Lydia Ford. Lydia Ford non aveva un domicilio, non aveva una famiglia, non aveva passato né futuro. Lydia Ford non esisteva. Non era *mai* esistita, se non per qualche ora a settimana a teatro. Era stata inventata di sana pianta, uno stratagemma necessario per consentirle di fare quel che le pareva senza temere recriminazioni per la vera lei.

La *vera* lei. Chiuse gli occhi. Oh, la vera lei era completamente diversa dalla famosa attrice così sicura di sé sul palcoscenico. Era una donna che non notava nessuno, nemmeno abbastanza da rendersi conto che tre volte alla settimana se ne sgattaiolava da casa di nascosto per diventare l'attrice più celebre della città.

In realtà, lei era Lady Adelaide, la timida figlia nubile del conte di Longford, da tempo deceduto.

«Ti senti bene?» le chiese Melinda inclinando la testa di lato.

Adelaide sobbalzò. Stava per fare un passo falso se la sua amica riusciva a percepire la sua preoccupazione. Rispose con un sorriso smagliante. «Ma certo.»

«Allora, accetti di incontrarlo?» insistette Toby.

Adelaide fissò le mani che aveva stretto davanti a sé. Tremavano. Come poteva uscirne? «Non sono sicura che sia saggio. Perché non fargli incontrare Melinda?»

Toby scosse subito la testa e si accigliò ancora di più. «È stato chiaro su quello che voleva e non sembra il tipo di uomo cui opporre un rifiuto. Vuole incontrare *te*, Lydia, non si riterrà soddisfatto altrimenti. Ho la sensazione che avrebbe fatto direttamente irruzione qui dentro se gli avessi detto di no.»

Adelaide sospirò. Era probabile che Toby avesse ragione. Era stata in società tutta la vita, aveva conosciuto molti uomini di potere e rango. E aveva avuto tutto il tempo per osservare anche Northfield, perché era difficile ignorarlo. In una stanza piena di uomini nella media, lui era... una spanna sopra. Forse erano i suoi penetranti occhi azzurri o la severità della sua espressione o il fatto che ballava raramente, anche con la dama che una volta era stata la sua fidanzata.

Qualunque cosa fosse, Toby aveva ragione a dire che Northfield *non* era tipo da accettare rifiuti.

Si guardò allo specchio. Si era cambiata e ora indossava un abito semplice, ma non si era ancora tolta il trucco da palcoscenico e aveva i capelli sciolti. Sembrava ancora Lydia piuttosto che l'insignificante, timida Adelaide. Forse Northfield non l'avrebbe riconosciuta.

Comunque, il duca non le aveva quasi mai rivolto la parola in società. Là, *lei* era un moscerino e *lui* era un dio.

«È un bene che io abbia ancora un aspetto presentabile» disse con un sospiro. «Sì, certo, fallo entrare.»

Toby andò a chiamare il nobile e Melinda balzò in piedi. «Oh, Lydia! Che serata. Pensa, potresti dare una svolta alla tua vita con poche parole ben piazzate.»

Adelaide strinse le labbra. «Sono perfettamente soddisfatta della mia vita così come sono, Melinda» disse. «Non sono in cerca di una scalata sociale.»

Melinda la fissò come se avesse parlato in greco o le fosse spuntata una seconda testa. «Non cerchi una scalata sociale?»

Adelaide rise dello sconcerto della sua amica. «Santo cielo, Melinda, non ti è mai venuto in mente che forse mi piace stare sul palcoscenico e basta? Che non sto cercando di fare altro che di godermi il tempo a mia disposizione per recitare?»

«Oh be', contenta tu.» Melinda scosse la testa. «Ma continuo a dire che se non provi almeno a flirtare con quest'uomo, stai sprecando il tuo tempo, e un'occasione d'oro.»

Adelaide sospirò. «Facciamo così. Appena si rende conto che non sono altro che una timidona noiosa, lo mando da te.»

«Oh, d'accordo!» disse Melinda con una risata quando sentirono bussare di nuovo alla porta. Questa volta era un suono più duro, più sicuro di sé e Adelaide ebbe un tonfo al cuore. Era *lui*.

Melinda le lanciò un'ultima occhiata e poi aprì la porta, rivelando il Duca di Northfield. E mentre Adelaide lo fissava, cercando di non rivelare troppo, cercando di non svenire dal nervoso, il cuore le si fermò del tutto.

CAPITOLO DUE

Adelaide vide il Duca di Northfield abbassare la testa per passare sotto lo stipite della porta ed entrare nel suo camerino. All'improvviso la camera sembrò minuscola. Il duca riempiva completamente lo spazio. Era... bellissimo. Non c'era altro modo per descrivere l'uomo prestante che le si parò di fronte. Un Adone alto, dalle spalle larghe, i capelli biondi tirati indietro e legati insieme in un codino perché troppo lunghi per la moda in voga, una mascella ben definita ricoperta di peluria dovuta a ricrescita incolta e occhi azzurri del colore di un cielo senza nuvole.

La guardò dall'altra parte della stanza. I loro occhi si incontrarono e lei non riuscì a pensare a niente, non riuscì a fare nulla, non poté fare altro che restarsene lì imbambolata e ammutolita mentre lui la fissava.

Melinda, dal canto suo, non aveva questo problema. Fece una riverenza. «Vostra Grazia» disse con un tono carico di quella deferenza teatrale che normalmente si riservava alle rappresentazioni delle opere di Shakespeare.

Northfield spostò lo sguardo sulla sostituta di Adelaide, sebbene non mostrasse alcun interesse per la bella mora. «Buonasera.»

«Melinda Cross, Vostra Grazia» cinguettò Melinda, avvicinandosi e sbattendo le ciglia in modo seducente. «Sono la sostituta della signora Ford.»

«La *signora* Ford» ripeté Northfield, sollevando le sopracciglia.

Adelaide in qualche modo riuscì a mantenere un'espressione calma. Le attrici si autodefinivano tutte "signora". Era il modo migliore per mantenere un minimo di sicurezza e decoro in una professione che era disprezzata dai loro cosiddetti superiori.

«Buonasera, Vostra Grazia» disse Adelaide, facendo finalmente un passo avanti. «Sono Lydia Ford.»

«Sì, lo so» disse Northfield con un sorrisetto che gli sollevò un angolo delle labbra carnose.

Buon Dio, perché il suo cervello aveva dovuto notare che erano carnose? Ora non poteva fare altro che fissarle. E di certo il duca non aveva mai quell'espressione sul viso nelle sale da ballo dove era sempre corretto e... musone. Si poteva dire musone? Non lo sapeva nemmeno più. In ogni caso, ora aveva un'espressione... perversa in questo momento.

Melinda guardò lentamente da uno all'altra e poi sospirò. «Bene, è chiaro che sono di troppo. Passate una bella serata, voi due.»

«Non chiudere la...» cominciò Adelaide, ma Melinda uscì dalla stanza e li chiuse dentro insieme. «... porta.»

Northfield inclinò la testa. «Non volete stare da sola con me?»

Adelaide fece un bel respiro e ritornò col pensiero alla sua prima serata sul palcoscenico. Era pietrificata come adesso, ma era andata bene. Fino a quel momento Northfield non aveva dato segni di aver riconosciuto la sua vera identità. Tutto quello che doveva fare era porsi come lui si aspettava e sarebbe andata bene.

In un modo o nell'altro.

«Ci siamo appena conosciuti» rispose, sbalordita dal suono rauco della sua voce. Questo fatto l'avrebbe aiutata, ovviamente, perché era un timbro un po' diverso dal suo tono normale. Ma perché le sembrava di avere un nodo in gola? «Pensate che sia corretto che stiamo da soli insieme?»

Il duca sembrò riflettere sulla domanda. «Forse no. Ma sono stato corretto per molto tempo e mi ha portato solo...»

Si interruppe e per un breve istante gli vide un lampo di emozione sul viso. Un lampo di rimpianto, dolore e rabbia che le toccò l'anima. Conosceva molto bene tutte quelle emozioni, di persona, e considerando quello che il duca aveva passato di recente, Adelaide credeva che ne avesse tutto il diritto.

Ma non avrebbe dovuto sapere tutte quelle cose, con o senza pettegolezzi. Così sorrise. «Che cosa vi ha portato?»

«Niente» finì lui scuotendo leggermente la testa. «Niente di buono, in ogni caso.»

Le venne da rabbrividire da quanto si era fatta angusta la stanza, e si voltò per darsi un po' di spazio, almeno rispetto alla ridda di pensieri che le affollavano la mente. «Perché volevate incontrarmi, Vostra Grazia?»

Northfield ridacchiò. «Immagino di non essere il primo uomo a venire nel vostro camerino per parlarvi dopo uno spettacolo.»

Lei lo guardò da sopra la spalla e trattenne il fiato ancora una volta da quanto era bello. Stava diventando ridicola. «Sarebbe una bugia dire di sì.»

«E voi non dite bugie?» le chiese lui, stringendo gli occhi.

Adelaide si voltò a guardarlo in faccia. C'era uno strano tono nella sua voce. Nel suo linguaggio del corpo. Una tensione e una forza represse che sembravano molto... pericolose. Eppure non voleva allontanarsene.

«Cerco con tutta me stessa di non mentire» disse, anche se di per sé era una falsità.

In quel momento la sua stessa identità era una menzogna. Lydia Ford, l'attrice che quest'uomo stava... be', sembrava che la stesse braccando da una parte all'altra della stanza. Ogni volta che lei indietreggiava, lui si spostava in avanti, ed era disorientante. Ma lui stava braccando Lydia, e Lydia esisteva solo per poche ore alla settimana, poi veniva messa da parte come i costumi che Adelaide indossava e le battute che diceva.

«State arrossendo» disse Northfield con un altro mezzo sorriso. «Vi rendo nervosa?»

Adelaide deglutì e spinse leggermente indietro le spalle. «Sì, perché non sono ancora sicura del motivo per cui siete qui, Vostra Grazia.»

«Ah» fece lui, incrociando le braccia e mettendo ancora più in mostra il suo ampio petto. «Be', posso rimediare. Sono venuto per congratularmi con voi per la bella recita.»

Adelaide inclinò la testa. In società la si poteva vedere come una donna innocente, ma era una maschera tanto quanto lo era Lydia. Non era una sciocca e conosceva il motivo che spingeva gli uomini a venire dietro le quinte a parlare con le attrici.

«Pensate che sia stata brava, vero?» disse, inarcando un sopracciglio.

«Dal tono sembra che non mi crediate» commentò Northfield con una risatina.

Lei scrollò le spalle. «Qual è stata la vostra battuta preferita tra quelle che ho detto? Cosa pensate che abbia recitato particolarmente bene?»

Il duca incontrò il suo sguardo e lei vide che aveva capito che lo stava mettendo alla prova. Con sua grande sorpresa, il duca si sporse in avanti. «La mia battuta preferita è stata quando avete detto, "Solchiamo tutti questo mondo come ombre, fantasmi. Alcuni di noi sono solo più bravi a nasconderlo.» Le lanciò un'occhiata e poi fece un passo indietro. «E siete morta in modo molto grazioso.»

Suo malgrado, Adelaide rise delle parole di Northfield e il duca si illuminò in viso come se avesse vinto qualcosa. Era divertente, perché aveva conosciuto quest'uomo per gran parte della sua vita adulta. Era impossibile ignorare lui e i suoi amici, tutti i duchi, tutti membri di un certo piccolo club esclusivo. Diamine, la sua migliore amica Emma ne aveva appena sposato uno meno di sei mesi prima.

Ma non aveva mai davvero *conosciuto* Northfield. Ne era stata solo intimidita. Ora scopriva che le piaceva. Era impossibile non farselo piacere quando il suo raro sorriso lo rendeva ancora più bello.

«Molto bene, quindi *avete* prestato attenzione allo spettacolo» concesse. «Dovete perdonarmi per aver dubitato di voi, perché la maggior parte degli uomini che vengono dietro le quinte per farmi i complimenti non sono nemmeno in grado di dirmi di cosa si trattava. Vengono a...»

«Sedurvi?» suggerì Northfield, e il sorriso svanì, sostituito da uno sguardo che si poteva solo definire *ardente*. Quell'uomo la stava spogliando con gli occhi e il punto tra le gambe cominciò a formicolarle anche se lei non voleva.

«Sì» ansimò in risposta.

Il duca le si avvicinò ancora, annullando la distanza che aveva concesso e arrivando quasi a toccarla con il corpo.

«Non fraintendetemi, signora Ford, *sono* venuto qui per sedurvi.»

Adelaide squittì. Non intendeva squittire, ma il suono le sfuggì dalle labbra prima che si rendesse conto che stava per accadere o che potesse fermarsi. Ma come avrebbe potuto evitarlo? Northfield era in piedi proprio contro di lei, con il corpo la sfiorava in un modo del tutto inopportuno, spingendola contro il tavolo da trucco e lui semplicemente... le tolse tutta l'aria dalla stanza e dai polmoni. Le cancellò tutte le proteste dalla mente standole così vicino.

Tutte quelle reazioni le rendevano evidente che era stata molto più che intimidita da lui durante gli anni in cui lo aveva visto andare in giro in società. Era stata attratta da lui. Ma mentre un uomo come Graham Everly, ricco e stimato Duca di Northfield, non si sarebbe sprecato a guardare due volte Adelaide Longford, zitella figlia di un conte di minor rango e defunto da tempo, stava rivolgendo più di uno sguardo a Lydia Ford.

E in quel momento le piaceva come non mai essere Lydia Ford.

«Pensate di riuscirci?» sussurrò, scioccata dalle parole civettuole che le uscivano facilmente dalle labbra. «Pensate di avere successo dove tutti gli altri uomini che sono venuti qui hanno fallito?»

Il duca sorrise di nuovo. «Ah, una sfida. Ho sempre... accettato le sfide, signora Ford. Lydia.»

Le tremavano le mani, e si appoggiò di nascosto al tavolo dietro di lei per non perdere l'equilibrio. Quella sera era Lydia, un personaggio che aveva creato in modo da poter fare ciò che desiderava. E Lydia era audace e sicura di sé là dove Adelaide non lo era. Doveva *essere* Lydia. Che male c'era? Questa era solo una sua fantasia passeggera. Avrebbero flirtato un po' e sarebbe finita lì.

Solo che Northfield non stava più parlando o flirtando. Si stava facendo avanti e all'improvviso una delle sue cosce massicce e muscolose premette contro le sue gonne, poi ancora più avanti. Le sfiorò il petto con il suo. Allungò un braccio e le fece scivolare la mano lungo la linea della mascella, fin su ai capelli. Era la prima volta che la toccava ed era scioccata dal caldo formicolio che emanava dalla punta delle dita e che le attraversava tutto il corpo facendola rabbrividire.

Le inclinò la testa all'indietro, costringendola ad alzare lo sguardo sul suo bel viso. «Sto per baciarti, Lydia» le promise, muovendo la bocca verso la sua. «A meno che tu non mi dica di non farlo.»

Adelaide deglutì a fatica. Avrebbe dovuto dire di no. Stava per farlo, come sarebbe stato corretto, *giusto* fare. Perché conosceva già che conseguenze comportava arrendersi ai desideri, dimenticare se stessi.

Solo che la sua bocca non riusciva a formare le parole. Il suo corpo non riusciva ad allontanarsi. Rimase lì, in silenzio a guardare le labbra carnose di quell'uomo che scendevano sulle sue. E poi la baciò.

All'inizio fu solo un contatto di labbra appena percettibile, tenero, perfino un po' esitante. Adelaide sentì la sua barba contro il mento, morbida. Chiuse gli occhi e smise di pensare, smise di contrattare con se stessa, smise di combattere tra Adelaide e Lydia. Ma poi lui aumentò la pressione della bocca, le inclinò leggermente la testa con la mano e le mancò il fiato quando le labbra di lui si aprirono.

Northfield ne approfittò e fece scivolare la lingua oltre le sue labbra. Il mondo evaporò. Adelaide gli mise le mani sulle braccia, aggrappandosi ai suoi bicipiti, ed emise un suono gutturale e affamato di piacere.

E *quanto* piacere. Quest'uomo sapeva baciare. Le infilò la lingua in bocca, accarezzandola, creando un fuoco di passione che lei raramente lasciava bruciare perché la spaventava. Ma eccolo lì, che esplodeva senza controllo mentre il duca le faceva scivolare una mano intorno alla vita e la attirava con forza contro il piano inflessibile del suo corpo imponente.

Adelaide lo lasciò intrecciare la lingua con la sua mentre quel fuoco le pulsava nelle vene, le scendeva lungo gli arti, mandandole in fiamme i capezzoli inturgiditi, le parti intime formicolanti, le ginocchia tremanti.

Il duca emise un forte gemito gutturale e la sollevò sul tavolo dietro di lei, posandole il sedere sul bordo e appoggiandosi a lei con tutto il suo peso. Lei gli affondò le dita nelle spalle mentre si beava di quel suono. Era un suono di resa, di abbandono completo.

Il Duca di Northfield si abbandonava a *lei*.

E anche a lei mancava poco alla resa. Il duca usò la coscia per aprirle le gambe e ci si mise in mezzo, aggrovigliandole l'abito e facendole sentire la spinta dura e insistente della sua erezione contro il ventre. Spalancò gli occhi mentre lui continuava a baciarla, perché era un uomo imponente sotto tutti i punti di vista.

Quando le mani del duca iniziarono a muoversi, le si svuotò di nuovo la mente. Le prese l'anca, poi le fece scivolare le dita lungo il fianco finché non le sfiorò il seno con i polpastrelli. Si inarcò contro di lui, assalita dalle sensazioni quando lui le sfiorò il capezzolo sensibile con il pollice.

Northfield le sorrise contro la bocca e si ritrasse, mentre i loro ansimi risuonavano all'unisono nella stanza silenziosa. Sostenne il suo sguardo, costringendola ad annegare in quel suo azzurro marino, mentre continuava a far roteare il pollice intorno alla protuberanza. Un piacere elettrico, caldo e pesante, le rimbalzò attraverso il corpo fino a farle sfuggire un grido mentre gli sobbalzava contro abbandonandosi alle sensazioni.

Le pulsava tutto il corpo, era bagnata, le tremavano le gambe al punto di temere che non l'avrebbero retta se fosse stata costretta a stare in piedi da sola. Era quest'uomo a farle queste cose, con grande facilità. Ed era chiaro che voleva di più.

Ciò che era ancora più chiaro era che gli avrebbe permesso di prendere di più. Si sarebbe arresa alle sue carezze perché il desiderio si incuneava come un martellamento persistente. E lei era impotente davanti a questa passione, davanti a lui, come non lo era mai stata prima.

Il duca abbassò di nuovo la bocca, ma un attimo prima che potesse baciarla, bussarono alla porta dietro di loro.

Entrambi si bloccarono, guardandosi negli occhi, poi il duca lentamente si allontanò da lei. Le porse una mano e lei la prese per scendere dal tavolo. Si lisciò la gonna aggrovigliata, con le guance in fiamme, mentre la realtà si intrometteva in quella fantasia selvaggia e sfrenata cui aveva dato sfogo.

«Sì?» chiese con voce aspra e roca per il desiderio e il piacere.

Toby fece di nuovo capolino nella stanza e sussultò quando vide Adelaide e Northfield in piedi insieme al centro della stanza. «Scusa Lydia, non sapevo che avessi ancora un ospite» disse, abbassando lo sguardo a terra. «Richard vuole sapere se hai intenzione di esibirti martedì.»

Adelaide deglutì, cercando di rimettere a fuoco la mente annebbiata dai baci. Normalmente faceva uno spettacolo sabato e due durante la settimana, partendo dal presupposto di riuscire a svignarsela. Alla maggior parte delle attrici non era permesso quel tipo di indipendenza per scegliere il proprio programma, ma la sua popolarità le aveva concesso una certa libertà. Una cosa positiva, dal momento che era un grosso problema sgattaiolare via da casa e sfuggire agli occhi attenti della sua tutrice, sua zia.

«Va… va bene» rispose con un filo di voce. «Martedì.»

«Bene» disse Toby, prendendo nota su un pezzo di carta. «Be', ci… ci vediamo allora. Buonanotte, Lydia.»

Lei annuì e Toby le lanciò un'ultima occhiata mentre richiudeva la porta. Adelaide sentì Northfield osservarla mentre si allontanava da lui. Sentì il calore di quello sguardo e le promesse che racchiudeva. E una gran parte di lei voleva ricominciare da dove erano stati interrotti.

Ma era tornata la realtà, non solo la realtà di dove si trovavano e la posizione in cui si trovavano... ma la realtà di chi era veramente. Non poteva arrendersi alla passione con il duca di Northfield. Era sciocco anche solo pensarci.

«Stai aggrottando la fronte» disse Northfield con voce bassa e seducente.

Lo guardò da sopra la spalla e il cuore le balzò in petto. Dio, voleva tornare da lui, sollevarsi contro il suo petto e gettare al vento ogni cautela. Ma represse quella parte audace di sé e scosse la testa.

«Sto solo ricordando la realtà, Vostra Grazia. E dove sono.»

Inclinò la testa. «Se la posizione in cui ti trovi è un problema, ho una soluzione.»

Si voltò lentamente verso di lui. «E sarebbe?»

«Torna a casa con me» le suggerì. «E continuiamo quello che abbiamo iniziato.»

Adelaide esitò. Quello che le stava offrendo era scioccante per Lady Adelaide, dama beneducata dell'alta società. A Northfield non sarebbe mai venuto in mente di dire una cosa del genere a *lei*. Ma all'attrice Lydia Ford? Be', perché non offrirle una notte di peccato e passione? Quante attrici di sua conoscenza avevano una tresca con uomini come lui?

Ma lei *non* era veramente Lydia. E arrendersi alla passione che le aveva offerto era pericoloso per la sua vita reale. Così scosse la testa anche se le costò un grande sforzo.

«Non... non credo sia il caso, Vostra Grazia» sussurrò. «Mi sono lasciata trasportare un attimo fa, ma ho rimesso la testa a posto e penso che sarebbe meglio se vi porgessi semplicemente i miei ringraziamenti per i complimenti che mi avete fatto per la mia interpretazione e vi dicessi buona notte.»

Il duca spalancò gli occhi, come se fosse sorpreso dalla sua risposta, e lei trattenne il respiro aspettandosi che si arrabbiasse. Che insistesse, come facevano in tanti quando non ottenevano ciò che volevano. I Sir Archibald di tutto il mondo usavano il loro potere per esercitare controllo, e di sicuro il Duca di Northfield ne aveva molto di più da sfruttare rispetto alla maggior parte degli altri.

Ma invece la sua bocca prese la piega di uno di quei mezzi sorrisi attraenti e annuì. «Molto bene, Lydia. Ti auguro buona notte. Per adesso. Ma penso che entrambi sappiamo che abbiamo una questione in sospeso.» Si avvicinò alla porta e l'aprì, lasciando entrare l'aria nella stanza. La salutò con un cenno del capo. «Attenderò con impazienza il nostro prossimo incontro.»

Poi se ne andò, lasciando Adelaide ad accasciarsi contro il tavolo dove l'aveva insidiata. Lasciandola a meditare sulle sue parole. Il loro prossimo incontro avrebbe potuto essere dove il duca non se lo aspettava. E poteva solo sperare che questa notte non avrebbe distrutto tutto ciò che aveva costruito con cura per proteggersi.

CAPITOLO TRE

Graham si guardò intorno per osservare le coppie che piroettavano nei loro abiti eleganti e trattenne a malapena un sospiro. Non era stato a un ballo da mesi, dal tradimento che lo aveva fatto precipitare in se stesso. Adesso si sentiva a disagio, soprattutto perché sembrava che l'intera stanza fosse determinata a fissarlo. A giudicare. A mormorare.

Tyndale gli si avvicinò e gli porse da bere. «Ecco, per darti forza.»

Graham scosse la testa. «Dubito che una bevanda annacquata possa dare qualsiasi cosa» disse, anche se accettò l'offerta prima di tornare a guardare la folla. «Non voglio restare qui.»

Tyndale si voltò verso di lui, con un'espressione di genuina gentilezza e comprensione negli occhi verde scuro. «Lo so, amico. Davvero. Dopo la morte di Angelica, tornare in società fu una vera tortura. La perdita era ancora fresca e le dicerie la amplificavano. Ma ti assicuro che le cose miglioreranno quanto più esci.»

Graham fece una smorfia. «Deve farti star male sentirmi lamentare di Simon e Meg rispetto alla tua perdita.»

Tyndale aggrottò la fronte e allungò una mano per stringere il braccio di Graham. «Non è una gara a chi soffre di più. Hai diritto ai sentimenti che provi. È solo che non voglio vedertici affogare.»

Insieme si guardarono di nuovo intorno e per un attimo restarono entrambi in silenzio. Poi Tyndale lo guardò con la coda dell'occhio. «Perché hai deciso di uscire stasera?»

Graham si agitò. La risposta era inaspettata e complicata. Dopo il suo incontro impulsivo e appassionato con Lydia Ford a teatro, la vita gli era sembrata un po' meno... cupa. E quando Tyndale lo aveva spinto a venire al ballo, l'invito gli era sembrato meno orribile delle prime venti volte che un amico ben intenzionato gli aveva chiesto di tornare in società.

«Semplicemente mi sembrava ora» disse con un sospiro. «Non posso nascondermi per sempre, no?»

Tyndale stava per rispondere, quando ci fu un brusio legato a un trambusto all'ingresso della sala da ballo. Entrambi si voltarono, e tutto nel mondo di Graham rallentò di colpo. C'era una coppia sulla soglia e il maggiordomo li stava annunciando ai convitati.

«Il Duca e la Duchessa di Crestwood» si sentì.

Graham fissò Simon e Meg che entravano in sala. Simon stava sorridendo, quel sorriso luminoso e malizioso che aveva avuto dal primo momento in cui Graham lo aveva incontrato. Luce rispetto alla sua oscurità quando erano ragazzi. Gli si strinse il cuore mentre i ricordi di tutti i momenti felici che avevano condiviso lo assalivano, ricordandogli quanto erano stati amici. Facendogli desiderare di poterlo essere di nuovo, anche se il tradimento di Simon bruciava ancora.

Meg si teneva al braccio di Simon, il viso illuminato di pura felicità. Non vedeva la sua ex fidanzata dal giorno in cui avevano messo fine al loro fidanzamento e lui aveva lasciato la casa di suo fratello James per tornare a Londra.

Non vedeva Simon da poco tempo dopo, quando erano quasi arrivati alle mani da White.

«Cristo» mormorò Tyndale, interrompendo i suoi pensieri. «Mi dispiace, Northfield, non avevo idea che sarebbero stati qui stasera.»

Graham deglutì a fatica, gli era venuto un nodo in gola. C'era una parte di lui che voleva fuggire dalla stanza. Ma sentì addosso tutti gli occhi del mondo in quel momento. O almeno era quella la sensazione. La stanza lo stava osservando con più attenzione e sussurrando ancora più forte di quanto non avessero fatto quando si erano resi conto che era venuto alla festa.

Se fosse andato via... be', avrebbe ingigantito lo scandalo causato dall'imprudenza di Simon e Meg. Ne avrebbero sofferto tutti.

In quel momento, Simon guardò dall'altra parte della stanza e incontrò gli occhi di Graham. Sul volto sconvolto del suo amico passò un lampo di dolore e di rimpianto, e a Graham si rivoltò lo stomaco. Non voleva parlare con Simon. Non qui. Non adesso. Non ancora.

«Devo... devo muovermi» mormorò Graham, più a se stesso che a Tyndale. Non attese la risposta del suo amico, ma scappò in mezzo alla folla, in un cieco tentativo di fuggire da quella situazione e dai sentimenti che gli suscitava.

Doveva trovare qualcosa da fare, qualcosa con cui tenersi occupato per non essere disturbato, avvicinato, interrogato, messo a nudo. E mentre si aggirava per la pista da ballo, gli venne un'idea.

Doveva ballare. Lo faceva raramente, non gli era mai piaciuto, ma ne era capace. E mentre ballava, non poteva essere disturbato.

Ma il problema era trovare la partner giusta. Esaminò i volti che lo guardavano dai lati della sala da ballo. La maggior parte delle donne era a caccia, in cerca di mariti o di una ricca miniera di pettegolezzi. Ballare con una di loro non avrebbe migliorato la situazione, l'avrebbe piuttosto peggiorata, perché era certo che avrebbero cercato di confortarlo, pungolarlo e spingerlo a confidarsi.

Non voleva confidarsi. Voleva solo ballare in silenzio.

Così rivolse la sua attenzione alle damigelle ancora nubili, che normalmente se ne stavano zitte lungo la parete a fare da tappezzeria. Stasera sembrava essercene solo una al suo solito posto, una donna dai capelli biondo scuro tirati indietro in un semplice chignon che le donava un'aria austera. Indossava occhialini dalla montatura scura e un abito informe dalla scollatura alta.

Lady... Dio, come si chiamava? Scandagliò la sua mente confusa e infine trovò il nome che cercava.

Adelaide. Avrebbe ballato con Lady Adelaide. Di certo non poteva derivarne alcun male. Così concentrò la sua attenzione su di lei e si diresse verso la sua preda.

Adelaide aveva osservato il melodramma sociale che si era svolto davanti a lei con orrore ed empatia al punto da sentirsi mancare il fiato. All'inizio, quando aveva visto Northfield entrare nella sala da ballo con il duca di Tyndale, si era fatta prendere dal panico. Il ritorno in società del duca così presto dopo il loro incontro a teatro era stato tutt'altro che casuale, e lei era terrorizzata che Northfield potesse aver capito chi era veramente e fosse venuto qui a cercarla.

Si era però resa conto ben presto che non stava cercando nessuno, certamente non lei. Aveva provato delusione e sollievo allo stesso tempo. Ma c'era stata anche una piccola parte di lei che si era sentita *orgogliosa* del duca.

Tornare ai sussurri della folla non poteva essere facile, ma li stava affrontando. E poi il Duca e la Duchessa di Crestwood erano entrati nella stanza ed era andato tutto all'aria. La gente aveva iniziato a parlare, a fissarli, e poi i due uomini si erano visti e...

Dio, era stato così difficile stare a guardare. Avrebbe voluto correre da Northfield e confortarlo, in qualche modo. Per allontanarlo dal dolore che quella maledetta situazione gli stava di sicuro causando. Ovviamente non l'aveva fatto, perché non stava a lei farlo. Northfield non la voleva, voleva un'illusione. Voleva Lydia. E lei non voleva confondere i confini tra la sua vera identità e il personaggio che aveva creato.

Così, quando il duca si era voltato per attraversare la stanza e improvvisamente il suo sguardo si era concentrato su di lei, era come se il mondo si fosse fermato. I suoi occhi erano così luminosi e aveva domato i suoi lunghi capelli con un codino e si era accorciato la barba, anche se non l'aveva rasata. Era... splendido. E ora l'aveva quasi raggiunta e stava diventando sempre meno probabile che non fosse lei il suo obiettivo nella stanza.

«Oddio» mormorò quando la raggiunse. *Merde.*

Northfield si fermò davanti a lei e le sorrise, ma non era uno di quei mezzi sorrisi sensuali che aveva fatto a Lydia due notti prima. No, questo era qualcosa di falso e forzato, e non l'aveva nemmeno guardata negli occhi. Ma aveva un così buon profumo, santo cielo! Sapeva di cuoio. E non indossava nemmeno niente di cuoio.

«Buonasera, Lady Adelaide» le disse.

Deglutì al suono della sua voce profonda. Le ricordò ancora una volta quei momenti rubati nel suo camerino, e tutto quello a cui riusciva a pensare era il corpo del duca che si muoveva contro il suo.

«Vo... Vostra Grazia» riuscì a squittire.

Northfield concentrò lo sguardo su di lei mentre la guardava in viso e il cuore le smise di battere. Aveva riconosciuto la sua voce? Stava intuendo chi era adesso?

Ma poi il duca scosse la testa e disse: «Sono venuto a chiedervi l'onore di un ballo, milady. Se il vostro carnet non è già pieno.»

Adelaide lo fissò, con i suoi falsi sorrisi e quel suo tono eccessivamente premuroso. Tutto ciò che stava chiedendo ora era... artificiale. Non voleva lei. Voleva una via di fuga e vedeva in lei, una che di solito faceva da tappezzeria, il modo più semplice per farlo.

La stava usando. Fu assalita dal disappunto e incrociò le braccia. «Perché?»

Fu colto alla sprovvista dalla sua risposta e cominciò a balbettare: «Pe... perché?»

Lei annuì lentamente. «Sì, perché?»

Northfield sbirciò da sopra la spalla e lanciò un'occhiata al Duca e alla Duchessa di Crestwood. Adesso erano con il Duca e la Duchessa di Abernathe. La duchessa, Emma, era una delle più care amiche di Adelaide, e Adelaide poteva vedere la preoccupazione sul volto di Emma. Stavano parlando stretti tra loro ed era evidente che l'argomento fosse proprio lui.

«Perché» spiegò Northfield, e poi cambiò espressione. La finta affabilità svanì e fu sostituita da qualcosa di più reale. «Perché ho gli occhi di tutti puntati addosso, milady. E non posso scappare da questa stanza se mai desidero tornarci.»

Adelaide schiuse le sue labbra di fronte alla pura onestà di quella risposta. Smussò gli angoli più appuntiti della sua irritazione e allungò la mano. «Molto bene» disse. «Sarei felice di ballare con voi, Vostra Grazia.»

Un visibile sollievo gli attraversò il viso e le prese la mano per guidarla sulla pista da ballo. Fu attraversata da una scossa quando lui la toccò, anche se entrambi indossavano i guanti. Pensò di essere di nuovo tra le sue braccia, baciata a dovere, il suo grande corpo sodo e insistente e...

Il duca si schiarì la gola quando la musica iniziò, e lei scacciò quei pensieri come meglio poteva per concentrarsi sui passi. Si mossero insieme per un po' in silenzio, avvicinandosi l'un l'altra per poi distanziarsi nuovamente, perché Northfield aveva scelto di partecipare a un'elaborata danza campestre. Si muoveva con grazia e sicurezza, e lei si ritrovò a guardarlo di sottecchi.

«Siete bravo a ballare» disse alla fine, incapace di tenere a freno la lingua.

Il duca le si avvicinò, toccandole il palmo con il suo mentre eseguivano il passo a due. Poi si voltò e restarono a toccarsi solo con i polpastrelli. «Siete sorpresa?» le chiese.

Adelaide fece spallucce, tenendo gli occhi fissi davanti a sé piuttosto che dargli di nuovo un'occhiatina. Era quasi impossibile, perché ora la attirava in un modo molto più profondo di quanto avesse mai fatto prima. Dopotutto, adesso sapeva che sapore aveva.

«Sì, lo ammetto» disse. «In fondo, lo sanno tutti che non ballate.»

«Non mi *piace* ballare» la corresse quando si trovarono di nuovo faccia a faccia.

L'espressione del duca era un po' più rilassata ora rispetto a quando le si era avvicinato prima. Ne fu contenta, perché adesso aveva la sensazione di stare guardando lo stesso uomo che le aveva parlato a teatro. L'altro, quello che era tormentato dal disagio e dal dolore... era difficile da guardare. Almeno senza offrirgli un conforto che lui non avrebbe voluto.

Fecero una piroetta allontanandosi e tornarono affiancati, in rapida successione, e concluse la frase: «Ciò non significa che non abbia ricevuto la dovuta istruzione per diventare un ballerino provetto.»

Adelaide sospirò. «Be', logico che sareste stato perfetto nel ballo come lo siete in tutto il resto.»

Appena le parole lasciarono le sue labbra, desiderò rimangiarsele. Soprattutto quando il duca spalancò quei suoi occhi luminosi e inclinò la testa come se la stesse esaminando con più attenzione. Ancora una volta le venne un nodo allo stomaco. L'avrebbe riconosciuta? E se l'avesse riconosciuta, cosa avrebbe fatto?

Adelaide si allontanò di un passo, abbassando la testa mentre si voltava di lato, felice per una volta che i passi ridicoli e complicati della danza le impedissero di stare tra le sue braccia, dove avrebbe potuto perdere la testa. Tra le sue braccia, sarebbe potuto essere troppo chiaro che lei era Lydia.

«Non sono perfetto» disse piano il duca quando si ricongiunsero.

Non stava più guardando lei, ma aveva gli occhi rivolti verso la folla. Verso il Duca e la Duchessa di Crestwood. Seguì il suo sguardo, cercando di decifrarlo. Cercando di capire il dolore che ribolliva sotto la superficie, ma non riuscì a localizzarne la fonte. Probabilmente era solo umiliato dalle circostanze, ma forse era stato innamorato, forse era ancora innamorato, della donna che lo aveva respinto.

Un'idea che era come un pugno nello stomaco.

Northfield scosse la testa e il suo sguardo tornò di scatto su di lei. «Anche voi ballate molto bene, Lady Adelaide» le disse.

Lei sorrise e ripeté la domanda che le aveva fatto prima. «Siete sorpreso?» L'attimo di esitazione del duca fu una risposta sufficiente. Adelaide scosse la testa. «La mia scarsità di partner non ha nulla a che fare con la mia bravura, Vostra Grazia. A dire il vero, mi piace ballare.»

Ci fu un attimo in cui i lineamenti del duca furono attraversati da un'espressione di sorpresa e lei quasi rise della sua confusione. Era normale che fosse confuso. Sicuro di sé com'era, probabilmente non riusciva a capire minimamente la posizione della sua compagna di ballo.

«Dovreste farlo più spesso, allora» disse lui, a comprova del suo ragionamento.

Adelaide serrò le labbra. «Non è esattamente una mia scelta.»

Ancora una volta lo sguardo di Northfield si spostò da lei ai suoi amici. Assottigliò la bocca, quelle labbra carnose diventarono una linea di dolorosa emozione. «No. Immagino di no.»

Lei inclinò la testa, esaminandolo e restarono di nuovo in silenzio. Ora l'attenzione di Northfield continuava a tornare ossessivamente a Crestwood e a quelli che gli stavano intorno, a ogni passo i suoi occhi luminosi diventavano sempre più spenti.

E lei desiderò, ancora una volta, confortarlo in qualche modo. O almeno tirarlo fuori dalla sua nebbia. Ma non era nella posizione di poterlo fare. Perfino come Lydia, la donna che aveva quasi sedotto in un camerino, non sarebbe stata nella posizione per farlo.

Ma a lei non importava niente della sua posizione in quel momento.

«Posso farvi una domanda?»

Lui sussultò, quasi come se avesse dimenticato la sua presenza, e riportò la sua attenzione su di lei. «Fate pure.»

Deglutì a fatica prima di chiedere: «Amavate la Duchessa di Crestwood?»

Una pletora di emozioni gli attraversò il viso a quella domanda. All'inizio sembrò chiaramente scioccato che avesse osato chiederglielo. Poi sembrò addolorato e infine arrabbiato. Arrabbiato con loro. Arrabbiato con lei. Strinse gli occhi azzurri e la trafisse con uno sguardo che era sicura aveva fatto gelare il sangue nelle vene a molti avversari.

«Quasi nessuno sarebbe così audace o così sciocco da chiedermi una cosa del genere» ringhiò.

Adelaide immaginò che il tono basso avesse lo scopo di spaventarla, ma le fece solo pensare alle sue sensuali parole a teatro poche sere prima.

Sollevò il mento e si sforzò di richiamare la fiducia in se stessa che le veniva così facile quando era Lydia. «Forse no, ma mi avete coinvolto nei vostri drammi chiedendomi di ballare. Adesso tutti osservano sia me che voi. Non posso fare a meno di essere curiosa di sapere che cosa ci ha portato a questa situazione.»

Il duca sostenne il suo sguardo a lungo, poi si allontanò per eseguire alcuni passi della danza. Quando tornò a prenderle di nuovo la mano, la sua espressione si era addolcita.

«No» disse, la sua voce così bassa che era quasi impercettibile rispetto alla musica. «Non la amavo.»

Il sollievo che travolse Adelaide in quel momento fu fin troppo forte. Era come se qualcuno le avesse preso dei pesi dalle spalle e la avesse liberata dal giogo. Ma ovviamente non era così. Quest'uomo non l'aveva nemmeno riconosciuta come quella che aveva cercato di sedurre. E anche se lo avesse fatto, non c'erano promesse. Solo un incontro passionale di cui probabilmente si era pentito e che non si sarebbe mai ripetuto.

Ma sapere che non amava la bella donna che continuava a fissare le dava sollievo nonostante tutto. Si ritrovò a guardare di nuovo Crestwood e chi gli stava a fianco. La duchessa, Margaret, soprattutto. La sua bellezza era innegabile. Aveva un sorriso adorabile e occhi scuri e pieni di sentimento. Occhi che assorbivano interamente l'attenzione del suo bel marito.

C'era una sintonia potente tra loro, palpabile, anche in una stanza affollata. Se Northfield non l'aveva amata, chiaramente Crestwood invece sì. E lei lo amava a sua volta.

«Sembrano felici» mormorò Adelaide.

Northfield le strinse la mano e si accigliò ancora di più. «Grazie. Mi è di grande aiuto.»

Lei si voltò di scatto verso di lui. «Sto solo dicendo che se non la amavate e lui invece chiaramente sì, forse quello che è successo è per il meglio.»

Per un momento l'espressione del duca rimase indecifrabile. Poi, con sua grande sorpresa, si rilassò di nuovo. Come se fosse stato liberato, seppure solo un poco, dai suoi guai.

«Siete molto audace» osservò, anche se non lo disse in tono di accusa.

Adelaide fece un leggero sorriso. «È una prerogativa delle zitelle.»

Il duca sollevò l'angolo della bocca in un mezzo sorriso e le palpitò il cuore. *Quello* era lo stesso sguardo seducente che le aveva rivolto qualche sera prima, quando era Lydia. Quando la voleva. Naturalmente, era del tutto impossibile in quella situazione, ma Adelaide ne avvertì comunque le conseguenze.

La musica svanì e lui le fece un inchino prima di prenderla per il braccio e iniziare a lasciare la pista da ballo. «Vi va di fare un giro in veranda?» le chiese.

Adelaide inciampò alla domanda inaspettata e lui la sostenne appoggiandole appena la mano sulla schiena. Fece dei bei respiri per calmarsi prima di voltarsi a guardarlo in faccia.

«State ancora cercando di evitare tutti quegli occhi puntati su di voi?» gli chiese, sentendoseli addosso anche adesso.

Northfield inarcò un sopracciglio. «In parte.»

«E qual è l'altra parte?» sussurrò, persa nell'intensità della sua espressione. Persa nel desiderio che ancora provava per lui anche se il duca non sapeva chi lei fosse o cosa avessero fatto.

«Mi piacciono le donne audaci» le disse piano.

Adelaide rimase a bocca aperta per la sorpresa. La sua voce interiore, quella intelligente, le gridò di dirgli di no. Le ricordò che ogni momento trascorso con quest'uomo aumentava la probabilità che i suoi segreti venissero scoperti e che la sua vita ne sarebbe stata distrutta.

Eppure si ritrovò ad annuire lentamente. «Va bene» rispose.

Il dica le porse di nuovo il gomito e lei lo prese a braccetto, poi lasciò che la accompagnasse fuori dalla sala da ballo e fuori all'aria fresca della notte.

CAPITOLO QUATTRO

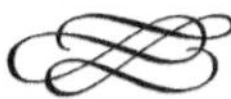

Un'emozione persistente dominava la mente di Graham mentre scortava Lady Adelaide sulla veranda, ed era una sensazione di assoluta confusione. Aveva passato le ultime ventiquattr'ore a rimuginare e fantasticare su Lydia Ford. E ora si ritrovava incuriosito da questa giovane timida e occhialuta che non avrebbe potuto essere più diversa dall'attrice sensuale e sicura di sé che aveva incontrato a teatro.

A quanto pareva, dopo che aveva nuovamente riempito il pozzo del suo desiderio, lo aveva fatto traboccare e nessuna donna era più al sicuro.

Come se avesse percepito i suoi pensieri, Adelaide si avvicinò al muretto della terrazza, nella parte in ombra e lontano dalle luci più luminose della villa. Quasi come se si stesse nascondendo da lui. Ma perché non avrebbe dovuto? Era cosciente di come si era comportato durante il loro ballo.

Il modo in cui si era comportata *lei* era molto più sorprendente.

«Sapete che sono amica di Emma» esordì la ragazza. «Cioè, la Duchessa di Abernathe.»

Graham esitò. A dire il vero, non si era ricordato di quel dettaglio. Negli anni passati non aveva prestato particolare attenzione alle giovani nubili che facevano da tappezzeria ai ricevimenti. Emma non era nemmeno apparsa nella sua visuale finché lei e James non avevano iniziato a girarsi intorno. Ma a Graham piaceva la nuova duchessa, per quanto fosse una situazione strana e tesa.

Il fatto che Emma considerasse Adelaide un'amica andava più a favore che a sfavore della giovane. Ma capiva perché glielo stesse facendo notare.

«Sì. Significa che andrete a raccontarle tutto del nostro incontro?» le domandò.

Lei lo guardò da sopra la spalla e per un istante sul viso le apparve un'espressione inaspettatamente sensuale. Poi rise. «No. Certo che no.»

Graham si sporse in avanti, cercando di capire perché quelle parole, abbastanza blande se prese alla lettera, lo colpivano allo stomaco in quel modo. Gli facevano venire voglia di avvicinarsi a lei, tanto vicino da sentirla riprendere fiato.

Era una follia.

«Raccontatemi di voi» chiese con un tono un po' troppo tagliente.

A quel punto Adelaide si girò e lo fronteggiò. Aveva gli occhi spalancati e le mani serrate davanti a sé. «Raccontarvi... di me?»

Graham incrociò le braccia. «Andiamo. Abbiamo tutti un passato. In questo momento mi chiedo come diavolo ve ne restiate a fare da tappezzeria. Siete interessante e intelligente.»

La giovane alzò leggermente gli occhi al cielo. «I due tratti distintivi di una zitella, Vostra Grazia, dovreste saperlo.»

Lui si fece avanti, solo un po'. Non abbastanza per i suoi gusti, ma abbastanza perché gli occhi di Adelaide si spalancassero leggermente nell'oscurità. «E attraente» aggiunse, sorpreso di scoprire che lo pensava davvero.

Nonostante i suoi capelli raccolti, il vestito orrendo e gli occhiali che gli impedivano di vedere bene i suoi occhi, c'era qualcosa di interessante nel suo viso affilato. Zigomi alti, labbra carnose, collo lungo e bello.

Adelaide fece un lungo passo indietro e quelle labbra carnose si assottigliarono in un'espressione corrucciata. «Che cosa state facendo?»

Graham sbatté le palpebre. La maggior parte delle donne avrebbe riso e cinguettato davanti al suo complimento, ma Adelaide sembrava davvero... arrabbiata.

«Che cosa sto facendo?» ripeté e si sentì piuttosto stupido ad aver ripetuto a pappagallo le sue parole.

Lei annuì. «Vi state prendendo gioco di me. Siete stato nelle sale da ballo con me dozzine di volte e non mi avete mai degnato nemmeno di uno sguardo.»

Graham si agitò leggermente. «Be', non sono più fidanzato adesso.»

Adelaide aggrottò la fronte e smise di tenere intrecciate le mani. Lo fissò per un attimo, due, troppo a lungo, troppo da vicino. E poi lo sconvolse quando gli girò intorno e tornò nella sala da ballo.

«Buonanotte, Vostra Grazia» gli disse da sopra la spalla, fredda e sprezzante.

Lui si voltò a guardarla allontanarsi, la guardò chiudersi la porta alle spalle e lasciarlo solo sulla terrazza. Ed era scioccato dal fatto che voleva seguirla. Prenderla per il braccio. Costringerla a continuare la loro conversazione.

E non era qualcosa che si era aspettato quando l'aveva scelta per ballare. E non era qualcosa che voleva. Niente affatto.

Adelaide aveva il viso in fiamme quando rientrò nella sala da ballo al sussurro crescente dei presenti. Dozzine di occhi si volsero dalla sua parte e la maggior parte si strinse mentre spettegolavano dietro i ventagli. Ma non erano le loro chiacchiere a farla sentire frastornata e a disagio.

Era Northfield. Il maledetto Northfield e il suo sguardo intenso e il suo profumo delizioso e il modo in cui si concentrava su una persona e riusciva a farla sentire unica, importante e bella. Ovviamente sapeva qualcosa che la maggior parte delle donne nella sua posizione non sapeva.

Poteva farlo con *qualsiasi* donna. Dopo tutto, solo un giorno prima aveva tentato di sedurre Lydia, quindi flirtare sulla terrazza con lei - la vera lei - come poteva significare qualcosa per lui? Peggio ancora, perché *voleva* che significasse qualcosa? L'interesse di quest'uomo nei suoi confronti era solo pericoloso per la sua doppia vita. La cosa migliore che poteva fare era disinteressarsi di lui in entrambi i suoi ambiti e sperare che se ne andasse per sempre.

«Adelaide?»

Si voltò e vide Emma, Duchessa di Abernathe, che stava venendo dalla sua parte. Adelaide non poté fare a meno di sorridere, nonostante il suo stato di agitazione. Lei ed Emma erano amiche da anni e avevano condiviso lunghe ore lungo la parete delle sale da ballo. E non vedeva Emma quasi da mesi ormai, per via del matrimonio con il duca, della sua gravidanza e del trambusto che ne era seguito.

Adelaide fece un passo avanti, tendendole le mani, ed Emma l'abbracciò forte, ovvero più forte che poteva visto il pancione che si frapponeva tra loro.

Adelaide rise quando si separarono e lasciò che una mano scivolasse sulla sporgenza. «Tra poco dovrai stare a casa, ad aspettare la nascita della palla che hai in pancia.»

Emma sorrise, e sembrava così felice che Adelaide stentò a riconoscere in lei l'amica affettuosa ma ansiosa su cui aveva contato a lungo.

«Qualunque cosa ci sia qui dentro, si muove troppo per essere una palla» disse Emma. «Ma sì, ancora pochi altri eventi e poi me ne resterò a casa qui a Londra. James insiste a non tornare in campagna, così sarò vicina ai medici.»

Emma si diede un'occhiata alle spalle e Adelaide seguì il suo sguardo verso il bellissimo Duca di Abernathe. Era una persona che metteva soggezione, perché era adorato da tutti per il suo carisma. Eppure Emma non solo lo aveva accalappiato come marito, ma lo aveva fatto innamorare di lei profondamente, a giudicare dalla sua espressione da cucciolo.

«Quell'uomo stravede per te», sussurrò Adelaide. «Allora le voci sono vere.»

«Sì» disse Emma con un sorriso soddisfatto. «L'ho stregato, anima e corpo, come ha fatto lui con me. È davvero un matrimonio d'amore, e non potrei essere più felice.»

Adelaide ignorò la fitta di gelosia che la colpì in quel momento e strinse la mano dell'amica. «Nessuno lo merita più di te, Emma. Nessuno al mondo.»

«Be', ci sei tu» suggerì Emma. «Sono così felice di vederti. E mi dispiace tanto che con tutta la fretta e il trambusto degli ultimi mesi non sono riuscita a vederti prima.»

«Sai che mia zia non mi avrebbe mai permesso di venire ad Abernathe per il tuo matrimonio, anche se avessi fatto in tempo» commentò Adelaide con un sospiro.

Emma aggrottò ancora di più la fronte. «Allora è sempre la stessa.»

«Oh, zia Opal non cambia mai. È prevedibile come il sole che sorge e tramonta ogni giorno. Vuole che esca in società, ma le piace che resti ai margini. Mi monto la testa, come dice lei, e ci pensa lei a smontarmi con le sue tirate d'orecchie.»

Emma rabbrividì. «Ma non ti ha davvero... picchiato?»

Adelaide trattenne il respiro. Non molto tempo prima, lei e sua zia avevano litigato, una lite spaventosa. Su cose che Emma non sapeva. Non sulla sua carriera di attrice, perché sua zia ne era all'oscuro come chiunque altro, ma su qualcos'altro. Qualcosa di più complicato e doloroso. E nella foga del momento, sua zia l'aveva colpita così forte che Adelaide era stata costretta a disdire i ricevimenti cui era stata invitata per due settimane finché il livido intorno all'occhio non era guarito.

Ovviamente Emma era venuta a trovarla e aveva visto il risultato dell'aggressione. La sua amica non aveva mai dimenticato quel gesto violento. E Adelaide non lo aveva del tutto perdonato. Era stato in parte alla base della sua sconsiderata ribellione che l'aveva portata sul palcoscenico.

«No» rispose Adelaide con un filo di voce. «Non da quella volta.»

Emma buttò fuori il fiato con un sospiro. Poi prese Adelaide a braccetto. «Vieni a conoscere la mia famiglia, allora?» le chiese. «Sono sicura che ti piaceranno tanto quanto piacciono me."

«Certo» rispose Adelaide, lasciando che la sua amica la trascinasse da Abernathe. Ma poi le mancò il fiato. Con il marito di Emma c'erano il Duca e la Duchessa di Crestwood. Aveva pensato che si fossero allontanati, ma erano tornati a quanto pareva. Non che ci fosse da stupirsi. Dopo tutto, la duchessa era la sorella di Abernathe. Il che la rendeva sorella acquisita anche di Emma adesso.

Emma la trascinò con sé, ed era tutta eccitata quando raggiunsero il gruppo. «James, ti ricordi la mia amica Lady Adelaide?»

Abernathe rivolse ad Adelaide un sorriso smagliante e lei non poté fare a meno di trattenere il fiato. Era certamente ben messo. Non tanto quanto il suo amico Northfield, ma non si poteva negare che Emma si fosse presa un bel partito.

«Lady Adelaide» disse, prendendole la mano e portandosela un attimo alle labbra. «Che bello vedervi. Mia moglie parla sempre molto bene di voi, sono certo che diventeremo grandi amici.»

Adelaide sorrise, perché sembrava sincero. Non si stava prendendo gioco di lei: diceva sul serio, foss'anche solo per fare felice Emma. E siccome nessuno aveva passato molto tempo a fare felice Emma, Adelaide fu molto contenta di vedere che il loro era davvero un matrimonio d'amore.

«Lo spero, Vostra Grazia» gli rispose con un leggero cenno del capo. «Dopo tutto, abbiamo molto in comune visto che vogliamo entrambi bene ad Emma.»

Emma arrossì e sventolò la mano. «Santo cielo, così finirà che mi darò tante arie da gonfiarmi ancora più di quanto non sono già. Adelaide, posso presentarti anche i miei cognati, il Duca e la Duchessa di Crestwood.»

Adelaide si voltò lentamente verso le due persone che aveva cercato di ignorare e si trovò a guardare due volti sorridenti e piuttosto gentili. Il Duca di Crestwood era bello, con occhi azzurri più scuri di quelli di Northfield e un'aria maliziosa. Ma non era lui l'obiettivo principale della sua attenzione. Adelaide osservò maggiormente la duchessa.

Margaret era bellissima. Nessuno poteva dire il contrario. Capelli scuri con riflessi più chiari qua e là, occhi castano scuro e una corporatura snella e proporzionata, non c'erano dubbi sul perché questa donna fosse stata al centro della società per così tanto tempo. Ma quando Adelaide la guardò, riuscì a vedere solo il bel viso di Northfield contorto da quella fitta di dolore e tradimento quando i due avevano fatto il loro ingresso in sala.

E a quel ricordo Adelaide fu scossa da una forte avversione.

«Lady Adelaide» disse la duchessa, allungando una mano per salutarla. «Sono molto felice di fare la vostra conoscenza. Emma parla così bene di voi che mi sembra già di conoscervi.»

Adelaide prese la mano della duchessa con riluttanza e la strinse per un istante. «Vostra Grazia» la salutò con tono freddo.

Se la duchessa aveva avvertito la sua reticenza, non lo diede a vedere. Adelaide fu poi salutata dal duca, cordiale come sua moglie. Sapeva che in circostanze normali le sarebbero piaciuti entrambi.

Ma in quel momento si sentiva... esitante. No, non esitante. Non era affatto la parola giusta. Si sentiva protettiva. Nei confronti di Northfield. Un uomo che conosceva a malapena e a cui non importava niente di lei.

Era assurdo.

Il gruppo chiacchierò per un momento di cose senza importanza. Ma Adelaide non poté fare a meno di tornare ripetutamente con lo sguardo a Margaret. E notò che anche la duchessa la adocchiava, più di chiunque altro. Forse perché era l'ultima arrivata nella loro cerchia. Forse perché aveva notato Adelaide ballare con il suo ex fidanzato poco prima.

Non che avesse alcun diritto a provare alcunché a riguardo.

Adelaide aggrottò la fronte e riportò l'attenzione su Emma e stava per chiederle del suo bellissimo vestito quando si sentì il suono di qualcuno che si schiariva la gola dietro di lei. «Adelaide.»

Adelaide si irrigidì sentendo la voce di sua zia pronunciare il suo nome con lo stesso tono gelido con cui lo diceva da più di un decennio, da quando i suoi genitori erano morti e zia Opal era stata costretta ad accoglierla in casa.

Lanciò un'occhiata a Emma e vide la sua amica che le sorrideva per incoraggiarla, così si voltò lentamente. «Zia Opal» disse con falsa disinvoltura. «Eccoti qua. Posso presentarti il Duca di Abernathe, il nuovo marito di Emma, e suo cognato e sua sorella, il Duca e la Duchessa di Crestwood. "

Sua zia annuì vagamente al gruppo. «Buonasera. E buona notte, perché temo che sia ora che io e Adelaide rientriamo.»

Adelaide rimase a bocca aperta. Non erano ancora nemmeno le dieci, la festa sarebbe durata almeno ancora per qualche ora. Naturalmente, a sua zia non importava. Opal spesso si metteva in testa che la serata era finita e non ammetteva discussioni.

Emma si fece avanti prima che Adelaide potesse rispondere. «Oh, Lady Opal, non potremmo persuadervi a consentire ad Adelaide di restare? Questa è la prima volta che la vedo da molto tempo e voglio recuperare. Mio marito ed io saremmo felici di farle da chaperon al vostro posto e di riportarla a casa a fine serata.»

Opal guardò Emma dall'alto in basso lentamente, e Adelaide si irrigidì. Sua zia era capace di comportarsi in modo molto strano, come Emma ben sapeva, ma poteva anche danneggiare la posizione di Adelaide agli occhi di Abernathe, o agli occhi dei Crestwood.

«Non sono sicura di potermi fidare di voi come chaperon, Emma» disse piano Opal e lasciò scivolare lo sguardo prima su Abernathe, poi su Margaret e suo marito.

Adelaide rimase a bocca aperta. «Zia Opal!» sbottò, lanciando ad Emma uno sguardo dispiaciuto. Riusciva a stento a volgere gli occhi verso James o la sua famiglia, perché poteva già vedere la sua espressione oltraggiata e lo shock sui volti del Duca e della Duchessa di Crestwood.

«Temo di non aver inteso, milady» disse James, a bassa voce come aveva fatto zia Opal, ma con una pericolosa intonazione che indicava tutto il potere che quest'uomo avrebbe potuto esercitare se avesse voluto.

Emma gli toccò delicatamente il braccio prima di dire: «Non lascerei mai che succedesse qualcosa ad Adelaide. Credo che lo sappiate bene, milady.»

«Forse no» disse Opal scrollando le spalle, senza più toni crudeli nella voce. Se fosse perché temeva la forza sottesa di Abernathe o perché si era già sfogata, Adelaide non avrebbe saputo dirlo. «Tuttavia, per noi la serata è finita. Voi ed Adelaide avrete tutto il tempo di recuperare il tempo perduto nelle prossime settimane, poiché ho sentito che trascorrerete le ultime settimane della vostra gravidanza in città. Buonasera.»

Opal prese Adelaide per il braccio e la guidò senza tanti complimenti lontano dai suoi amici. Adelaide lanciò ad Emma uno sguardo di scuse e salutò ad alta voce: «Buona notte!»

Si divincolò dalla presa della zia mentre uscivano insieme dalla sala e la squadrò. «Perché diavolo hai fatto una scenata con i miei amici?»

Opal non disse nulla quando uscì nell'atrio e fece segno a un valletto. Rimase in silenzio mentre aspettavano la carrozza e alla fine furono aiutate a salire sul veicolo che le avrebbe riportate a casa. Solo quando furono da sole sua zia si mise a braccia conserte e lanciò un'occhiataccia ad Adelaide.

«Secondo te sarei io a fare scenate? Non faccio a tempo a voltarmi per dieci minuti che dai spettacolo.»

Adelaide strinse le labbra. «Stai parlando di quando ho ballato con il duca di Northfield?»

«Ballare sarebbe stato già disdicevole a sufficienza» disse Opal con uno sbuffo di disgusto. «Quell'uomo si trascina dietro lo scandalo come una palla al piede. Ma quello a cui mi riferivo era quando sei uscita in terrazza da solo con lui.»

Adelaide replicò indignata. «Zia Opal, ho semplicemente preso una boccata d'aria con lui. Non è raro che una coppia faccia un giro in terrazza.»

Naturalmente non aggiunse di essere stata attratta da Northfield. Né che si fosse persa in un abbandono selvaggio insieme a lui in un camerino. Sua zia probabilmente avrebbe fatto di più che colpirla se avesse conosciuto quelle amare verità.

«Ma *tu* non sei una donna come le altre» sibilò Opal. «Sappiamo già che non hai la capacità di controllare le tue tendenze da sgualdrina. Ce l'hai nel sangue. Un uomo come Northfield lo deve aver fiutato da lontano.»

Adelaide si sentì mancare il fiato. «È stato molto tempo fa, zia Opal.»

Opal distolse il viso e guardò fuori dal finestrino della carrozza nell'oscurità della strada. «Una sgualdrina sarà sempre una sgualdrina» sibilò.

Adelaide si lasciò cadere contro lo schienale e chiuse gli occhi. «Cosa vuoi da me?» chiese. «Se sono una tale delusione, perché spingermi a continuare a uscire in società? Mi sembra sempre di camminare sul filo del rasoio con te. Non troppo, non troppo poco. Non so proprio come accontentarti.»

Opal le lanciò un'occhiataccia ma non rispose, e si immerse in una delle scene mute con cui intendeva punirla. Adelaide sospirò, ma in verità fu contenta della freddezza di sua zia. Era meglio delle sue invettive. Meglio di quando le rinfacciava le delusioni del passato. Gli impulsi carnali che sembravano rinascere quando era con Northfield.

E forse quella era la ragione migliore per evitarlo da lì in poi.

CAPITOLO CINQUE

Quando Emma entrò a passò leggero in salotto il giorno successivo, Adelaide non poté fare a meno di fare un gran sorriso. Le due donne si abbracciarono e poi si accomodarono a sedere per prendere il tè, e per un attimo fu come se nulla fosse cambiato tra loro.

Se non che il pancione di Emma e la mente distratta di Adelaide mettevano bene in chiaro che erano successe molte cose. E ben presto che non si poté evitare il discorso, perché dopo un po' Emma posò la sua tazza e la trafisse con lo sguardo.

«Abbiamo parlato fin troppo di me e della mia nuova vita» disse. «Parliamo di *te* adesso.»

Adelaide si agitò. «Cosa c'è da dire? Mentre tu ti innamoravi, io sono rimasta qui a Londra, a fare quel che faccio sempre. Sono abbastanza prevedibile, sai.»

Emma alzò un sopracciglio. «Tu dici? Io non credo. Da quando ti conosco, ho sempre sospettato che tu fossi un'acqua cheta.»

Adelaide trattenne una risata. Se solo Emma avesse saputo la verità, sarebbe rimasta scioccata. Quante volte Adelaide aveva pensato di raccontarle di come si era data al teatro, di cosa l'aveva spinta a farlo... anche ora voleva parlarle di Northfield, ottenere informazioni confidenziali su quell'uomo.

Non fece nessuna di quelle cose. «Sei troppo adorabile, amica mia» insistette Adelaide, anche se distolse lo sguardo. «da pensare che potrei tenerti nascosti dei segreti.»

«Ti ho vista ballare con Graham ieri sera» disse piano Emma.

Graham. Adelaide si fermò di colpo sentendolo chiamare con il suo nome di battesimo. Era più sicuro pensare a lui come Northfield. Northfield era un titolo, un ducato, significava distanza. Quasi come se non fosse... reale. Graham era una persona. Un uomo. Un uomo dalle labbra carnose che sapevano di sherry, un uomo dalle braccia forti e con una fragilità che lei non poteva fare a meno di voler curare, anche se non spettava a lei, in nessuna delle sue vite.

«Adelaide?»

Adelaide sbatté le palpebre, scrollandosi di dosso quei pensieri come meglio poteva. «Tutta la sala mi ha visto ballare con Northfield» disse. «Cos'altro potevo fare quando mi ha invitato? Rifiutare sarebbe stato molto scortese.»

Emma esitò. «Lo conosci?»

«No» si affrettò a rispondere Adelaide. «Niente affatto. Cioè, lo conosco di vista. Come quegli altri gentiluomini di quel club di cui è capo tuo marito.»

Il sorriso di Emma si addolcì. «Il Club del 1797» specificò. «Una confraternita di duchi con padri molto cattivi.»

Adelaide aggrottò la fronte. «Non una gran confraternita considerato quello che Crestwood ha fatto a Northfield.»

Emma si irrigidì e Adelaide desiderò subito rimangiarsi quelle parole. Era stata troppo emotiva, era corsa in difesa di un uomo di cui aveva appena affermato di non sapere nulla.

Si mise a riempire di altro tè le loro tazze. «O almeno così si dice in giro» aggiunse.

Emma scosse la testa. «È molto più complicato di quanto si dica in giro, te lo assicuro. È una situazione infelice, ovviamente, e Graham ha tutto il diritto di sentirsi tradito.»

«Direi proprio di sì» borbottò Adelaide, e con la mente riandò ancora una volta alla disperazione sul volto del duca quando le aveva chiesto di ballare la sera prima.

Emma inarcò un sopracciglio e continuò: «Ma Meg e Simon sono molto dispiaciuti per le circostanze. Hanno quasi perso la possibilità di essere felici nel tentativo di rimediare a quello che hanno fatto.»

Adelaide aggrottò la fronte. Dopo averli visti così felici la sera prima, era difficile immaginare che la sofferenza di Northfield li tenesse svegli la notte. Ma Emma sembrava irremovibile e non era mai stata bugiarda. Non era nella sua natura.

«Temo di non avere idea di che cosa tu stia parlando» disse Adelaide sventolando la mano. «E dubito che trascorrerò di nuovo del tempo con Northfield, quindi non sono affari miei.»

«È per questo che non ti piace Meg?» insistette Emma.

Adelaide aveva bevuto un sorso di tè e per poco non lo spruzzò dall'altra parte della stanza. Si asciugò la bocca e cercò di ritrovare un po' di contegno.

«Non mi piace la Duchessa di Crestwood?» ripeté. «Come ti viene in mente?»

Emma si sporse in avanti. «Perché ti conosco, amica mia. capisco quando sei sincera e quando non lo sei. Sei stata strana ieri sera con lei.» Scosse la testa. «A pensarci bene, ultimamente sei stata molto strana. Anche prima che mi sposassi. C'è qualcosa che vuoi dirmi?»

Ancora una volta Adelaide valutò se confessare alla sua amica tutto quello che aveva da nascondere, ma decise di non farlo. Era un rischio troppo alto. «Ovviamente no.» Cercò di cambiare argomento. Anche se non era un tema che le piaceva. «Mi spiace che mia zia sia stata così scortese con te ieri sera.»

Emma si strinse nelle spalle. «Non m'importa un fico secco di quel che dice tua zia Opal.»

«Il tuo Abernathe sembrava volerla sfidare a duello» disse Adelaide scuotendo la testa. «Pistole all'alba e quant'altro, con quella zitella di zia.»

«È protettivo» disse Emma con un sorriso. «Ma non ne ho bisogno. *Tu* invece sì. È stata molto severa con te dopo?»

Adelaide fece spallucce. «Solo severa. Sai com'è fatta, è imprevedibile.»

Emma aggrottò la fronte. «Potresti venire a stare da me e James» suggerì.

«Non me lo permetterebbe mai» ribatté subito Adelaide. «In ogni caso, sto... bene. Sto bene.»

Emma non sembrava convinta. «Be', che ne dici di venire da noi per cena? Pensi che Opal lo consentirebbe?»

Adelaide ci pensò su. Non sarebbe tornata a teatro per un'altra recita fino alla sera successiva. «Penso di poterla convincere» disse. «Se la mia cameriera venisse con me a farmi da chaperon.»

Emma si illuminò in viso. «Meraviglioso. Ci tengo davvero che tu veda la nostra casa e la stanza dei bambini e che tu conosca meglio James.»

Adelaide non poté fare a meno di sorridere davanti all'entusiasmo di Emma. «Be', mia cara, anch'io non vedo l'ora di vederla. Sarà bello passare una serata dove posso essere me stessa e non preoccuparmi di nient'altro che di quanti dolci mangiare.»

«Vostra Grazia?»

Graham alzò lo sguardo dal libro mastro e vide il suo maggiordomo, Rogers, in piedi sulla soglia dello studio. L'uomo era stato con suo padre ed era rimasto dopo la morte del precedente Northfield quasi otto anni prima. Vista la loro lunga conoscenza, Graham sapeva che il servitore capiva quando il suo padrone era di cattivo umore, probabilmente meglio di tanti altri.

Graham poteva fare altrettanto. Dal modo in cui l'anziano maggiordomo continuava a spostare il peso da un piede all'altro, capì che qualunque cosa Rogers stesse per dire non era piacevole.

«Che c'è?» chiese Graham, appoggiando con cura la penna e

concentrando l'attenzione come meglio poteva. Un'impresa difficile considerato quanto vagavano i suoi pensieri da giorni ormai.

«Avete una visita» disse Rogers sottovoce. «Il Duca di Abernathe.»

Graham si bloccò. Sebbene la sua disputa fosse con Simon, il suo rapporto con James era stato teso per mesi. Non teso, inesistente. Prima del ballo della sera precedente, non aveva visto l'uomo che aveva considerato un fratello da quando mesi prima era uscito dalla sua casa di campagna.

«Capisco» disse alzandosi. «Presumo che non accetti di non essere ricevuto?»

Un accenno di sorriso attraversò il viso di Rogers. «Conoscete il duca, signore. È sempre stato piuttosto singolare.»

«Testardo come un mulo» lo corresse Graham. «Sì, lo so. Bene, fatelo accomodare.»

Rogers sembrò soddisfatto della risposta e uscì per andare dal suo ospite. Questo diede a Graham un momento di tregua prima di affrontare ciò che stava per accadere. Si lisciò il panciotto e scosse le mani che avevano cominciato a formicolargli all'improvviso.

E poi James entrò a passo lento nella stanza. Si fermò sulla soglia e Graham lo fissò. Il suo amico sembrava più allegro di quanto non fosse mai stato, più felice grazie al suo recente matrimonio. La preoccupazione nei suoi occhi era solo per il suo amico, non per problemi personali.

Graham non poté fare a meno di rallegrarsene. Sapeva che James meritava la felicità che aveva trovato.

«Graham» disse James alla fine. «Ammetto che temevo che non mi avresti ricevuto.»

Graham si schiarì la gola. «È per questo che non sei venuto prima?»

James si agitò. «Dopo il nostro ultimo incontro, ho pensato fosse meglio lasciarti il tuo spazio. Sapevo che stavi bene, o almeno relativa-mente bene considerato...»

«Le tue spie» grugnì Graham. Quando James sembrò sorpreso, fece un risolino. «Oh sì, so che Ewan e Matthew e persino Kit ti raccontano tutto quando mi vedono. Sei il nostro impavido capo, dopotutto. Il re dei duchi.»

James sospirò. «Gran bel re. Ho permesso che il mio regno venisse distrutto.»

Graham scosse la testa. «Non è colpa tua, amico mio. In ogni caso, sono...» Esitò, poi incrociò lo sguardò di James. «Sono felice di vederti» ammise.

L'espressione di James si addolcì e gli andò incontro tendendogli la mano. «Sono cosi felice di vederti.»

Graham fissò la mano protesa, poi l'afferrò e attirò a sé James per un breve abbraccio. Gli diede una pacca sulle spalle e indietreggiò, entrambi gli uomini a disagio a mostrare le loro emozioni.

«Ti va di bere qualcosa?» chiese Graham, voltandosi per riprendere un po' di contegno.

«Sì.» James sembrava avere un nodo in gola.

Graham versò uno scotch per tutti e due e fece cenno alle poltrone accanto al fuoco. Se ne stettero a sedere insieme, sorseggiando il liquore per un momento, poi James lo mise da parte e si sporse in avanti, appoggiando gli avambracci sulle ginocchia.

«Accettarmi qui significa che hai deciso di perdonare i tuoi amici?»

Graham chiuse gli occhi. James intendeva Simon. James intendeva tornare alla normalità. Ci aveva pensato sempre di più negli ultimi tempi, ma vedere Simon la sera prima gli aveva fatto capire quanto si sentisse ancora ferito. Sospirò. «So che non è colpa tua. Che questa disputa è tra Simon e me, ma...»

«Vieni a cena» lo interruppe James.

Graham aprì gli occhi e lo fissò. Il suo amico sembrava quasi disperato. «Non so» rispose lentamente.

James scosse la testa. «Saremo solo io ed Emma» lo rassicurò. «Per favore, è solo un inizio. Voglio solo un inizio, Graham.»

Graham si alzò in piedi e cominciò a fare su e giù per la stanza mentre valutava la richiesta. Gli mancava James. Gli mancavano tutti i suoi amici, il cameratismo e la famiglia che avevano rappresentato per tutti gli anni in cui avevano avuto il loro club. Erano l'unica famiglia di cui gli fosse mai importato qualcosa.

«Va bene» disse alla fine.

James balzò in piedi, e fu quasi impossibile non ricambiare il suo sorriso. «Ottimo» disse. «Sono molto felice, e so che ne sarà felice anche Emma.»

Graham inclinò la testa. «Sei contento» commentò, una constatazione, non una domanda.

«Sono più che contento. Sono al settimo cielo. Non avrei mai pensato di poter essere così felice, né di meritare di essere amato tanto profondamente quanto mi ama lei. Ma invece è successo.» Sottolineò con forza l'ultima parola. «E succederà anche a te.»

Graham non poté fare a meno di riandare col pensiero a un'immagine di capelli biondo chiaro e labbra morbide, sovrapposti a un'altra immagine di occhiali e arguzia tagliente. Una cacofonia che si affrettò a scacciare. «Be', non tutti noi possiamo essere fortunati come te.»

James fece una breve pausa prima di dire: «Hai ballato con Adelaide ieri sera.»

Graham alzò gli occhi al cielo. «Per evitare i sussurri della folla quando sono entrati Simon e Meg. Ti assicuro che non c'è stato... non c'è stato niente tra noi.»

James strinse le labbra. «Be', è una timidona. So per esperienza personale che sono le mogli migliori.»

Graham liquidò il commento dell'amico con un gesto della mano. «Per te, forse. Ma in questo momento ti assicuro che trovare moglie è l'ultima di una lunga lista di cose che voglio fare.»

James scrollò le spalle. «Se lo dici tu. Per ora mi accontenterò che una di queste cose sia che tu venga a cena a casa mia.»

«Sì, per ora la cena ti dovrà bastare» concordò Graham, poi diede una leggera gomitata all'amico. «Una partita a biliardo?»

James si illuminò in viso. «Assolutamente. Da quando sei scappato a Londra, non ho fatto una partita decente.»

Si avviarono insieme verso il corridoio e Graham sorrise. «Vuoi dire che non hai ancora insegnato a Emma a giocare?» scherzò.

James scoppiò a ridere. «Ogni volta che ci provo, mi... distrae» ammise.

Graham scosse la testa, anche se veniva invaso da un caldo senso di appartenenza che non si concedeva da mesi. Aprire quella porta, anche se solo uno spiraglio, era una bella sensazione. E non vedeva l'ora di passare una serata tranquilla con i suoi amici prima di tornare all'intricata confusione della sua vita.

CAPITOLO SEI

Nella stanza dei bambini della casa londinese di Emma, Adelaide si stava sciogliendo in complimenti davanti all'abitino da battesimo più dolce che avesse mai visto. «Il pizzo è fantastico» disse, apprezzandone la morbidezza con le dita.

«Appartiene alla famiglia di James da generazioni» commentò Emma con un sospiro soddisfatto. «Lo ha indossato lui stesso, e anche Meg, e ora questo bambino continuerà la tradizione.»

«Oh, Emma» sussurrò Adelaide, scioccata dal fatto che le stessero salendo le lacrime agli occhi. Si voltò così che la sua amica non vedesse, ma non le era possibile voltare le spalle a se stessa.

Di sicuro non invidiava Emma per la sua felicità. Ma *era* gelosa. Nonostante le sue uscite segrete per recitare a teatro, nonostante la sua continua partecipazione a feste e balli, la sua vita era prevedibile. Il suo passato non le avrebbe permesso il futuro in cui Emma si apprestava a entrare.

Probabilmente sarebbe vissuta e morta da sola. Aveva accettato questa verità come meglio poteva. Le sue fughe erano il modo in cui ci conviveva.

«Adelaide» iniziò Emma, ma prima che potesse continuare, si udirono delle voci maschili dalla sala.

Adelaide approfittò del momento di distrazione, e iniziò a uscire dalla stanza dicendo: «Sembra che sia arrivato Abernathe.»

Emma la esaminò con attenzione, ma poi annuì. «Sì, in effetti. Vieni, andiamo a salutarlo.»

Adelaide seguì la sua amica nell'atrio, cercando di recuperare fiato e contegno a ogni passo. Stava bene. Andava tutto bene. Sarebbe andato tutto...

Interruppe la cantilena mentale con cui stava cercando di calmarsi quando arrivò in fondo alle scale e vide che Abernathe non era solo. In piedi al suo fianco, mentre Emma si avvicinava per salutarlo, c'era Northfield.

G raham si rendeva conto che Emma stava parlando e che James stava rispondendo, ma non aveva idea di cosa stessero dicendo. Era troppo occupato a fissare Lady Adelaide. Era rimasta tre gradini più in alto sulle scale, con la mano stringeva la ringhiera al punto che aveva le nocche bianche. E lei lo stava fissando spudoratamente attraverso quegli occhiali che con sua grande frustrazione le rendevano gli occhi così difficili da decifrare. Difficili da vedere. Tutto quello che sapeva era che erano concentrati su di lui.

E non ne era affatto dispiaciuto.

«E tu conosci Adelaide, credo, vero, Graham?»

Graham sussultò quando Emma gli pose una mano calda sul braccio e riportò la sua attenzione su formalità pratiche, come le presentazioni.

«S... sì» gracchiò, facendo un passo avanti con la mano tesa. «Lady Adelaide, che piacere rivedervi.»

La giovane deglutì, le vide quel collo snello muoversi, e poi scese gli ultimi gradini. Fissò la sua mano tesa un attimo di troppo prima di prenderla e permettergli di chinarvi sopra il capo per un attimo.

«Non sapevo che sareste stato qui, Vostra Grazia» disse. Arrossì leggermente in volto appena pronunciò quelle parole. «Be'... intendevo dire, buona sera.»

Emma spostò lo sguardo prima su Graham poi su Adelaide e poi indicò la stanza in fondo al corridoio. «Santo cielo, non restiamo in questo atrio pieno di spifferi tutta la sera. Venite, andiamo in salotto.»

Lei e James fecero strada e Adelaide li seguì affiancandosi a Graham. Appena arrivarono in soggiorno, lei lasciò il suo fianco e si spostò all'estremità opposta della stanza, nel punto più lontano da lui che riuscì a trovare senza rompere il vetro e scappare precipitandosi fuori dalla finestra.

La osservò. Era a disagio a causa della sua presenza. Era ovvio che lo fosse. Il loro commiato la scorsa notte era stato brusco, provocato dal complimento che le aveva fatto e dalla secca reazione di lei.

Dopo non l'aveva seguita, aveva trovato altri modi per evitare Simon e Meg prima di sgattaiolare via dal ballo senza troppo clamore. Ma da allora aveva pensato ad Adelaide, e le immagini di lei si erano fuse e scontrate con quelle di Lydia Ford.

Scosse la testa quando James disse: «Torniamo subito.»

Sbatté le palpebre quando Emma e James uscirono dalla stanza, lasciandolo solo con Adelaide come quando erano stati in terrazza. Spostò il peso da un piede all'altro. «Dove andavano?» chiese. «Temo di non aver prestato attenzione.»

Adelaide lo trafisse con un'occhiata. «Hanno *detto* di voler informare il personale che ci sarebbero stati due ospiti in più per cena. Ma dal momento che non servivano due persone a svolgere quel compito, o visto che avrebbero potuto chiedere a un domestico di occuparsene, penso che siano andati a discutere del fatto che ognuno di loro ha invitato uno di noi senza che l'altro lo sapesse.»

Graham inclinò la testa. «È un problema, Adelaide?»

La giovane si irrigidì quando le si rivolse in modo meno formale e si voltò a guardare la strada buia sottostante. «Non lo è per me, Vostra Grazia.»

«Bene» le disse, e poi fece quello che avrebbe voluto fare da quando erano entrati in quella stanza. Fece un passo verso di lei.

Non lo stava guardando, ma era certo che lei avesse notato il suo movimento dal modo in cui le si bloccò il respiro e la mano le si strinse lentamente a pugno lungo il fianco. Gesti che lo spinsero solo a proseguire.

«Ieri sera al ballo, vi ho detto qualcosa che vi ha evidentemente offeso» disse, voltandosi a guardare la porta per assicurarsi che non stessero per essere interrotti.

«Certo che no» negò lei sottovoce, rifiutandosi di guardarlo.

«Certo che sì» la corresse. «Altrimenti non vi sareste allontanata da me sulla terrazza. Non sono del tutto sicuro di come vi ho offeso, ma vi chiedo comunque scusa.»

Adelaide trattenne il respiro, e ora fu lei a fare un passo verso di lui. La distanza tra loro si stava rapidamente riducendo e scoprì che la cosa non gli dispiaceva.

«Non ne siete *certo*?» disse lei, tenendo la voce bassa anche se era chiara la rabbia che vi era sottesa. «Vi stavate burlando di me, Vostra Grazia. Stavate giocando.»

«Mi avete rivolto la stessa accusa ieri sera» disse. «E vi assicuro, io non gioco.»

Lei scosse la testa. «*Tutti* gli uomini giocano.»

C'era qualcosa nel tono di quella ragazza che lo riempì di stupore, così la fissò. Per mesi era rimasto avvolto nel proprio dolore, nel senso di tradimento e delusione. Non era stato in grado di riconoscere i sentimenti degli altri. Ma ora vide i sentimenti di Adelaide fluttuare su quel viso affilato prima che li nascondesse.

E una strana parte di lui desiderò ardentemente tirarle fuori quei sentimenti e consentirle di esprimerli come non era evidentemente solita fare. Desiderò confortarla.

Ovviamente non lo fece. Non stava a lui farlo. Non in questo mondo o in qualsiasi altro. Ma anche se non aveva alcun legame con questa donna non significava che non potesse comportarsi da gentiluomo. Sapeva come fare, solo che ultimamente non era stato molto in allenamento.

«Adelaide, lasciate che vi assicuri che non stavo giocando con voi ieri sera. Ho ballato con voi perché ero a disagio in quella situazione, ma sono stato onesto a questo proposito, non è vero?»

La giovane schiuse le labbra e l'attenzione di Graham fu immediatamente attirata sulla sua bocca. Si scrollò di dosso la reazione quando lei rispose: «Be'... sì.»

«Vi ho scelto perché pensavo che non mi avreste assillato su Meg e Simon. Come invece è puntualmente successo.»

Adelaide restò a bocca aperta per lo sdegno. «Non è vero!»

Graham si ritrovò a ridacchiare mentre scuoteva la testa, e ne rimase scioccato. Non rideva da molto tempo. «Invece sì, Adelaide. Ma per qualche ragione non mi importava delle vostre domande. Sono le stesse intorno a cui i miei amici girano da mesi. Siete la prima ad essere così maledettamente diretta, e forse ne avevo bisogno in un momento in cui mi sentivo così... *vulnerabile*.»

La giovane corrugò la fronte. «Oh.»

«E ammetto di avervi chiesto di ballare perché non pensavo che avreste dato per scontato che il mio invito fosse indicazione del fatto che volessi unire la mia vita alla vostra per il resto dei miei giorni.»

Adelaide serrò leggermente la mascella. «Certo che no, non siate sciocco.»

Lui annuì. «Ecco, vedete, siete pratica. Mi piace questo vostro tratto. In ogni caso, il motivo per cui dopo vi ho chiesto di andare in terrazza è stato perché mi *è piaciuto* ballare con voi e non volevo necessariamente mettere fine alla nostra conversazione. Niente di tutto questo era un gioco. Niente di tutto questo era una bugia.»

«Ma cosa mi dite di quello che avete detto in terrazza?» ribatté lei. «Mi avete detto che pensavate che fossi carina e so che è una bugia. Una menzogna che probabilmente dite senza pensarci perché è quello che qualunque ridicola sciocca smorfiosa vuole sentirsi dire da voi quando la guardate negli occhi e fate finta che vi piaccia.»

Graham scosse lentamente la testa. Che diavolo avevano fatto a questa donna? La sua forte reazione era troppo specifica per non pensare che non fosse legata a un'esperienza amara.

«Primo» disse, cominciando a contare con le dita. «Non è una bugia. Avete un volto interessante, Adelaide. Secondo, non rivolgo lo sguardo o la parola a ridicole sciocche smorfiose da quasi un decennio. Come ricorderete, sono stato fidanzato fino a poco tempo fa, quindi non ho avuto piani di sedurre nessuna da quando avevo diciannove anni.» Buttò fuori il fiato. «Ma se non volete che vi dica che siete carina, di certo non lo farò mai più. Mi limiterò a complimentarmi con voi per la vostra intelligenza e la vostra arguzia e per il fatto che probabilmente siete la persona più frustrante con cui io abbia mai avuto il piacere di parlare.»

Si interruppe per un attimo e abbassò il capo. Santi numi, cosa gli era venuto in mente di dire a questa persona? A questa gentildonna? A questa sconosciuta? E ora lei si limitava a fissarlo a occhi spalancati da dietro gli occhiali, il viso indecifrabile, ma pieno di tensione.

Aprì la bocca per scusarsi, ma prima di riuscirci lei buttò la testa all'indietro e iniziò a ridere. Il suono lo colse completamente alla sprovvista, perché era una risata gutturale e piena che echeggiò nella piccola stanza intorno a loro. Una bella risata. Una risata sensuale.

Una risata contagiosa che lo fece sorridere suo malgrado.

«Oddio, mi spiace tanto» gli disse mentre riacquistava la calma. «Devo esservi sembrata abominevole ad aver avuto una reazione così forte solo per qualche parola.»

Lui scosse la testa. «No invece. Ma perché avete reagito così?»

Lei scrollò le spalle e ritornò seria in viso. «Esperienza, Vostra Grazia. Abbiamo avuto tutti la nostra dose di brutte esperienze, no? E a volte è impossibile impedire che il passato si insinui nel presente e arrivi addirittura a danneggiare il futuro.» Gli si avvicinò ancora, con cautela. «Ma ora sembra che voi ed io ci vedremo più spesso. Io sono molto amica di Emma, e se voi riprendete i rapporti con Abernathe non potremmo evitarlo nemmeno volendo. Per cui... mi concedete di ricominciare daccapo?»

Graham annuì, anche se fu colto di sorpresa dalla sicurezza che si annidava sotto la maschera della sua timidezza. Gli sembrava... familiare in qualche modo, anche se non aveva idea del perché.

«Sì» le rispose. «Mi piacerebbe.»

La giovane gli tese la mano. «Adelaide» disse, usando il nome di battesimo per presentarsi.

Lui fissò la mano che gli porgeva e poi la prese, stringendogliela delicatamente. «Graham» disse, rinunciando a usare il titolo. «Almeno in privato.»

«Graham» ripeté lei, facendo scivolare via le dita dalle sue. «Piacere di conoscervi.»

I padroni di casa rientrarono proprio in quel momento. Adelaide arrossì e si allontanò da lui.

«Bene, è tutto sistemato» disse Emma tutta allegra, anche se il suo sguardo si posò su Adelaide e poi lentamente su Graham. «Spero che voi due siate stati bene insieme.»

Graham annuì. «Sì, a dire il vero. La tua amica è una compagna di conversazione affascinante.»

Adelaide chinò la testa e l'ombra di un sorriso le increspò le labbra, come se si fossero scambiati una battuta segreta. E scoprì che gli piaceva. Gli piaceva che fosse a suo agio con lui. Ed era un bene, perché come aveva detto, probabilmente si sarebbero visti molto se lui avesse ripreso i rapporti con James ed Emma.

E sarebbe stato bello avere una nuova amicizia mentre cercava di capire che posto occupava nella sua vecchia cerchia.

Adelaide sorseggiava il suo sherry dopo cena mentre osservava Graham chino sul tavolo da biliardo a fare un tiro. Invece di dividersi dopo cena, James aveva suggerito di restare insieme a parlare tutti e quattro mentre i signori facevano una partita. Adelaide era felice di aver accettato, visto che adesso poteva godersi lo spettacolo del fondoschiena tonico di Graham mentre si chinava.

«Ti sei divertita?» chiese Emma.

Adelaide sussultò alla voce della sua amica. Si sforzò di sorridere e voltò le spalle ai loro compagni con grande difficoltà. «Sì. Sono molto felice che tu mi abbia invitato: è stata una gradita tregua dalla noia e dal disagio della mia solita compagnia a cena.»

Emma sorrise. «E la presenza di Graham non ti ha disturbata?

Non avevo idea che James lo avrebbe visto oggi, tanto meno che lo avrebbe invitato a cena.»

«Certo che no» disse Adelaide, e diceva sul serio. «È stato un compagno di conversazione affascinante.»

Emma ne fu sollevata e l'espressione che aveva in viso si addolcì. «Che buffo, prima lui ha detto la stessa cosa su di te. Ma è stato davvero affascinante, no? Non l'ho mai conosciuto prima del suo fidanzamento con Meg, e tutto è successo così in fretta dopo che ho sposato James che ho passato poco tempo con lui. Ma stasera è stato l'uomo che mio marito ha sempre descritto come il suo migliore e più sincero amico.»

Adelaide si concesse un'altra occhiata a Graham. Adesso era appoggiato alla sua stecca e, con sua grande sorpresa, la stava fissando. Sorrise quando la beccò a sbirciarlo e la sconvolse facendole l'occhiolino.

Si voltò di scatto nuovamente verso Emma, con il fiato corto. Cosa stava facendo? Meno di una settimana prima Graham aveva inchiodato Lydia Ford a un tavolo e l'aveva baciata finché non le aveva fatto tremare le ginocchia. Stasera flirtava con una zitella nota per la sua timidezza e si comportava come se fosse tutto maledettamente normale.

E diceva pure che era *lei* la persona più frustrante della terra. Ma quando lo guardava, non si sentiva frustrata. Si sentiva... be', sentiva cose che non avrebbe dovuto provare nei panni di Lady Adelaide, zitella figlia di un conte ormai deceduto. Nei panni di Lydia, forse poteva provarle. Perfino desiderarle.

«Che ne pensi di Graham?» chiese Emma.

Adelaide si girò di scatto verso Emma. Stava giocando a fare la sensale di matrimoni? Ma l'espressione della sua amica era calma e indecifrabile. Ovviamente non era il caso. Una donna come Adelaide non poteva ambire a uomini come Graham.

Abbassò lo sguardo e sospirò. «Be', non lo conosco abbastanza bene da essermi fatta un'opinione in un senso o nell'altro» disse. «Senti, a cena hai detto qualcosa a proposito di un'associazione di signore che si dedicano a opere di beneficenza. Mi interesserebbe molto.»

Emma esitò e Adelaide capì che il suo tentativo di cambiare argomento era stato un po' maldestro, ma Emma la accontentò. Iniziò a parlare del gruppo di dame e Adelaide si costrinse a prestarle attenzione.

Ma dentro di sé sentiva una vocina sussurrare. Era la sua stessa voce che le diceva che si era già fatta un'opinione su Graham, anche se non avrebbe osato condividerla con Emma. Le *piaceva*. Ed era troppo pericoloso non ammetterlo. Adesso avrebbe dovuto procedere con cautela.

Era l'unico modo per proteggersi.

CAPITOLO SETTE

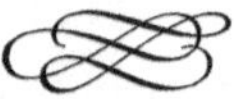

L'applauso stava ancora rimbombando dentro il teatro quando Adelaide entrò nel suo camerino. Normalmente si godeva le ovazioni finali, ma stasera le sembravano spente. Era distratta e la sua performance ne aveva risentito. Nel secondo atto si era scordata un'intera battuta e il suo co-protagonista, Robin, ne aveva ghignato di gusto facendo un commento sprezzante mentre si affrettavano a cambiare i costumi per la scena finale.

«Maledetto» mormorò mentre faceva un profondo respiro per calmarsi e andava alla sua toeletta.

Fu allora che sentì tirare su col naso dall'angolo della stanza, un'area minuscola dietro i costumi. Si girò verso quel punto.

«Chi è là?» gridò spostando i vestiti e trovò Melinda seduta per terra, con le lacrime che le rigavano le guance.

«Santo cielo, Melinda!» ansimò Adelaide, chinandosi per afferrare la sua amica per le braccia e tirarla su in piedi. «Che c'è?»

Melinda tremava tutta. Adelaide la accompagnò al divano e si sedettero insieme.

«È... è quell'orribile Sir Archibald» ammise Melinda quando smise di piangere e riuscì a riprendere fiato. «Oh, Lydia, è tornato dietro le quinte durante lo spettacolo.»

Adelaide strinse i denti. Quell'uomo era una minaccia. «Toby non lo ha fermato?»

Melinda scosse la testa. «Era impegnato con lo spettacolo, ovviamente. Ero in piedi dietro le quinte, stavo dicendo le tue battute insieme a te e all'improvviso me lo sono ritrovata alle spalle.»

Adelaide la studiò. Melinda era spesso un po' sciocca ed era incline a gesti teatrali che andavano oltre il palcoscenico, ma in quel momento Adelaide capì che era davvero sconvolta.

«Cosa'ha fatto Sir Archibald?» le chiese con un filo di voce.

Melinda rabbrividì. «Mi ha trascinata nell'angolo dietro il palco, il più buio. Mi ha inchiodato al muro e mi ha baciato.» Deglutì a fatica. «Puzzava di sudore, di sigari e di whisky da quattro soldi. Poi ha iniziato a strusciarmi addosso quel suo disgustoso affare duro.»

Adelaide le prese entrambe le mani. «Oh cara, non ti ha...»

Si interruppe e Melinda distolse il viso. «No. Sono riuscita a liberarmi e sono scappata. Ecco perché mi sono nascosta nel camerino. Mi stava cercando, lo sentivo in corridoio, era infuriato, mi ha coperto di insulti, ma non mi ha trovato.»

Lydia si lasciò sfuggire un sospiro di sollievo. «Mi dispiace tanto che ti abbia fatto del male» disse. «Ma sono contenta che non sia andata peggio. Dobbiamo dire a Toby di trovare qualcuno che sorvegli il retro. Ci sono troppi uomini della risma di Sir Archibald che pensano di poter prendere quel che non è loro, specialmente da donne come noi.»

«Per favore, non dire niente a Toby» sussurrò Melinda con le guance in fiamme.

Adelaide la fissò. «Perché no? È il suo lavoro come direttore fare in modo che...»

«Lo so, e si sentirebbe malissimo se sapesse la verità.» Melinda chinò la testa. «Ad ogni modo, Toby *ha* assunto della gente, ma Sir Archibald si è vantato di averli pagati per farli andare via.»

Adelaide si infuriò al solo pensiero. C'erano molti uomini della sua sfera che pensavano di avere diritto a più di quanto una donna fosse disposta a dare. Il loro potere era un'arma e uno scudo. «Ma dobbiamo comunque proteggere te e gli altri.»

Melinda si strinse nelle spalle. «La prossima volta mi accerterò che il sostituto di Robin sia con me. Oppure starò vicino a Toby. Dovrebbe bastare, no?»

Adelaide non ne era così sicura, ma prima che potesse dire altro, bussarono alla porta e Toby stesso infilò dentro la testa.

Lanciò un'occhiata a Melinda e il sorriso che aveva in volto svanì. «Che c'è, Melly?»

Melinda si illuminò e sfoderò le sue abilità di attrice. «Niente, Toby, davvero. Stavamo solo esercitandoci insieme su alcune battute.» Si sporse in avanti. «Che cosa nascondi dietro la porta?»

Toby non sembrava convinto dalla menzogna di Melinda, ma tirò fuori un vaso di fiori. «Fiori per Lydia» dichiarò. «Da parte…»

«Mia» finì per lui una voce maschile, e la porta si aprì del tutto rivelando Graham sulla soglia.

Adelaide si alzò di scatto e lo guardò a occhi spalancati. Non aveva pensato a nient'altro che a lui dalla sera precedente con James ed Emma. Era lui la causa della sua distrazione sia allora che adesso.

«Vostra Grazia» riuscì a gracchiare mentre lo guardava entrare nella stanza. Riempire la stanza. Rubare l'aria. Era un uomo impossibile. Ma ancora una volta, sembrò non riconoscere la sua vera identità e le sorrise.

«Signora Ford» disse, altrettanto formale ma con un tono canzonatorio.

Melinda si era alzata in piedi quando era entrato e ora si precipitò alla porta. «Vieni, Toby, ti aiuto a chiudere.»

Adelaide non distolse gli occhi da Graham mentre i due uscivano chiudendosi dietro la porta. Deglutì a fatica. Di nuovo soli. Negli ultimi giorni era stata sola con quest'uomo più di quanto non fosse stata con qualsiasi altro uomo da...

Be', da un bel po' di tempo.

«Cos'aveva la tua amica?» chiese Graham.

La domanda era inaspettata. «Melinda?»

«Sì. Sembrava che avesse pianto.»

Se n'era accorto, ovviamente. Adelaide stava cominciando a rendersi conto che mentre Graham ostentava indifferenza, in realtà era molto attento a tutto ciò che gli stava intorno e a chi gli si trovava vicino.

«Sta... sta bene» dichiarò Adelaide, dal momento che non valeva la pena dirgli la verità su Sir Archibald. A che cosa sarebbe servito? Agli uomini del suo rango era concesso fare quello che volevano. Lei e Melinda avrebbero dovuto trovare il modo di gestire la situazione da sole.

Graham inclinò la testa, come se stesse leggendo tra le righe di quella risposta, ma poi si avvicinò. «Sei stata meravigliosa stasera.»

«Ero distratta» ammise lei senza riflettere.

Lui inarcò un sopracciglio. «Da cosa?»

Era così vicino adesso. Troppo vicino. Sembrava incombere su di lei, anche se non c'era nulla di intimidatorio nel suo atteggiamento. Era allettante. Caldo. Forte. Dava un senso di sicurezza.

Anche se era l'ultima cosa che Graham poteva offrirle. Non aveva idea del perché le fosse venuto in mente quel termine. Né perché non riusciva a pensare a nessun'altra risposta alla sua domanda che non fosse la verità.

«Da te» sussurrò alla fine.

Graham spalancò gli occhi e poi un ampio sorriso gli illuminò il viso. Era selvaggio, possessivo, caldo e così maledettamente reale che Adelaide dovette fare uno sforzo per non lanciarsi tra le sue braccia. Un esito che sembrava inevitabile, ma doveva starne lontana il più a lungo possibile.

«Eri distratta da me?» disse con aria sorniona. «Mi lusinghi, Lydia.»

«Non era un complimento, Graham» ribatté lei, poi si tappò la bocca con la mano. Aveva detto ad Adelaide di chiamarlo Graham, non a Lydia. «Mi... mi dispiace, milord... Vo... Vostra Grazia» balbettò. «Ho parlato a sproposito.»

Graham continuò a sorridere. «Mi piace che mi chiami per nome» rispose con cadenza strascicata. «Preferirei di gran lunga che gemessi di piacere chiamandomi per nome piuttosto che con il mio titolo, che prima di me è appartenuto a un bastardo il cui solo ricordo mi fa rivoltare lo stomaco.»

Adelaide esitò davanti a quella confessione inaspettata, un breve scorcio di un passato che scoprì di voler disperatamente conoscere. Il duca non gliene diede la possibilità, però, perché continuò a parlare. «Sono venuto qui perché neanche io riesco a smettere di pensare a te, Lydia. Ho avuto in mente solo te dall'ultima volta che ti ho toccato.»

Adelaide aggrottò la fronte, scossa da una gelosia inattesa. Gelosia di se stessa, una cosa ridicola e disorientante. Graham però stava dicendo che mentre ballava con lei, Adelaide, mentre le parlava, mentre la stuzzicava e le faceva l'occhiolino e in generale la faceva sentire... nervosa, aveva pensato a Lydia Ford.

Che non era nemmeno reale.

Solo che in quel momento si sentiva molto reale, specialmente quando Graham allungò una mano e le fece scorrere le dita lungo la mascella. Aveva un tocco elettrico a cui il suo corpo rispose subito e con forza facendola rabbrividire. Sentiva caldo e freddo allo stesso tempo, le formicolavano i capezzoli e si sentiva il sesso pesante, pieno e bagnato. Non c'era modo di controllarlo. A dire il vero, non voleva controllarlo, perché era passato molto tempo da quando aveva provato un tale bisogno, e mai prima di allora era stato così serio e potente.

Graham si chinò in avanti e lei non si tirò indietro. Si limitò a sollevare la bocca e lasciò che la baciasse.

A differenza della prima volta che le aveva reclamato la bocca, questa volta non la travolse con la passione. Non la spinse contro a un tavolo. Non si strusciò contro di lei come se fossero animali in calore. Questa volta la baciò dolcemente, la sua lingua le sondò le labbra e poi la bocca quando lei si aprì sospirando.

Quando Graham si allontanò, vide che aveva le pupille dilatate al punto che era rimasta solo una minima frazione di blu e aveva il fiato corto. «Lydia, vieni a casa mia.»

Adelaide spalancò gli occhi. Le intenzioni di Graham erano inequivocabili. Non la stava invitando a casa sua a prendere un tè. Se avesse accettato la sua offerta, avrebbero fatto l'amore. E ogni sua parte razionale le ricordava a gran voce i pericoli insiti in quella situazione, il pericolo di cominciare una relazione clandestina con un uomo potente, il pericolo che lui scoprisse la sua vera identità, e il pericolo di coinvolgere più del suo corpo fremente una volta che si fosse arresa a quest'uomo che la faceva già impazzire, sia nei panni di Lydia che nei panni di Adelaide.

Eppure la sua voce razionale fu messa a tacere con grande facilità quando le fece scivolare la mano lungo il collo, scostandole i capelli e tracciandole delicatamente la clavicola con i polpastrelli.

«Ti prego, Lydia.»

Adelaide era senza fiato. Nonostante le sue scappatelle a teatro, la sua vita era scolpita nella pietra. Era una zitella che viveva con una tutrice che la disprezzava e non aveva prospettive. Non le sarebbe mai più stato offerto questo tipo di passione.

E lei la voleva questa passione. Voleva lui.

«Va bene» disse con voce soffocata. «Vengo. Ma... prenderò la mia carrozza.»

Graham sembrò sorpreso sia dal fatto che avesse accettato sia dalla condizione posta, ma non discusse. Si limitò ad annuire, le fece scivolare la mano nell'incavo del gomito e la scortò fuori dalla relativa sicurezza del camerino per condurla all'abbandono selvaggio e imprevedibile di ciò che sarebbe accaduto dopo.

G raham era arrivato a casa per primo e aveva congedato i suoi servitori, dicendo loro di andare a letto. Stasera non voleva formalità e finzione. Voleva solo Lydia.

Ora camminava avanti e indietro nel suo atrio, guardando di tanto in tanto dalla finestra mentre aspettava che arrivasse la carrozza. Quella piccola, senza segni distintivi in cui non gli aveva permesso di aiutarla a salire. Si era limitata a chiedergli di dire al suo cocchiere l'indirizzo, poi gli aveva sbattuto la portiera in faccia.

Non sapeva decifrare quella donna. Forse era questo ad attirarlo. Era viva e imprevedibile e non assomigliava a nessuna di sua conoscenza. Ne aveva bisogno dopo gli ultimi mesi. Diavolo, dopo gli ultimi anni. Di sicuro ne aveva bisogno più di quanto avesse bisogno di zitelle che gli tenessero testa.

A quel pensiero si fermò. Da dove gli era venuta quell'idea? Immagini di Adelaide, in un momento come questo, proprio mentre stava per andare a letto con una donna che era l'esatto contrario? Era quanto meno inopportuno.

Be', forse non proprio l'*esatto* contrario. Entrambe avevano i capelli biondi, non che lui potesse essere certo del vero colore di capelli di Adelaide grazie al suo chignon, sempre austero. E i loro occhi erano blu. Ma quelli di Lydia erano grandi e sensuali, mentre quelli di Adelaide erano nascosti sotto quegli occhiali che non si era mai tolta.

«Perché le stai confrontando?» ringhiò ad alta voce, cercando di rimettersi in riga. «Ridicolo.»

La carrozza di Lydia curvò dentro il suo vialetto d'ingresso. Graham mise il petto in fuori e si avviò alla porta. La aprì e vide il cocchiere aiutarla a scendere. Lydia alzò lo sguardo sulla sua residenza cittadina e Graham aspettò la sua reazione. La villa era magnifica. Lo diceva ogni donna. Lui odiava quel posto, ma quella era tutta un'altra storia.

Lydia però si limitò a increspare le labbra, apparentemente non impressionata dall'enorme edificio, e abbassò gli occhi che si fermarono su di lui. In quel momento illuminato solo dalle luci della casa dietro di lui, aveva abbassato la guardia e sembrava... spaventata. Incerta. Gli venne un nodo allo stomaco a quella vista, perché era quasi innocente.

Ma non poteva essere vergine, vero? La maggior parte delle donne che lavoravano a teatro non lo erano. Era la *signora* Ford. Non era ancora sicuro se fosse una bugia o la verità.

Lo sguardo di Lydia svanì mentre saliva le scale andandogli incontro, e la mente gli si svuotò di tutte le domande, di tutti i pensieri e di tutti i sentimenti tranne quella rinnovata pulsione a rivendicare questa donna nel modo più primordiale che poteva immaginare. Ce l'aveva duro da fargli male quando lei gli si fermò davanti e lo fissò in faccia.

«Mi inviti a entrare?» gli chiese.

Graham sbatté le palpebre, rendendosi conto di essere rimasto in silenzio per quasi trenta secondi. «Certo, prego.»

Si fece da parte e Lydia entrò in casa. Ancora una volta, diede solo una rapida occhiata intorno e poi si voltò verso di lui, con le mani incrociate davanti a sé.

«Gli uomini del vostro rango non hanno dei servitori, Vostra Grazia?» chiese, prendendolo un po' in giro.

Lui chiuse la porta e vi si appoggiò contro, fissandola. Dio santo, era davvero meravigliosa. Aveva i capelli ancora sciolti in onde selvagge intorno alle spalle e al seno piccolo ma dalla forma perfetta. Voleva vederla vestita solo di quei capelli.

«Li ho mandati a letto» rispose. «Non volevo essere disturbato.»

Lydia sorrise leggermente. «Buona idea» sussurrò.

Non poté più trattenersi. Le si avvicinò con un gemito gutturale e le prese la nuca con la mano, coprendole la bocca con la sua con quello che sapeva essere calore animale fuori controllo. Lei non gli resistette, anzi, allungò una mano per afferrargli il bavero, inarcandosi contro di lui senza nulla dell'innocenza che aveva percepito in lei quando l'aveva vista nel viale d'ingresso.

La assaggiò, sapeva di miele e sherry e di qualcosa che era solo lei, semplicemente perfetto. E voleva immergersi in quel profumo e in quel sapore, voleva affondarci dentro ed esserne arso. Voleva esserne marchiato per sempre.

Si tirò indietro ansimando e indicò le scale. «Andiamo?»

Lei annuì e allungò una mano. Graham le fissò le dita sottili, senza guanti mentre toccavano le sue. Lydia gli strinse la mano con la sua e per un momento fu inondato da un senso di incredibile pace. Dimenticò tutto ciò che normalmente lo ossessionava e fece un profondo respiro.

Ma il bisogno era pur sempre bisogno, la pulsione era pur sempre pulsione, e alla fine salì le scale, se la tirò dietro fin nella sua stanza tremando al pensiero di tutto ciò che voleva farle. Ora poteva, e non avrebbe sprecato un solo momento di quelli che Lydia gli avrebbe concesso.

CAPITOLO OTTO

Adelaide respirava a malapena mentre Graham la trascinava in una camera in fondo al lungo corridoio. Non le era importato niente del resto della sua casa, in fondo era stata in molti bei palazzi in vita sua, ma di questa stanza assorbì ogni dettaglio.

Era una camera da letto molto ampia, aveva un camino con un bel fuoco acceso lungo una parete e un grande letto a baldacchino sulla parete opposta. I colori erano toni maschili di blu e grigio acciaio, e si adattavano bene all'uomo che ora era alle sue spalle e la osservava mentre guardava la stanza che avrebbero condiviso per quelle che sperava sarebbero state alcune ore.

Era pericoloso, ovviamente, ma era un pericolo che avrebbe gestito. Come sempre.

«Guardami» sussurrò Graham.

Il suo tono era così ruvido, così basso e pulsante di desiderio che non poté dirgli di no. Si girò lentamente e lo guardò in faccia, inspirando tra i denti mentre lo faceva. Era ancora perfetto, non aveva un solo capello fuori posto o un indumento sgualcito. Eppure sembrava sfatto, perverso, un angelo caduto. E lei voleva spogliarlo e concedersi in tutti i modi che si era mai immaginata nella sua lussuria.

«Lo hai già fatto prima, immagino» le disse il duca sottovoce.

Adelaide inclinò la testa affermativamente a quella domanda, anche se le suscitò terrore. Perché le chiedeva della sua innocenza? Se fosse stata davanti a lui come Adelaide, avrebbe potuto capirlo. C'era una cosa che compiva d'abitudine che lo avrebbe portato a credere che non avesse ancora fatto l'amore. Ma come Lydia, avrebbe dovuto presumere che non fosse intatta.

«Sì» disse con tono disinvolto e allegro. «Immagino anche tu.»

Graham sollevò la bocca in uno di quei rari e spettacolari sorrisi. «Oh sì» disse, allungando una mano per afferrare la cintura del suo semplice abito e avvicinarla. «Anche se ammetto che è passato del tempo.»

Rabbrividì mentre lui la attirava contro di sé, le sue curve si modellarono con facilità contro i suoi muscoli sodi e il suo corpo reagì di conseguenza. Si stava sciogliendo, stava bruciando, si stava lasciando assimilare dal desiderio di lui. Avrebbe potuto non sopravvivere alla sua passione. E non le importava.

«Spero...» sussurrò mentre allungava una mano per toccargli il petto. Graham tirò su il fiato sibilando mentre lo faceva, e questo le diede fiducia. «Che sarà valsa la pena aspettare.»

Più che una risposta lui emise un ringhio e la fece voltare in modo che le loro posizioni fossero invertite. Adesso aveva la schiena premuta contro la porta e lui le incombeva sopra, ingabbiandola con braccia forti e potenti mentre la fissava in faccia.

Erano troppo vicini e lei si irrigidì di nuovo, terrorizzata all'idea che lui riconoscesse qualcosa di Adelaide sotto la facciata di Lydia. Ma non successe. Si limitò ad avvicinarsi e iniziò a baciarla lungo il collo. Era ovvio che non avrebbe visto Adelaide. Non pensava a lei. Non in questo modo.

Accantonò la delusione per quella dura verità e si concentrò sul modo in cui la bocca di Graham si muoveva su di lei. Era risoluto, le succhiava la carne, ma era anche abbastanza gentile da non farle male. Strinse i pugni contro il suo petto, agitandosi mentre in corpo le scorreva desiderio puro che esasperava la sua sensibilità già alta.

Gli allentò il bottone della giacca e gli fece scivolare le mani sotto.

Graham emise un suono di piacere che si perse contro la sua pelle. Il vacillante controllo di lui la spinse ad andare avanti, però, e gettò la giacca a terra. Poi fu il turno del panciotto: lo aprì con uno strattone e lo gettò via altrettanto facilmente.

Poi si fermò. Fu costretta. Graham si allontanò tanto che lei non poteva fare di più. Ma non lo fece per fermarla. Lo fece per farla girare e farle mettere i palmi delle mani sulla superficie liscia e fresca della porta, mentre con l'altra mano le sbottonava il vestito. Adelaide si inarcò quando il tessuto si aprì, esponendole la pelle ad aria più fresca. Non indossava niente sotto, dopotutto, perché il suo costume a teatro non consentiva l'uso di biancheria intima.

Quando Graham abbassò ulteriormente il vestito e scoprì di persona che era nuda, emise un basso gemito e poi le coprì la pelle con le labbra. Le scostò i capelli e le percorse il collo con la bocca fino all'attaccatura delle spalle, poi più in basso per tracciarle la spina dorsale finché il vestito non fu di nuovo d'intralcio.

Solo allora gli diede un tirotto per farlo scivolare giù e farlo cadere ai suoi piedi, lasciandola solo con le sue semplici scarpine da sera e le altrettanto semplici calze.

«Voltati» le sussurrò, la sua voce un appello, un ordine e una preghiera tutto in una volta.

Adelaide strinse i pugni prima di farlo, cercando di farsi coraggio come meglio poteva. Le sue esperienze passate, quelle a cui si sforzava di non pensare, non avevano incluso un uomo che la guardava completamente nuda. E ora era quest'uomo a farlo.

Quest'uomo.

Si voltò e scoprì che Graham aveva fatto un passo indietro. La fissava, i suoi occhi si pascevano di lei dalla testa ai piedi. Adelaide non aveva idea di cosa pensasse di quello che vedeva, si portò una mano tremante davanti al sesso mentre voltava il viso per sfuggire al suo intenso esame.

«Lydia» sussurrò lui, quel nome falso ora la trafisse come una spada perché ogni volta che Graham lo pronunciava, le ricordava ciò che lui voleva veramente.

Cercò di ignorare quelle reazioni e disse: «Sì?»

Graham le avvolse le dita intorno al polso e le allontanò delicatamente la mano. «Non devi nasconderti da me» la tranquillizzò.

Adelaide si costrinse ad alzare lo sguardo e trovò un'espressione gentile sul viso altrimenti duro di Graham. Una strana dicotomia da cui era attratta, proprio come era attratta da tutto ciò che riguardava quest'uomo.

«Sono in svantaggio» riuscì a bofonchiare con voce resa ruvida dal desiderio e dalla paura. «Perché io sono nuda e tu sei perfettamente... perfetto.»

«Tutt'altro» la rassicurò con una risatina sommessa. «Ma penso che intendi dire che sono vestito. Ed è una cosa a cui intendo porre subito rimedio.»

Si slacciò la cravatta con pochi movimenti mentre parlava, la srotolò, poi se la fece cadere al fianco. Mentre alzava le mani per slacciarsi la camicia, Adelaide si ritrovò protesa in avanti. Il corpo di Graham l'aveva affascinata fin dal primo momento in cui l'aveva toccata, inchiodandola così spietatamente contro quel tavolo. E quando lui si aprì la camicia e se la tolse, lei smise di respirare.

Era duro come le era sembrato al tatto quando era stata tra le sue braccia. Tutto muscoli e tendini, dalle spalle larghe alle braccia straordinariamente perfette fino alle deboli increspature sullo stomaco. Aveva una piccola cicatrice sul torace e un'altra sulla spalla, ma quei particolari lo rendevano solo più attraente, non meno.

«Hai gli occhi fuori dalle orbite» le disse, divertito e preoccupato al tempo stesso. «Sei *sicura* di averlo già fatto, Lydia?»

«Non con qualcuno come te.» rispose con un nodo alla gola.

«Cosa vuol dire qualcuno come me?» le chiese, ma portò le mani alla patta dei pantaloni e la slacciò lentamente, senza mai staccarle gli occhi di dosso.

«Non so proprio come descriverti, perché ripeto solo le parole che scrivono altri e non sono una poetessa» mormorò lei, con voce soffocata e tutta tremante. «Il Bardo ti paragonerebbe a un giorno d'estate.»

«Fu scritto per una donna, no?» osservò lui scuotendo la testa.

«Non m'interessa, ti calza alla perfezione» disse lei con un filo di voce mentre lui abbassava la patta e rivelava il suo membro inturgidito. «Sei un uomo d'oro e non solo per il colore dei tuoi capelli. Sei spettacolare. E sono pienamente consapevole che tutto questo è fugace e quindi devo godermelo, proprio come si fa con una perfetta giornata estiva.»

Il sorriso di Graham svanì alla sua ultima frase, ma lei non gli diede tempo di rispondere o discutere. Gli si avvicinò, più audace di quanto si sentisse, e gli avvolse le braccia intorno al collo per baciarlo. Lo sentì sfregare i piedi sul pavimento e scalciare via i pantaloni, e poi all'improvviso la prese per le natiche e la attirò tutta contro di sé.

A quel punto non contò più niente. Non era rimasto altro che il suo corpo morbido contro quello duro di lui, le sue braccia che la cullavano e la tenevano al sicuro, stretta e calda, mentre sentiva il suo sesso che le spingeva contro il ventre, pericoloso e desiderato al tempo stesso.

La fece voltare ancora una volta, facendola indietreggiare verso il letto, e le cominciarono a tremare le gambe quando la sollevò sul bordo. Stava per succedere. Stava succedendo. E non aveva mai voluto niente più di questo in tutta la sua vita.

La fece accomodare sui cuscini senza staccare la bocca vorace dalla sua e lei si adagiò nella morbida alcova mentre gli faceva scivolare le dita tra i folti capelli biondi e li tirava fuori dal codino che teneva insieme le ciocche.

Graham si tirò indietro per guardarla e a lei mancò il fiato. Con i capelli sciolti era l'angelo caduto che fingeva di non essere. Peccaminoso e sensuale, la conduceva in tentazione, una tentazione da cui non sarebbe uscita intatta.

Le fece un sorriso infinitamente perverso, poi abbassò la bocca non sulle sue labbra, ma sul suo petto. Le tracciò la clavicola con la lingua e lei sussultò alla marea di sensazioni inaspettate che la inondarono. Graham trascinò le sue labbra più in basso, coprendole un seno prima di attaccarsi saldamente al capezzolo.

Adelaide gli mise di nuovo le dita tra i capelli, chiamandolo per nome con un grido soffocato che sembrò rompere il silenzio della stanza. Lui succhiò più forte, facendo roteare la lingua finché non fu stordita dal piacere. Poi portò la bocca all'altro seno e fece altrettanto, eccitandola al punto che Adelaide temette di ardere.

Ma non la prese. Non ancora. Spostò la bocca più in basso, sopra il suo ventre piatto, le leccò l'anca, la coscia, e poi le allargò le gambe e si fermò.

Adelaide si tirò su a fatica, e lo vide posizionarsi tra le sue gambe. «Che cosa stai facendo?» gli chiese ansimando.

Graham corrugò la fronte e alzò gli occhi per guardarla negli occhi. «Non te lo hanno mai fatto?»

Lei scosse lentamente la testa. Non era nemmeno sicura di cosa si trattasse.

Lui si accigliò. «Lydia, se sei ancora inviolata, ho bisogno che tu me lo dica onestamente adesso. Non voglio farti male, e lo farò se non sei mai stata con un uomo.»

Adelaide lo fissò. Eccolo lì, con una donna di cui aveva inventato l'identità, che la maggior parte degli uomini del suo rango avrebbe considerato poco più di una prostituta. Eppure era gentile con lei. Perfino tenero. Non voleva farle male.

«La mia esperienza è limitata» ammise. «Un solo uomo, tre anni fa. Non ha fatto nessuna delle cose che mi hai fatto tu stasera. Ma mi ha avuta. Non sono vergine, Graham. E non voglio che ti fermi, quindi per favore, per favore non smettere.»

Graham inclinò la testa, quasi come se si rendesse conto che tra tutte le sue altre bugie su questo era stata onesta. Ed era vero, dopo tutto. La storia che Adelaide aveva appena raccontato era la sua, non di Lydia Ford.

«Non ho intenzione di fermarmi» promise. «E voglio rimediare alla brutta esperienza che hai avuto in passato.»

Mentre parlava, chinò la testa e improvvisamente la sua lingua fu su di lei, dentro di lei. Adelaide lanciò un grido scioccata, ansimò e sollevò i fianchi. Che cos'era? Questa sensazione potente che pulsava in tutto il suo essere mentre la leccava senza darle tregua. Si era toccata in passato, ovviamente. Sapeva cos'era un orgasmo. Ma questo era qualcosa di molto più potente.

Era qualcosa di magico.

Quando le succhiò il clitoride, una corrente elettrica di piacere la fece sussultare al punto di sollevarla quasi dal letto contro la sua volontà. Graham sorrise contro il suo sesso bagnato e le mise una mano sul ventre per tenerla ferma mentre concentrava tutta la sua attenzione, tutta la sua passione, tutto il suo talento su quel fascio di nervi sotto pelle.

Adelaide gli si strofinò contro, gemendo e mormorando lungo il sentiero del piacere crescente. E poi, all'improvviso, raggiunse il bordo della scogliera e cadde. Le sussultarono i fianchi, nemmeno la mano forte di Graham fu in grado di domarli. Le sfuggì un grido acuto, strinse forte il copriletto e gli tirò i capelli, affondando i talloni nel letto mentre veniva colpita da un'ondata dopo l'altra di potenti sensazioni esplosive. Lui continuò a leccarla per tutto il tempo, prolungando il momento finché lei non tremò contro i cuscini, esausta e senza forze dopo quell'esperienza.

Solo allora Graham tornò da lei risalendo carponi lungo il suo corpo disteso. Solo allora la baciò e le lasciò assaporare il sapore del suo orgasmo. Si aggrappò a lui, disperata mentre ricambiava quel bacio e sentiva la brama del desiderio pulsarle ancora tra le gambe.

Lui si posizionò mentre si baciavano e la allargò di più, spingendo il pene contro la sua apertura. E poi le scivolò dentro.

La sua precedente esperienza era stata un'esplorazione dolorosa fortunatamente breve, seguita da umiliazione e delusione. Non era questo il caso. Il suo corpo si dilatò, accogliendolo come se fosse fatto apposta, nonostante le dimensioni. Ed era *bello*, cosa che non si sarebbe mai aspettata.

Graham sollevò la testa e la osservò attentamente quando si tirò indietro e ritornò dentro con un'abile spinta. Adelaide gli affondò le dita nelle spalle, sollevandosi per andargli incontro mentre tutto il suo mondo si condensava in questo atto, in questo luogo, in quest'uomo.

Graham cominciò a prenderla, piano all'inizio, ruotando i fianchi, sicuro in questo frangente come sembrava esserlo in tutto il resto. Ma quando i gemiti e le grida di lei aumentarono, quando il piacere ormai placato che le aveva procurato con la bocca ritornò prepotente, Adelaide lo vide perdere lentamente il controllo.

Gli si irrigidì il collo, gli si delinearono le vene contro la carne, e lo sentì grugnire di piacere, in parte uomo, in parte bestia, tutto ciò che lei voleva.

Il mondo di Adelaide iniziò a esplodere per la seconda volta mentre Graham si sfregava contro di lei e aumentava le spinte e lei mugolava e si strofinava contro di lui per trovare ancora più piacere. Gli vide la tensione mentre cercava di aspettare, di prolungarle l'esperienza il più a lungo possibile. Poi alla fine gridò: «Lydia!» e si tirò fuori in tempo per lasciare che il suo seme le schizzasse sul ventre.

Adelaide lo prese per le spalle e lo attirò contro di sé, gli premette la bocca sulla sua in preda alla meraviglia e alla gratitudine mentre desiderava, sperava e pregava che questo momento straordinario potesse durare per sempre pur sapendo che sarebbe finito fin troppo presto.

L ydia era distesa sul petto di Graham, stringeva e apriva la mano con delicatezza contro la sua pelle e gli solleticava le braccia con i capelli. Erano passati venti minuti da quando avevano fatto l'amore. Normalmente, a quest'ora sarebbe stato sul punto di uscire dal letto della sua amante, cercando una scusa per mandarla via o per andarsene lui stesso.

Ovviamente, l'ultima volta che era stato con un'amante era successo diversi anni prima. Il suo fidanzamento con Meg aveva reso queste cose imbarazzanti e non era stato proprio dell'umore di avere qualcuno vicino nei mesi trascorsi da quando il loro legame era finito così male.

Ma quella sera non aveva voglia né di scappare, né di mandare via

Lydia. Tenerla stretta a sé era... bello. Ed era una sensazione leggermente terrificante.

Lydia sollevò la testa, come se gli avesse letto nel pensiero e gli
sorrise. «Meglio che vada.»

Il conforto che Graham aveva provato fino a quel momento svanì
con quelle tre paroline. Le esaminò il viso per capire quali fossero le
sue motivazioni. Non riusciva a capirlo. Era un'attrice troppo brava
per consentirgli di scorgere qualcosa che non voleva che lui vedesse.

«Torni dal *signor* Ford?» le chiese, pensando alla storia dell'amante
di molto tempo prima che gli aveva raccontato. Era convinto che fosse
vera, ma era una brava attrice. Poteva essere una bugia.

Lydia inarcò un sopracciglio e si tirò su appoggiandosi sul gomito.
Col dito gli disegnò un ghirigoro sul petto. «Credo che tu sappia
molto bene che fingere di essere sposata è uno dei modi con cui le
donne di teatro si proteggono.»

Quando la sentì usare la parola *proteggere*, gli si strinse lo stomaco
e la mente lo riportò a terribili immagini di urla e tonfi, morte e
perdita. Frenò a stento l'ansia a quel pensiero e le chiese: «Sei mai
stata minacciata?»

Lydia trattenne il respiro, e lui intuì la risposta. Ma lei scosse la
testa e mentì. «Non tanto quanto le altre» disse alla fine.

Graham increspò le labbra. Ad essere onesti, non aveva mai
prestato molta attenzione alle donne di teatro o alle prostitute o alla
servitù. Il suo mondo era sembrato così lontano dal loro fino adesso.
Ma capiva che il mestiere che facevano le metteva a rischio. Cosa
potevano fare per scoraggiare gli uomini con più potere? Uomini che
non accettavano un rifiuto se volevano fortemente qualcosa?

Diavolo, anche le donne della sua cerchia avevano ben poche
risorse cui appellarsi se venivano minacciate o se gli veniva fatto del
male. Lo sapeva per esperienza, purtroppo.

«Quello che fai è pericoloso» le disse.

«A volte» ammise lei, con lo sguardo turbato. Poi quell'espressione
impensierita svanì e fu sostituita da qualcos'altro. Qualcosa di più
caldo, e intrigante. Si tirò su e gli sfiorò le labbra con le sue con una

sensualità spontanea che gli bloccò i pensieri quasi all'istante. «Ma pericoloso non è sempre un male» sussurrò.

Poi si allontanò e lui la lasciò andare, perché per quanto la volesse, gli aveva acceso una fiamma tutt'altro che piacevole nella mente. La osservò rimettersi l'abito per prepararsi a lasciarlo e si mise a sedere lentamente.

«Lydia, non vorrei che... ti succedesse qualcosa» le disse.

Lydia si fermò. Gli dava le spalle, e nel suo linguaggio del corpo c'era una tensione che lui non capiva. Era arrabbiata per la sua confessione? Aveva paura delle conseguenze che avrebbe dovuto affrontare, conseguenze che non voleva condividere con lui?

Alla fine lo guardò e aveva un sorriso così falso che gli diede quasi fastidio. Si chinò e lo baciò ancora una volta. «Non è vostro compito, Vostra Grazia» disse dolcemente. «Buona notte.» Poi se ne andò, senza nemmeno guardarsi indietro.

Non fece nulla per fermarla, in parte perché si rendeva conto che non poteva. In parte perché non era esattamente certo di cosa avrebbe fatto se l'avesse fermata. Che cosa poteva dirle? Non gli stava chiedendo aiuto. Non era nemmeno sicuro che ne avesse bisogno. Eppure gli era rimasta una sensazione di cruccio in petto.

Come se avesse appena perso un'opportunità che avrebbe potuto non tornare mai più.

CAPITOLO NOVE

«Sai che ieri sera ho sentito un gran baccano?»

Adelaide alzò di scatto la testa dal bel paio di guanti stesi sul tavolo della bottega del sarto che stava ammirando, e fissò sua zia. Opal stava giocherellando con la collana che aveva al collo, aveva gli occhi spalancati e un'espressione preoccupata.

«Baccano?» chiese, e cercò di sembrare indifferente.

Il baccano, ovviamente, era stato il suo ritorno furtivo a casa di sua zia dopo la notte sfrenata e meravigliosa che aveva passato con Graham. Di solito la sua cameriera, una delle poche persone che conosceva la verità, la lasciava rientrare in casa a un orario prestabilito dopo i suoi spettacoli. Ma visto che era tornata molto tardi, la ragazza era stata costretta a sedersi in cucina e nell'attesa si era addormentata. Quando Adelaide aveva bussato, la povera Rebecca si era svegliata di soprassalto ed era inciampata su una scopa. Erano state costrette a fuggire prima di venire colte sul fatto.

«Sì, un fracasso in cucina dopo le due di notte» disse Opal. «Ho pensato che fosse un ladro e ho chiamato Smith.»

«Hai svegliato Smith?» chiese Adelaide, sentendosi molto in colpa per lui. Il buon maggiordomo era già così vessato dagli strani umori e dagli occasionali attacchi d'ira di Opal, che detestava l'idea di avergli causato ancora più dolore.

«Ma certo. Cosa dovevo fare, scendere io stessa ed essere...» Opal abbassò la voce in modo che il negoziante non la sentisse. «... *approcciata* nella mia cucina?»

«No, Smith è più adatto per una cosa del genere, non è vero?» mormorò Adelaide e sua zia la fissò.

«È quello per cui lo pago, o no?» scattò Opal.

Tecnicamente era vero, così Adelaide scrollò le spalle. In ogni caso, non era dell'umore giusto per discutere con sua zia. Scavare più a fondo avrebbe portato solo guai. «Presumo che non abbia trovato niente?»

Opal sospirò, quasi fosse delusa dal fatto che i ladri non li avessero uccisi tutti nei loro letti. «No. Secondo lui era solo caduta una scopa, forse l'aveva rovesciata un topo.»

«Allora non c'è niente da temere, vero?» concluse Adelaide sollevata con un falso sorriso. Ancora una volta in qualche modo era riuscita a non farsi scoprire. «Il mistero è risolto ed è tutto a posto.»

Sua zia sembrava poco convinta, ma prima che potesse continuare la conversazione, una voce la chiamò dall'altra parte del negozio. «Lady Adelaide!»

Adelaide si voltò, ma la felicità che aveva provato ad essere stata interrotta svanì quando vide a chi apparteneva la voce che aveva pronunciato il suo nome. La Duchessa di Crestwood le stava venendo incontro con un sorriso smagliante e gli occhi fissi su di lei.

Adelaide si ritrovò a spostare il peso da un piede all'altro quando la donna la raggiunse, così buttò il petto in fuori per rafforzare la sua posizione. Come se stessero andando in battaglia. Ridicolo.

«Vostra Grazia» disse con la massima calma possibile. «Che sorpresa.»

La duchessa inclinò leggermente la testa e poi rivolse l'attenzione alla chaperon di Adelaide. «Buon pomeriggio. Lady Opal, vero? Che bel nome.»

Opal sembrava davvero impressionata mentre guardava la

duchessa su e giù, non che Adelaide potesse biasimarla. Lady Crestwood trasudava grazia e fiducia in se stessa, ed era risaputo quanto fosse apprezzata e rispettata in società. Il suo matrimonio con Crestwood aveva cambiato la situazione in qualche modo: la gente mormorava, ovviamente, ma se qualcuno poteva superare quel momento, era questa donna.

Graham era un'altra storia, però, e questo indusse Adelaide a respingere l'inaspettato rispetto che provava per la duchessa e ad indurirsi.

«Lady Opal?» disse il negoziante, indicando la stoffa che sua zia gli aveva chiesto di andare a prendere dal retro.

«Vogliate scusarmi» disse Opal, e ad Adelaide si gelò il sangue. Normalmente non era di certo afflitta quando sua zia si allontanava, ma oggi voleva correrle dietro.

Invece si voltò e vide la duchessa che la osservava e sembrava soppesarla con lo sguardo. «Sono così felice di rivedervi.»

Adelaide si schiarì la gola, incerta su come procedere. «Grazie, Vostra Grazia. Anche se non so perché.»

«Meg, ti prego, chiamami Meg» disse la duchessa. «E sono contenta perché so che sei una grande amica di Emma che adoro alla follia. Per cui *dobbiamo* essere amiche anche noi, no?»

Adelaide si agitò leggermente. Riconobbe l'oscura sensazione che le saliva in petto quando guardava la duchessa... Meg. Gelosia. Gelosia per la sua amicizia con Emma, che un tempo era stata la migliore amica di Adelaide. E gelosia per tutto ciò che questa donna un tempo aveva condiviso con Graham. Pur sapendo com'era finita, pur sapendo che Graham non l'aveva amata, non poteva fare a meno di chiedersi se l'avesse mai baciata. O toccata.

Dato che erano stati fidanzati così a lungo, non poteva credere che non fosse successo qualcosa tra di loro. Com'era possibile essere con Graham e non volersi sentire avvolgere dalle sue braccia?

Apparentemente era rimasta a rimuginare per troppo tempo, perché Meg sorrise leggermente. «Be', almeno *a me* piacerebbe essere amiche.»

Adelaide rimase a bocca aperta. «Oh sì. Certo. Sono sicura che ci vedremo di tanto in tanto visti i rapporti che abbiamo con Emma.»

Meg corrugò leggermente la fronte. «Spero di sì. E forse un giorno anche Northfield sarà più spesso dei nostri.»

Adelaide la fissò. «Temo di non saperne niente» disse con tono molto più freddo e le piume arruffate come una chioccia. Come osava questa donna comportarsi come se Graham potesse tornare alla vita di prima come se niente fosse dopo quello che gli era successo? Sentiva un forte desiderio di difenderlo ancora una volta. E ancora una volta non stava a lei farlo.

Perfino dopo quello che avevano condiviso la scorsa notte.

«Ah no?» disse Meg. «Emma aveva detto qualcosa sul fatto che tra voi due stava nascendo una specie di amicizia.»

Adelaide si bloccò, con la mente tornò alle immagini della bocca di Graham tra le sue gambe, di lui che si alzava su di lei mentre la prendeva, del suo bacio ardente che rendeva tutto il suo corpo così maledettamente debole.

Scacciò quei pensieri. «Lo conosco a malapena, non so quindi perché Emma dica una cosa del genere.»

«È un buon amico» insistette Meg, e il suo tono si fece improvvisamente distante. «Costante e leale.»

Adelaide non riuscì a resistere. Incrociò saldamente le braccia sul petto. «Sembra che non sia stato sempre ricambiato dai suoi amici.»

Meg trasalì e Adelaide desiderò subito rimangiarsi quelle parole dure. Dopotutto, Meg era la cognata di Emma. Se non fosse stata più prudente, avrebbe potuto finire per perdere Emma, e per cosa? Per un uomo che probabilmente non pensava affatto a lei? Era *Lydia* che voleva. Una fantasia che nemmeno esisteva. Una donna che alla fine sarebbe scomparsa, perché non c'era modo di poter mantenere la sua doppia vita all'infinito.

Meg guardò verso la porta, con le lacrime agli occhi. «La situazione tra Simon, Graham e me era... complicata» disse con un filo di voce.

Adelaide trattenne il respiro. «Non credo proprio che dovreste dirmi...»

«Normalmente non ne parlerei, ma ti ho visto con lui alla festa qualche giorno fa» la interruppe Meg. «C'era qualcosa tra voi. Posso non aver amato Graham, lui di certo non amava me. Ma lo conoscevo. Un tempo lo conoscevo. Se sei sua amica, come dice Emma mentre tu lo neghi, allora penso che ne abbia bisogno. Ed è chiaro che desideri difenderlo e penso che abbia bisogno anche di questo.»

Adelaide si agitò, perché quello che provava per Graham era davvero molto complicato. Desiderio, sì. Frustrazione, sì. Gelosia... sì. E non voleva ancora affrontare questo garbuglio di sentimenti. Se mai avrebbe voluto affrontarlo in futuro. Eppure voleva saperne di più. Voleva sapere quello che Graham non le avrebbe raccontato.

«Pe... perché è andata così?» chiese.

Meg la fissò per quella che sembrò un'eternità, finché Adelaide non si sentì a disagio. Finché non cominciò a cercare un modo per cambiare argomento.

«Normalmente non ne parlo» sussurrò alla fine Meg. «Ma mi sono innamorata di Simon fin dal primo momento in cui l'ho incontrato.»

«Allora perché avete accettato di sposare Northfield?» chiese Adelaide.

«Non è andata così.» Meg chinò la testa. «È stato James a combinare il matrimonio. Eravamo tutti così giovani quando è successo, nessuno di noi aveva la capacità di capire come abbandonare il progetto. Nessuno di noi ha avuto il coraggio di fare il primo passo. Mi è quasi costato l'amore della mia vita. Ed è costato a Simon uno degli amici più cari che abbia mai avuto. Vedere il dolore di mio marito e conoscere la profondità del dolore di Graham è l'unica cosa che rovina la mia felicità.»

Adelaide si morse il labbro. Aveva visto Meg e Simon come i cattivi della situazione, ma era evidente che Meg era davvero turbata per il dolore di suo marito. Inoltre, era evidente anche quanto fosse ferita dalla sofferenza di Graham.

«C'è un modo per... appianare le cose?» chiese Adelaide.

«Quello che devi capire» disse Meg a bassa voce, «è che James, Simon, Graham e tutti gli altri sono come fratelli. *Erano* come fratelli. Il mio più grande desiderio è che possano superare questo momento e che Graham torni da noi. Al posto che gli appartiene. Come accadrà, be', immagino che dovremo tutti stare a vedere.»

C'era qualcosa nel modo in cui Meg la trafiggeva con uno sguardo fisso che fece sobbalzare il cuore di Adelaide. Qualcosa che le fece intuire che Meg pensava che come Adelaide avrebbe avuto un ruolo nella riunione di Graham con i suoi amici. Ma questo significava darle troppa importanza. Più di quanto lui le avrebbe mai dato.

Si voltò. «Mia zia sembra aver finito con i suoi acquisti, vogliate scusarmi» disse.

Meg annuì. «Certo. È stato bello rivederti, Adelaide.» Si avvicinò. «E spero di cuore che un giorno ti verrò a piacere e che potremo essere amiche.»

Meg le strinse dolcemente il braccio, poi si voltò per andare dal negoziante. «Signor Evans, che bello rivedervi!»

Ma quando Opal tornò, Adelaide non poté fare a meno di continuare a fissare Meg. La franchezza che aveva appena incontrato non era qualcosa a cui era abituata. Né era abituata ai sentimenti ispirati da quella franchezza, sentimenti verso la duchessa, ma anche verso Graham.

G raham sfrecciava sul suo cavallo e spronava il destriero ad andare più veloce mentre galoppava lungo i viali, ignorando gli sguardi degli altri frequentatori del parco. I suoi pensieri turbinavano troppo veloci per non muovere il corpo alla stessa velocità.

Quasi come se dovesse scappare più veloce di qualcosa. Solo che non ci riusciva.

Aveva fatto l'amore con Lydia Ford meno di ventiquattro ore prima. Ed era stato spettacolare, eppure non poteva fare a meno di sentirsi... turbato. Incompleto, non importava quanto avesse trovato gratificante l'esperienza.

Non gli piaceva. Gli piaceva quando le cose erano chiare, curate nei dettagli e ben pianificate.

«Esattamente la ragione per cui la tua vita è un tale casino in questo momento» grugnì tra sé. Fece rallentare Sansone e lo fece voltare in uno dei sentieri alberati che si addentravano nelle parti boscose del parco. Oltre ai gentiluomini a cavallo, c'erano persone a passeggio. Dame con i parasoli, signori con bastoni da passeggio. Erano tutti lì per vedere e per essere visti.

Graham si sentì molto esposto mentre passava accanto a questa gente, sapeva che i loro occhi erano puntati su di lui. Sapeva che i loro sussurri si riferivano allo scandalo che non poteva sfuggire. Tranne, a quanto pare, quando era con Lydia.

Alzò lo sguardo sulla strada e gli occhi gli caddero sulla figura di una gentildonna sul prato con la sua cameriera. Per un attimo gli balzò il cuore in petto, perché pensava che fosse Lydia in persona. Ma poi la dama si voltò e lui sussultò di nuovo quando riconobbe lo chignon troppo stretto e gli occhiali appollaiati su un naso sottile.

«Buon Dio!» gridò. Fece rallentare il cavallo fino a fermarsi e saltò giù. «Lady Adelaide.»

La vide sussultare quando le andò incontro e dare un'occhiata verso il prato da sopra la spalla. La sua cameriera scambiò con lei uno sguardo d'intesa e poi sorrise allontanandosi di un paio di passi. Restò abbastanza vicina da poterli ancora definire sotto controllo, abbastanza lontana perché potessero parlare.

«Vostra Grazia» disse Adelaide, quasi senza fiato. «Non... non mi aspettavo di vedervi qui.»

«Non faccio una cavalcata nel parco da un po' di tempo» ammise. «Troppi guardoni, un po' come a un ballo. Ma oggi avevo bisogno di aria fresca. Avevo bisogno di pensare.»

Adelaide distolse leggermente il viso. «Capisco.»

«E voi perché siete venuta qui?» chiese. «Non siete sola, vero?»

La giovane increspò leggermente le labbra e sul viso le passò un'espressione di rassegnazione. Il cambiamento non gli piacque. Gli faceva venire voglia di... porre rimedio a qualunque cosa la turbasse in qualche modo.

Che idea ridicola.

Adelaide si guardò di nuovo alle spalle. «A mia zia piace fare una passeggiata nel parco ogni giorno a quest'ora. Spesso insiste che mi unisca a lei, anche se trova qualche scusa per allontanarsi da me.»

Graham seguì il suo sguardo e vide una donna dall'aspetto piuttosto severo con un gruppo di altre signore, che parlava. I suoi capelli biondi erano striati di grigio ed era magra quasi come un chiodo. Nonostante ciò, riusciva a scorgere un po' di Adelaide in lei, anche se preferiva di gran lunga Adelaide a sua zia.

«Da quanto tempo vivete con lei?» chiese, scoprendo di essere veramente interessato alla risposta, e non solo a fare due chiacchiere.

Adelaide tirò su l'aria tra i denti, un movimento quasi impercettibile, se non fosse stato per il fatto che in quel momento era completamente concentrato su di lei. «I miei genitori sono morti quando avevo dieci anni. Da allora vivo con mia zia.»

C'era un dolore così tangibile nella sua voce da ferirlo. Assomigliava al suo stesso dolore quando si trattava di coloro che aveva perso.

«Come?» chiese a bassa voce. «Se non vi spiace parlarne.»

Adelaide lo fissò per quella che sembrò un'eternità, e lui intuì che stava cercando di decidere se dirglielo. Se si fidava di lui. Se stava giocando con lei, come lo aveva accusato la sera in cui aveva ballato con lei al ballo.

«Una febbre» gli confidò alla fine. «Prima lui, lei pochi giorni dopo.»

«Mi dispiace» disse, e lo diceva dal profondo del cuore. «Perdere un genitore è già abbastanza duro. Perderne due a cui si era affezionati...» Si interruppe, e ora lei lo guardò con più attenzione. Come se avesse capito che erano spiriti accomunati dalla perdita. Il che, ovviamente, era vero. Vide anche il desiderio di Adelaide di insistere di più sull'argomento. Si irrigidì e distolse il volto. «Bella giornata, non è vero?»

Lei esitò e poi annuì. «Concordo. Non ho mai visto un autunno così bello. Suppongo che sia per questo che tutti i pavoni sono fuori a fare bella mostra di sé. Presto la pioggia e il freddo li costringeranno a stare dentro dove potranno pavoneggiarsi solo a tempo di musica.»

Graham rise alla sua battuta caustica. «Bella opinione che avete dei membri della nostra classe.»

Adelaide scrollò le spalle. «Quando si osserva da lontano, suppongo che non si possa fare a meno di giudicare. Forse sono troppo dura.»

«No, penso che la vostra descrizione sia azzeccata. Siamo tutti addestrati a metterci in mostra, come dite.» Scosse la testa. «Diventa noioso alla lunga. Questa continua... commedia.»

Adelaide trattenne il fiato una seconda volta e quando lui la guardò, aveva gli occhi spalancati sotto le lenti e le tremavano leggermente le mani lungo i fianchi. Avrebbe potuto chiederle cos'aveva, perché quella reazione lo colse alla sprovvista, ma prima che potesse, lei si guardò di nuovo alle spalle.

«Oh, accidenti, eccola che arriva» mormorò.

Graham fu stupito dalla sua inaspettata imprecazione, e si voltò a osservare sua zia che si stava avvicinando. La donna sembrava arrabbiata nel vedere sua nipote parlare con lui.

«È cattiva come sembra?» sussurrò. «Pensavo che le sarebbe piaciuto vedervi parlare con un duca.»

Adelaide gli lanciò un'occhiataccia. «Il duca è un po' pieno di sé o sbaglio?»

Lui sorrise nella speranza di riuscire a calmarla un po'. «Sempre, mia cara. Buon Dio, sembra davvero infuriata.»

Adelaide annuì. «Sì in effetti.» Non riuscì ad aggiungere altro, però, perché finalmente la donna li aveva raggiunti. «Zia Opal, spero che la conversazione con le tue amiche sia stata piacevole. Conosci il Duca di Northfield?»

«Vostra Grazia» disse Lady Opal con un tono gelido che avrebbe potuto congelare i testicoli di un uomo in un batter d'occhio.

Graham chinò la testa. «Milady. Stavo passando per il parco e ho visto Lady Adelaide vicino al sentiero. Ho voluto porgere i miei saluti.»

«E lo avete fatto» disse Lady Opal, strizzando ulteriormente gli occhi.

Graham si agitò, perché era chiaro che gli stava dando il benservito. Non era abituato a una cosa del genere. Le signore che facevano da chaperon alle damigelle adoravano i duchi. Non c'era niente di meglio da accalappiare per le fanciulle a loro affidate.

Ma Lady Opal sembrava agitata e Adelaide leggermente nauseata mentre lo fissava, il suo sguardo gli diceva senza parole che se se ne fosse andato, le avrebbero reso le cose più facili.

Così si inchinò di nuovo. «Bene, devo andare e lasciarvi alla vostra passeggiata. Spero di avere di nuovo il piacere della vostra compagnia, signore.»

«Arrivederci, Gr... Vostra Grazia» disse Adelaide con un filo di voce. Sua zia si limitò a tirare su col naso e Graham risalì a cavallo e partì al galoppo giù per il sentiero. Ma non poté fare a meno di dare una rapida occhiata ad Adelaide.

Né poté ignorare il fatto che durante i momenti in cui era stato con lei, non aveva pensato nemmeno una volta a Lydia. E non stava pensando a lei adesso, meravigliandosi della freddezza di Lady Opal e del piacere che provava nel trascorrere anche solo un momento con la fanciulla che aveva in custodia.

«*Cos'hai oggi?*»

Graham fissò il biglietto scritto con la grafia pulita di Ewan e cercò di riprendersi prima di guardare in faccia il suo amico. Erano seduti insieme nell'ufficio di Graham e lui sapeva di non essere di buona compagnia. La sua mente era troppo... incontrollabile. Sembrava che non riuscisse a impedire che deviasse a immagini di pelle morbida, capelli biondi e una notte diversa da qualsiasi cosa avesse mai vissuto nei suoi quasi trent'anni su questa terra.

Quello era uno dei problemi. L'altro era più complicato. Perché non riusciva a smettere di pensare nemmeno a un'altra donna, questa di spirito vivace e dall'acume inaspettato. Una donna che lo rintuzzava come se non fosse un duca. Come se fosse solo un uomo. E gli piaceva.

Erano passati due giorni dall'ultima volta che aveva visto sia l'una che l'altra, ma entrambe dominavano i suoi pensieri. I suoi sogni. A volte arrivavano a fondersi insieme in un modo inquietante ed erotico.

Incrociò gli occhi di Ewan e in loro non vide altro che un'amicizia calma, gentile e degna di fiducia. Era sempre stato in grado di parlare con lui, a volte anche più che con James e Simon. E non era solo perché il suo mutismo gli impediva di interrompere. Era che Ewan le ascoltava veramente. Lo *sentiva*.

«Cos'ho?» chiese. Ewan non scrisse niente ma fece una smorfia esasperata più che eloquente. Graham rise suo malgrado e disse: «Be', *potrei* avere un problema, suppongo.»

Ewan scrisse: «*E sarebbe?*»

«Io...» Esitò, perché non appena avesse pronunciato ad alta voce le parole che stava per dire, avrebbe dovuto affrontarlo il problema. Davvero. «Voglio due donne.»

Ewan spalancò gli occhi, poi aprì e chiuse la bocca un paio di volte prima di riprendere lentamente il taccuino e scrivere: *«Be', suppongo che dovrei essere felice che tu voglia tornare a goderti la vita. Anche se di certo non perdi tempo. Immagino che tu e Roseford potreste parlarne.»*

Graham si irrigidì. «No, non intendo due donne nel senso che piace a Roseford. Comunque, pensavo che Roseford fosse più interessato a condividere una donna con un amico. Un amico suo, non di lei. In ogni caso, non è di questo che sto parlando.»

Ewan si strinse nelle spalle a indicare che Graham poteva andare avanti.

«Voglio dire che sono attratto da due donne diverse.» Ora le parole erano uscite e si rese conto di quanto fossero vere.

Ewan scarabocchiò: *«Presumo che una sia l'attrice?»*

«Sì» disse Graham, passandosi una mano tra i capelli. «Lydia Ford. Era così evidente?»

Ewan annuì e Graham rise di nuovo.

«Sì, immagino che il mio interesse fosse palese quella prima sera che tu e Tyndale mi avete portato a teatro. Ma è andato oltre una semplice vaga attrazione. Sono andato di nuovo da lei due sere fa.» Scosse la testa. «E... non ho potuto più resisterle. Noi... be', abbiamo fatto quello che ti aspetteresti che facessimo.»

Avrebbe potuto fornire maggiori dettagli, ma scelse di non farlo. Ewan non era il tipo da voler sapere delle donne con cui andavano a letto i suoi amici. E anche se lo fosse stato, Graham era riluttante a condividere questa esperienza. Quello che era successo con Lydia era potente, speciale. Se ne parlava a un amico, gli sembrava di sminuirlo.

Di sminuire lei.

«Ha dei segreti» disse invece. «Lo sento. E so anche che sta facendo un mestiere piuttosto pericoloso, quindi sento questo desiderio di proteggerla.»

L'espressione di Ewan si addolcì e annuì mentre scriveva: «*Immagino.*»

Graham sussultò. Solo una manciata dei suoi amici conosceva la verità sul suo passato. James, Simon... Ewan. E Kit, che una volta aveva impedito a Graham di uccidere suo padre. Ma ogni volta che gli veniva ricordato che qualcuno aveva accesso alla sua vera anima, lo metteva a disagio.

Ewan sembrò percepire la sua riluttanza a continuare su quell'argomento e scarabocchiò: «*Chi è l'altra donna di cui ti sei invaghito?*»

Lui sospirò. «È, ehm, Lady Adelaide. È la figlia del defunto conte di Longford. Una cara amica di Emma.»

Ewan si limitò a fissarlo, senza accennare a scrivere nulla. Graham cominciò ad agitarsi quando il silenzio si allungò. Poi Ewan, molto lentamente, scrisse: «*La timidona. Vuoi una che fa da tappezzeria ai balli?*»

Graham digrignò i denti. «Parla lui, il duca che non va mai a nessun ricevimento. Se mai ci fu un uomo a fare da tappezzeria, sei *tu*.»

Ewan gli lanciò un'occhiataccia, ma gli fece cenno di continuare.

«E il fatto è che Adelaide è più di quella stupida etichetta.» Si alzò e si allontanò da Ewan. «È intelligente e diretta. Fin troppo. Si lega i capelli troppo stretti e non sono nemmeno sicuro che abbia bisogno di quegli occhiali che le nascondono gli occhi al punto che non si è mai davvero certi di cosa le stia passando per la mente.»

Parlare di Adelaide gli richiamò la sua immagine e gli si strinse lo stomaco mentre continuava: «Balla meravigliosamente anche se non lo fa mai, il che la rende simile a me. È frustrante all'inverosimile perché a volte sento che mi fraintende deliberatamente. Non è il mio tipo, hai ragione su questo. Non è il mio tipo, anche se ad essere onesti, non so davvero più quale sia il mio "tipo". Nonostante tutto questo… mi piace. E se sono onesto con me stesso, la voglio.»

Si accasciò sulla sedia e lasciò che l'effetto di quella dichiarazione lo colpisse in pieno. Aveva passato una notte incredibile a fare l'amore con Lydia, eppure meno di quarantotto ore dopo poteva ammettere che voleva anche Adelaide.

Gli piacevano entrambe. Le desiderava entrambe. Una situazione che lo metteva decisamente a disagio. Dopotutto, negli ultimi mesi aveva sofferto per un caso di lealtà tradita. Ma dov'era la lealtà in questi sentimenti complicati che ora gli fermentavano dentro?

«*È un bel pasticcio*» scrisse Ewan, riassumendo il problema di Graham in una riga piuttosto sbrigativa.

Graham fu tentato di tirargli il taccuino addosso. «Sei di grande aiuto, Donburrow, davvero. Adesso mi è tutto chiaro, tanto vale che mi arrangi.»

Ewan ora rideva, un evento raro che gli scuoteva il corpo anche se non emetteva suoni e gli illuminava il viso solitamente cupo. «*Scusa*» scrisse, con la mano che gli tremava ancora dal ridere. «*Cosa vuoi che dica?*»

«Quel che devo fare?» ribatté Graham scuotendo la testa. «Sei molto più intelligente di tutti noi messi insieme, maledizione, devi esserti fatto un'idea.»

L'espressione di Ewan cambiò, un lampo di emozione prima che svanisse. Rimase fermo un attimo, poi scrisse: «*Non sono particolarmente ferrato in affari di cuore, ma mi sembra che ti manchino dei pezzi nel tuo rapporto con ciascuna di queste donne. Con Lydia, non conosci i suoi segreti. La sua vera personalità o la sua vera vita. E Adelaide ti tiene a distanza fisicamente. Per esempio con gli occhiali che dici che indossa anche se non ne ha bisogno. Una barriera, forse? Una linea che non ti lascia oltrepassare?*»

«Sei davvero il più intelligente tra noi» mormorò Graham. «Sì, penso che sia così. C'è un confine che mi separa da entrambe. Mi stai suggerendo di oltrepassare quei confini con tutte e due?»

Ewan annuì.

«E cosa succede se le voglio ancora entrambe?» chiese mentre cercava di immaginare di baciare Adelaide nello stesso modo in cui baciava Lydia. Scoprì che ci riusciva piuttosto facilmente e si detestò per questo.

Ewan si strinse nelle spalle. «*Allora torna e ne parliamo ancora.*»

Graham chinò la testa. Aveva passato la vita, per lo meno la vita fino agli ultimi mesi, nella certezza di quello che faceva. Adesso non era certo di niente.

E non era sicuro se fosse liberatorio o orribile. Probabilmente avrebbe dovuto deciderlo prima di avvicinarsi di nuovo all'una o all'altra donna.

CAPITOLO DIECI

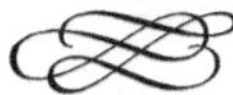

Adelaide scese dal palcoscenico e consegnò a Toby la spada che aveva ucciso il suo personaggio. Lui la prese con un sorriso e disse: «Ti hanno portato di nuovo dei fiori durante lo spettacolo. A quanto pare gli piaci a quel duca.»

Adelaide ricambiò il suo sorriso, ma le si strinse lo stomaco alla menzione di Graham. Era possibile che le avesse mandato dei fiori. Non ne sarebbe stata sorpresa. Ma non aveva fatto alcuno sforzo per parlarle da quasi una settimana, né nei panni di Lydia né in quelli di Adelaide. Lo aveva cercato a tutte le recite e in varie sale da ballo, ma senza trovarlo.

E sentiva un orribile senso di perdita a quel pensiero. Un senso di abbandono che le fece corrugare la fronte mentre entrava in camerino e si chiudeva la porta alle spalle. Le faceva male la testa, il trucco le faceva sentire la pelle tesa e voleva solo tornare a casa nel suo letto.

I fiori incriminati la aspettavano sul tavolo. Rose di serra, intensamente profumate e dai colori vivaci. Sembravano farsi beffe di lei che le fissava con il loro biglietto con su scritto semplicemente *A Lydia, da G.*

Si guardò allo specchio mentre si accasciava sulla sedia per togliersi il trucco. Aveva un'espressione tesa come si sentiva, ed esitò mentre si fissava.

«Non eri importante» si disse. «Non importa sotto che nome. Non eri importante, con lui è finita, nonostante i mazzi che manda.»

Fece un sospiro e si coprì un attimo gli occhi con le dita. Quando si riprese e abbassò la mano, rimase senza fiato. Nel riflesso vide Sir Archibald alle sue spalle. In qualche modo era scivolato nella sua stanza senza fare rumore, e si era chiuso dentro insieme a lei.

Adelaide balzò in piedi e lo affrontò. Il tipo era paffuto e rosso in viso e aveva un'espressione crudele. Ed era ossessionato dal teatro. Be', forse non proprio dal teatro. Dubitava che potesse distinguere Shakespeare da un menu, ma era ossessionato dalle attrici. Quante delle sue amiche con le lacrime agli occhi le avevano raccontato storie delle sue mani vogliose e della sua bocca dura e inflessibile?

Al momento era ossessionato da Melinda, la sostituta di Adelaide, come era stato dimostrato dal fatto che Melinda si era nascosta per sfuggirgli alcuni giorni prima. Ma il suo desiderio per l'altra donna non impediva a Sir Archibald di guardare *lei* dall'alto in basso con sguardo lascivo.

»Lydia» disse strascicando il nome. «Stavo cercando Matilda, ma tu sei bellissima.»

«Melinda» lo corresse piano Adelaide, pensando al terrore della sua amica rannicchiata in camerino solo una settimana prima. Era contenta che Sir Archibald non avesse trovato Melinda per primo.

«Stessa cosa» disse con un brutto ghigno. «Siete tutte uguali per me.»

«Non è qui» disse Adelaide. «E sono sorpresa di trovarvi qui. Pensavo vi fosse stato chiesto di non venire dietro le quinte durante o dopo le esibizioni.»

Era stato Toby a chiederglielo. E non aveva idea di come fosse riuscito a farlo in modo civile visto come si era arrabbiato per il modo in cui Sir Archibald aveva trattato Melinda.

«Quel moccioso non è il mio padrone, Lydia» disse Sir Archibald, avvicinandosi di un passo. «Conosco il proprietario di questo teatro, sai. Posso far licenziare quel tuo direttore in un batter d'occhio se mi va.»

Adelaide deglutì a fatica. Uomini come Sir Archibald erano una minaccia per chi aveva così tanto da perdere. Lei era diversa, ovviamente. Aveva una vita che non aveva nulla a che fare con il teatro.

«Non siete il benvenuto qui, per *nessuno* di noi» disse, costringendosi a usare un tono duro e deciso anche se si sentiva terrorizzata come un cervo braccato da un lupo. «E penso che il teatro sarebbe più interessato ai soldi che porta con attrici come me che all'opinione di un uomo sgradevole.»

Il volto di Sir Archibald si indurì in un istante. «Non comportarti come se fossi più importante di me nemmeno per un secondo, puttana.»

Fece un mezzo giro e il dorso della sua mano le devastò la guancia e la fece barcollare contro la sedia dov'era seduta prima della sua intrusione. L'aggressione le fece perdere l'equilibrio al punto che non seppe più rimettersi in piedi quando Sir Archibald le si gettò addosso e la spinse contro il tavolo.

Cominciò a pensare freneticamente mentre lo spingeva via, graffiandogli il pancione e tirandogli calci mentre le sue grosse dita le stringevano il vestito. Sentì il tessuto che iniziava a lacerarsi mentre lui le copriva la bocca sbavando e forzava un bacio disgustoso anche se teneva le labbra strette.

«No!» gridò, ma la sua voce era attutita da lui che continuava a coprirle la bocca con la sua. «No!» ripeté.

Ma non riusciva a smuoverlo, era quasi il doppio del suo peso, e in quell'orribile momento Adelaide si rese conto che era molto probabile che Sir Archibald avrebbe fatto i suoi comodi molto prima che qualcuno potesse venire in suo aiuto.

G raham percorse il lungo corridoio verso il camerino di Lydia con passo allegro. Non vedeva l'ora di vederla, anche se i pensieri che aveva su di lei erano ancora ingarbugliati. Le era stato lontano alcuni giorni, cercando di vedere se la sua attrazione per le due donne sarebbe svanita se le avesse evitate per un po'.

Non era svanita. Così aveva scelto di venire prima qui, a vedere Lydia per cercare di trovare una sintonia più profonda della passione fisica. Per cercare di indagare i suoi segreti.

Mentre si avvicinava alla sua porta, udì un leggero suono da dentro. Un grido soffocato di dolore. Trattenne il respiro poi balzò in avanti e si precipitò nel camerino.

Quello che vide gli gelò il sangue. Sir Archibald, un uomo che gli era fin troppo noto, stava addosso a Lydia, cercava di baciarla mentre lei si sforzava di tenerlo a bada. La spallina dell'abito era strappata e il tessuto era slabbrato in avanti mentre il bruto le afferrava un seno e lo stringeva.

Graham ci vide rosso dalla rabbia. Inarrestabile, incontrollabile e spinto da qualcosa di più di un semplice desiderio di aiutare Lydia, Graham si lanciò in avanti e afferrò Sir Archibald per i risvolti scagliandolo lontano da Lydia. Perse il senso della ragione, sostituito dal ricordo di un'altra donna picchiata, di un altro paio di mani violente, di un'altra vita che cercava disperatamente di dimenticare il più spesso possibile.

Riempì di pugni il viso paffuto di Sir Archibald, percuotendolo più volte senza parlare, senza esitare, senza pensare. Voleva solo distruggere.

«Graham!» udì la voce di Lydia dietro di lui, forte e supplichevole. La ignorò.

«Graham!» sentì di nuovo, ma questa volta fu la voce di Adelaide a parlargli.

Sentì le mani della giovane afferrargli il braccio e tirare con tutta la forza. Il tocco gli schiarì la mente e la vista, e si fermò, con la mano chiusa a pugno tirata indietro, e guardò Sir Archibald.

L'uomo era coperto di sangue e aveva il naso rotto. Forse anche la mascella, visto quanto era gonfia la guancia. Aveva la bava alla bocca, teneva le mani alzate per proteggersi, aveva gli occhi spalancati per la paura anche se stavano cominciando a gonfiarsi.

«Graham.»

Si voltò, ed era Lydia a trattenerlo. Non Adelaide. Era stato solo un attimo di confusione. Lo stava fissando con orrore ed empatia insieme, ma non gli lasciava il braccio.

«Fermati» gli disse dolcemente. «Ora basta.»

In quel momento si rese conto di altre cose nella stanza. Alcune persone si erano radunate alla porta e lo fissavano come se fosse un mostro. Si guardò. Aveva la giacca sporca di sangue, e anche il panciotto, persino la cravatta. E gli faceva male la mano. Si era spaccato le nocche durante l'implacabile attacco, e sanguinavano proprio come sanguinava la faccia di Sir Archibald.

«Lydia» sussurrò. Gli cominciarono a ronzare le orecchie mentre muoveva lo sguardo dall'espressione inorridita di Lydia alle sue nocche al viso tumefatto di Sir Archibald. E fu sopraffatto da un'ondata di orrore.

Era fuori controllo. Era violento. Era tutto ciò che aveva sempre cercato di non essere.

In quel momento orribile, era suo padre.

A delaide praticamente spinse Graham dentro la sua piccola carrozza, e lui non oppose resistenza. Non aveva mai visto nessuno come lui in quel momento, vuoto, insensibile, un automa. Barcollò contro il sedile della carrozza e vi si appoggiò, con lo sguardo fisso nel vuoto davanti a sé mentre lei si affrettava a dare l'indirizzo al suo cocchiere e saliva mettendosi a sedere di fronte a lui. La carrozza iniziò a muoversi.

Adelaide guardò il posto accanto a lei e sussultò vedendovi il suo abito da tutti i giorni che l'aspettava. Durante il viaggio di ritorno a casa, si cambiava sempre in carrozza. Era un tragitto di trenta minuti, abbastanza lungo da trasformarsi di nuovo da Lydia ad Adelaide.

Se Graham avesse riconosciuto il vestito...

Ma lui continuava a guardare nel vuoto, il suo silenzio e il dolore sul suo bel viso le impedivano di preoccuparsi di altro a parte lui. Fece un profondo respiro e si spostò sul lato opposto del veicolo mettendoglisi accanto.

«Graham» disse dolcemente.

Il duca fece un lieve balzo, come se si fosse dimenticato che lei era lì. Rivolse lo sguardo su di lei e gli si schiarirono leggermente gli occhi.

«Lydia» sussurrò, e la sua voce era diversa da come lo aveva sentito le altre volte. «Mi dispiace.»

Le salirono le lacrime agli occhi mentre lo fissava. Quest'uomo era a pezzi. Non distrutto come tutti pensavano che fosse stato dopo il tradimento del Duca di Crestwood. Era qualcosa di diverso. Qualcosa di più profondo. Era uno stato d'animo che dubitava che Graham avesse mai svelato a qualsiasi altra persona, o anche a quegli amici che amava così profondamente.

Questo era uno scorcio nell'intimo di un uomo che non era altro che muscoli, ossa e tendini. Era ciò che si sforzava di nascondere.

Adelaide vide e comprese. E sapeva che era un regalo. Un regalo involontario, forse, ma comunque un dono. Che era stato dato a Lydia, una persona che non era reale... un problema da affrontare un altro giorno.

«Non hai nulla di cui scusarti» lo tranquillizzò. «Sei venuto in mio aiuto. Mi hai salvato.»

Lui scosse lentamente la testa. «L'ho visto farti del male e... non ci ho visto più. Sono tornato indietro nel tempo.» Gli si spezzò la voce e si voltò a guardare fuori dalla finestra. Lei non lo incalzò. Non ancora. Si limitò a prendergli la mano, appoggiandosela in grembo mentre gli passava le dita sulle nocche rotte.

Passarono il resto del viaggio in silenzio. Voleva tanto parlargli, insistere, ma non lo fece. Non nella sua carrozza. Non si sentiva al sicuro a farlo qui. Aspettò finché non si fermarono davanti al grande palazzo di Graham. Lo stesso posto dove aveva fatto l'amore con lei così dolcemente.

Adelaide scese dalla carrozza, si voltò e gli porse la mano ignorando i servitori che accorrevano in aiuto. Graham le prese la mano, fissandola con un'intensità improvvisa e potente. Si costrinse a sostenere quello sguardo, pregando che lui capisse che poteva fare affidamento su di lei, che poteva fidarsi.

Pregando che non avrebbe capito ciò che le era diventato molto chiaro nel momento in cui si era precipitato nella stanza a salvarla. Stava cominciando ad amarlo. Profondamente. Con forza. Temeva la forza di quei sentimenti, soprattutto considerando la linea pericolosa tra realtà e finzione che stava solcando.

Una linea che Graham non sapeva nemmeno che esistesse.

«Vieni» disse mentre si dirigevano insieme verso la casa.

Il suo maggiordomo si affrettò a scendere i gradini mentre si avvicinavano alla porta d'ingresso, e dall'espressione di sorpresa e preoccupazione sul volto di quell'uomo severo, Adelaide capì che era stupito quanto lei dall'espressione del suo padrone. «Vostra Grazia?»

Graham alzò leggermente lo sguardo. «È tutto a posto, Rogers. Sto... sto bene. Mi aiuterà la signora Ford.»

Lo sguardo del maggiordomo si spostò su Adelaide e lei lo guardò dritto in faccia. Era quasi impossibile farlo, sapendo cosa avrebbe visto. Sapendo per chi l'avrebbe presa. Ma si limitò ad annuire. «Posso... posso fare qualcosa, signora Ford?»

Adelaide sorrise davanti alla sua gentilezza e alla sua lealtà verso Graham. «Mi serviranno degli asciugamani» disse dolcemente. «Forse un po' di whisky.»

«Sì, signorina» disse con un altro rapido cenno del capo prima di allontanarsi per ricuperare quanto richiesto.

«Non voglio whisky» disse Graham mentre salivano insieme le scale verso la sua stanza. Ricordava ogni passo dell'ultima volta che erano stati lì. Aveva percorso quel corridoio con uno spirito molto diverso, con una carica di eccitazione nell'aria.

«Non è da bere» gli disse dolcemente mentre apriva la porta della sua camera e lo faceva entrare. «Hai le nocche rotte. Pulirò le ferite con il whisky.»

Graham barcollò verso il camino, scrollandosi di dosso la giacca. La lasciò cadere dietro di sé senza guardare e poi si mise a slacciare il panciotto. Adelaide lo sentì trattenere il respiro tra i denti, così gli si avvicinò.

«Lascia fare a me» sussurrò. «Hai le mani indolenzite.»

Lo raggiunse e gli toccò il braccio per farlo girare. Sentì il bicipite contrarsi sotto le dita. Graham la fissò con un'espressione indecifrabile mentre lei sollevava le mani per slacciargli i bottoni. Le prese le dita prima che potesse farlo.

«Sono sporco di sangue» sbiascicò. «Non voglio... macchiarti con quello che ho fatto stasera.»

Lei scosse la testa. «Non mi macchierai, Graham.» Si liberò dalla sua presa e gli slacciò il panciotto. Aveva ragione, c'era sangue sul tessuto e sui bottoni. Fece una smorfia quando le scivolò sulla pelle, prova della violenza che aveva inaspettatamente messo in ginocchio quest'uomo.

Gli uomini combattevano in continuazione, no? Ma Graham aveva perso il controllo. E questo era il risultato. Non lo capiva. Ma ne era terrorizzata.

Quando ebbe finito di slacciare i bottoni, Graham si tirò via il panciotto. Adelaide avrebbe cominciato a slacciargli la cravatta e la camicia, ma bussarono leggermente alla porta. Si voltò e andò ad aprire. Sulla soglia trovò Rogers con un vassoio con una brocca d'acqua, una bottiglia di whisky e una pila di piccoli asciugamani.

«Volete altro?» le chiese.

«No. Grazie.»

Rogers lanciò un'occhiata dietro di lei nella stanza, il viso teso per la preoccupazione, ma poi annuì e lei chiuse la porta. Si avvicinò al tavolo accanto alla finestra di Graham e vi posò il vassoio, poi riempì d'acqua pulita il catino su un altro tavolo. Prese un asciugamano e lo immerse nell'acqua. Quando si voltò verso Graham, scoprì che era già riuscito a togliersi la camicia insanguinata da solo e l'aveva lasciata cadere insieme al resto.

Trattenne il fiato, incantata dalla sua bellezza virile, proprio come l'ultima volta che era stata qui con lui. Quella sera, però, Graham aveva un'espressione molto diversa. Non c'era più l'uomo predatore, sensuale e sicuro di sé che l'avrebbe sedotta.

E ciò che restava era qualcosa di penoso, l'ombra di un uomo che Adelaide voleva consolare, proteggere e guarire.

«Vieni qui» gli disse, indicando la sedia accanto al tavolo.

Lui obbedì, si lasciò cadere sulla sedia e la osservò mentre sollevava una mano e iniziava a lavargli via con delicatezza il suo stesso sangue misto a quello di Sir Archibald. Graham fece una smorfia e sussultò mentre lo faceva, ma non cercò di allontanarla o di fermarla.

«Ho picchiato Simon» le disse a bassa voce dopo un silenzio che era sembrato durare un'eternità.

Alzò lo sguardo su di lui, scrutandogli il viso con rinnovata preoccupazione. «No caro. Non Simon. Hai picchiato Sir Archibald, non il tuo amico.»

Graham scosse lentamente la testa. «Non stasera. Ho picchiato Simon quando l'ho trovato con Meg. Gli ho rotto il naso. Come ad Archibald. L'ho guardato stasera e ho visto il volto di Simon per un momento e ho pensato...»

Si interruppe e strappò la mano dalla sua presa prima di alzarsi e allontanarsi da lei. Adelaide gli vide i muscoli delle spalle incresparsi mentre si passava una mano tra i capelli, liberandoli dalla coda così che gli ricaddero sul suo bel viso.

Adelaide strinse le mani in grembo, costringendosi a non alzarsi, a non andare da lui. A lasciarlo parlare. Sentiva che la diga di qualunque cosa lui stesse tenendo dentro stava cominciando a cedere. Stava per rompersi. Almeno con lei... con Lydia... sarebbe stato al sicuro.

Ci avrebbe pensato lei.

«Penso che ti si possa perdonare per aver preso a pugni Simon dopo che ti ha tradito» gli disse dolcemente.

«Tu non capisci» sussurrò. «Non è il fatto di averlo picchiato. È stato che questa... cosa ha preso il sopravvento. Questa... *cosa*. Questa rabbia, questa crudeltà fuori controllo. Sono riuscito a trattenerla quel giorno, ma stasera no. Stasera mi è sfuggita. Se non mi avessi afferrato il braccio, Lydia, avrei ucciso quell'uomo. Non mi sarei fermato finché non fosse morto.»

A quel punto Adelaide si alzò e rimise il panno insanguinato nel catino prima di fare un passo incerto verso di lui. Graham sussultò anche a quel minimo movimento, così si fermò subito. Fece alcuni bei respiri, sforzandosi di restare calma perché sapeva che Graham ne aveva bisogno.

«Graham, gli hai impedito di violentarmi.»

«Avrei potuto allontanarlo da te e fermarlo» disse Graham. «Posso averlo afferrato per il santo motivo di fermare il suo attacco, ma l'ho preso a pugni perché volevo. Perché mi sentivo bene mentre lo facevo. Perché sono *lui*.»

Adelaide aggrottò la fronte, perché era veramente confusa. «Lui chi?» chiese. «Lui, Sir Archibald? Lui, Simon?»

Graham buttò fuori il fiato e per un momento rimase perfettamente immobile. Poi alzò quei suoi occhi azzurri così chiari e perfetti che le si strinse il cuore quando li puntò su di lei. Graham sostenne il suo sguardo, senza batter ciglio, incrollabile, e disse: «Sono mio padre.»

Allora Adelaide capì tutto. Intravide uno scorcio, breve ma chiaro, di un ragazzino con i capelli biondi e gli occhi azzurri che aveva visto un mostro, un vero mostro, e ora l'uomo davanti a lei temeva che il mostro fosse tornato. Vide ciò di cui nessuno in società era a conoscenza o di cui aveva mai vociferato.

Vide la verità di Graham Everly, Duca di Northfield, e le mancò l'aria tanto era il dolore che provava per lui. Per qualunque cosa avesse visto e vissuto.

«Parlami di lui» gli chiese, facendo un passo avanti. Questa volta Graham non si tirò indietro, e lei ne fu grata. Non lo toccò ancora, però, e lui sembrò altrettanto grato.

Lo vide deglutire, osservò il dolore marcargli ogni linea del viso. Poi Graham disse con voce strozzata: «Nessuno conosce la verità.»

Adelaide annuì. «Lo immaginavo.»

Quando lei non disse altro, lui le rivolse lo sguardo. «Qualcuno sapeva che mi picchiava» disse. «James, Kit, Ewan... Simon. Ecco perché sono sempre stato così protettivo, come stasera.»

Adelaide sorrise dolcemente. «L'istinto di protezione non è una caratteristica negativa in un uomo con così tanto potere, sai. È molto meglio del contrario.»

«Forse» ammise lentamente. «Ma non mi ha salvato quando avevo otto anni e mi ha rotto un braccio. Non mi ha salvato quando mi ha sfregiato la spalla con un sigaro quando avevo undici anni.»

Adelaide trasalì. Gli aveva visto quelle piccole cicatrici sulla pelle e le aveva attribuite ai tipici urti che un uomo attivo si procura da solo. Ora assumevano un aspetto sinistro, erano marchi che indicavano la sua forza di carattere, non solo fisica. Aveva resistito.

E Adelaide sapeva cosa voleva dire.

«Non gli ha impedito di...» Si interruppe e chinò la testa, piegò leggermente le spalle che cominciarono a tremare.

«Cos'ha fatto?» gli chiese.

Graham alzò di nuovo gli occhi, ma adesso non la guardava più, fissava un punto nel vuoto, verso un tempo e un luogo che lei non poteva vedere. Qualcosa che non era sicura di voler vedere. Ma lo fece comunque, perché non era importante quello di cui aveva bisogno lei. L'importante era l'uomo che aveva di fronte.

«Ha... ha ucciso mia madre.»

CAPITOLO UNDICI

Graham osservò l'orrore e lo strazio sconvolgere i delicati lineamenti di Lydia. E scorse anche empatia, una comprensione che non era certo che la maggior parte delle persone che facevano parte della sua vita avrebbe provato. Questa donna aveva avuto brutte esperienze. Era quello che *lui* avrebbe dovuto scoprire quella sera.

Invece se ne stava davanti a lei, mezzo nudo e completamente denudato nell'anima. Eppure dire quella cosa orribile ad alta voce in qualche modo lo aveva fatto sentire... meglio.

«Graham» sussurrò la giovane alla fine. Vedeva quanto voleva precipitarsi da lui. Toccarlo, stringerlo. Ma non lo fece. Per il suo bene. Per permettergli questo momento senza cercare di forzarlo, e anche questo lo apprezzò.

«Era bellissima» disse. «Tranquilla e cordiale, gentile con tutti quelli che aveva intorno. Aveva l'abitudine di scompigliarmi i capelli quando pensava che *lui* non stesse guardando. Mi chiamava Gig, immagino che fosse come mi chiamavo io stesso mentre stavo imparando a parlare. Mio padre detestava quel soprannome. Diceva che mi stava rendendo molle e debole. Lui doveva rendermi forte. Aveva un modo tutto suo per farlo.»

Lydia deglutì a fatica. «Con i pugni.»

Graham annuì, mentre il dolore inondava ogni sua fibra. Avrebbe potuto fermarsi adesso. Se si fosse fermato lei non lo avrebbe incalzato. Lo avrebbe lasciato tornare indietro dal passato di cui non aveva mai parlato con nessuno. Eppure non poteva. Ora che la valanga aveva iniziato a rotolare giù per quella lunga e pericolosa collina, non poteva trattenerla. Doveva lasciarla schiantare come era destinata a fare, sul fondo.

Forse era meglio così.

«Ho sempre saputo che la picchiava. Eravamo una bella coppia, noi due. Si metteva davanti a me e alla fine avevo iniziato a mettermi io davanti a lei. Ci proteggevamo a vicenda. Solo che non c'era modo di proteggersi da quel... mostro che si atteggiava a uomo devoto. A uomo buono. Un uomo perbene che piaceva a coloro che pensavano di conoscerlo.»

Scosse la testa e gli cadde lo sguardo sulle nocche ammaccate. Prova che forse non era migliore di quel lupo che si era mascherato da pecora. Aveva perso il controllo, come aveva visto fare tante volte suo padre.

«Cos'è successo?» insistette Adelaide, strappandolo dalle sue elucubrazioni senza però condurlo in un posto migliore.

Il suo respiro echeggiava rantolando nel silenzio che li circondava. Le sue mani malconce tremavano. «Avevo sette anni. Avevo rotto qualcosa, forse un piatto. Un incidente che gli fece perdere completamente il controllo e la ragione. Mi saltò addosso venendomi incontro come un toro in un recinto e io rimasi immobile, terrorizzato. Era così maledettamente grosso, Lydia. Sembrava che fosse alto tre metri, con un pugno grosso come una clava. Stava urlando parole sconclusionate dalla rabbia. E lei si mise in mezzo a noi, cercando di fermarlo, di calmarlo.»

Si interruppe perché la stanza intorno a lui stava svanendo, sostituita da immagini di un'altra stanza, di un'altra notte. Sostituita dai suoni di sua madre che urlava mentre i pugni di suo padre si abbattevano sul suo corpo esile. Dalle grida che cessarono all'improvviso lasciando posto a un silenzio straziante. Da suo padre che si avventava su di lui con le mani madide di sangue proprio come erano state le sue poco prima.

Riusciva ancora a ricordare cosa aveva detto dopo: «Imparerai l'obbedienza, ragazzo. O finirai sotto terra accanto a lei.»

Lydia sussultò e Graham sbatté le palpebre, tornando al presente. Si rese conto di aver parlato ad alta voce, ricordando ciò che aveva visto in quello stato. Lydia si teneva la mano sulla bocca così forte che aveva le nocche bianche e gli occhi fuori dalle orbite. Le lacrime le scorrevano sulle guance e sulle dita mentre lo fissava con un'espressione di dolore muto e impotente.

«Mia madre morì due giorni dopo. Lui disse a tutti che si era trattato di una malattia improvvisa. E subito dopo mi mandò a scuola. Alla fine incontrai Simon e James e gli altri, e restai nascosto con loro il più possibile. Un giorno divenni semplicemente troppo grosso da spingere.»

A quel punto Adelaide gli andò incontro con la mano tesa. Quanto voleva che lei lo toccasse, che lo confortasse. Che gli si avvolgesse intorno e colmasse il vuoto baratro che portava dentro di sé da una vita.

Ma Graham sapeva che c'era una parte di lui che non poteva essere riempita, così indietreggiò.

«No» le disse piano. «Non dopo stasera.»

«E cosa c'entra stasera con la morte di tua madre per mano di un mostro? O con quello che ti ha fatto negli anni prima e dopo?» disse lei con voce tesa.

Graham scosse la testa e la guardò. «Sai cosa intendo, Lydia. Mi hai visto. Mi hai fermato. *Sai* cosa stavo facendo.»

«Mi stavi difendendo!» sbottò, ma c'era qualcosa nel suo tono che tradiva il fatto che conosceva la verità.

«No, Lydia. Stanotte ero io il mostro. Ero mio padre.»

Lei tirò su il fiato tra i denti e lo affrontò di nuovo, bella, leggiadra e impavida nonostante quello che aveva sentito e visto. Si ritrovò attirato dal suo magnetismo, incapace di indietreggiare ancora una volta.

Adelaide gli prese il braccio, e lo tenne stretto mentre lo fissava in faccia. «Non eri *affatto* come tuo padre. Né stasera, né mai» ribadì.

«Da quanto mi conosci, due settimane? Come fai a dirlo?» le chiese, ma ancora non si staccò dal conforto che gli offriva. Ora che le aveva rivelato tutto ciò che era, non aveva più la forza di combattere.

Sarebbe stato egoista, perché era quello che suo padre gli aveva instillato nel sangue.

Le vide fare una smorfia alla sua domanda e per un momento Graham notò qualcosa nel suo sguardo. Una specie di... senso di colpa. Ma poi sparì.

«Forse non ti conosco *bene* da molto» ammise dolcemente. «Ma ti conosco, Graham. Quello che hai fatto stasera, quello che hai fatto quando hai colpito Simon, queste cose non fanno di te tuo padre.»

Gli si avvicinò ancora di più, scostandogli i capelli dal viso. Graham sentì venir meno l'aria nella stanza quando lo guardò negli occhi. E il bisogno di averla vicina iniziò a trasformarsi in qualcosa di più specifico e rovente.

«Ewan ha detto che avevo bisogno di scoprire i tuoi segreti» le confessò mentre lei gli sfiorava il labbro inferiore con il pollice. «E invece ti ho rivelato il mio, no?»

A delaide si bloccò, il dito ancora premuto sulle sue labbra carnose mentre lo fissava negli occhi. Segreti. Era stato intento a scoprire i segreti di Lydia quando il suo passato doloroso gli era uscito da quelle stesse labbra che gli stava toccando.

E i suoi stessi segreti le sembrarono così maledettamente grevi in quel momento. Così dolorosi.

Fece un passo indietro. «Tu... hai parlato di me con un tuo amico?» gli chiese, fingendo di non sapere che Ewan era Ewan Hoffstead, il famigerato Duca Silenzioso di Donburrow.

Graham annuì lentamente. «Sì. E...»

Si interruppe e lei lottò contro l'impulso di dare voce alla sua frustrazione. Che parlasse con un amico di Lydia Ford era significativo. Graham voleva essere più vicino al personaggio che si era inventata.

Era elettrizzata e inorridita in egual misura.

«E?» lo incalzò, morsa dal bisogno di sapere cosa avrebbe detto dopo.

Graham le prese il polso e le passò un pollice sulle ossa delicate. «Gli ho parlato di te, tutto qua» concluse.

Il cuore le aveva già cominciato a palpitare, ma quando lui la attirò un po' più vicino, cominciò a scalpitare come uno stallone selvaggio appena liberato. Adesso si trovava in acque più pericolose di quanto avesse mai immaginato nei suoi sogni più sfrenati. Una mossa sbagliata e avrebbe potuto annegare.

Un destino che non sembrava poi così terribile quando lui abbassò le labbra sulle sue lasciandole assaporare la dolcezza del suo bacio e l'ardore del desiderio che lo muoveva. Ma stasera c'era qualcosa di più. Aveva bisogno di lei. Non solo fisicamente, com'era stato tra loro in passato.

Graham aveva bisogno del suo conforto. Della sua presenza. Del suo tocco. Solo che ne aveva bisogno da Lydia Ford. Scacciò ancora una volta il dolore davanti a quella constatazione e si abbandonò al suo bacio, avvolgendogli le braccia intorno al collo e accarezzandogli delicatamente la lingua in bocca.

Lo sentì sospirare, un fremito che gli sfuggì dalle labbra mentre con le braccia le circondava la vita a cui si aggrappò, quasi cedendo a quello che lei sapeva essere esaurimento emotivo. Una sensazione che conosceva fin troppo bene.

Delicatamente, lo fece andare all'indietro, verso il letto. Quando lo raggiunsero, interruppe il bacio e lo guardò. «Lascia che mi prenda cura di te stasera» sussurrò lei.

Il viso di Graham si illuminò nuovamente di emozione e disse: «Mi merito un tale piacere?»

«Secondo me sì. E la mia opinione è l'unica che conta, no?»

Un sorrisino gli inclinò le labbra. Un barlume del normale sorriso d'intesa malizioso che sembrava riservare solo a Lydia. Ma il fatto di dargli qualche piacere rafforzò la sua determinazione a offrirgli questo conforto.

«Chi sono io per contraddire una gentildonna?» le chiese.

Adelaide si irrigidì leggermente. Una gentildonna? Oh, se solo avesse avuto idea di quel che aveva detto. Fece un passo indietro. «Togliti il resto e poi sali sui cuscini.»

La fissò. «E tu cosa farai, Lydia?»

Gli diede le spalle e fece un bel respiro prima di iniziare a slacciarsi il costume strappato. Era contenta di avere quello indosso in quel momento, perché era facile da togliere anche da sola, progettato per poter cambiarsi d'abito in fretta dietro le quinte tra una scena e l'altra.

«Pensate a voi, Vostra Grazia. So badare a me stessa» gli disse da sopra la spalla.

Si voltò a guardarlo in viso quando slacciò l'ultimo bottone e gli sorrise. Nonostante le polemiche, si era tolto i vestiti come gli aveva chiesto e ora era sdraiato sul letto in tutto il suo nudo splendore. Oh, e quanto splendore. Era davvero magnifico, un bellissimo esemplare del meglio cui un uomo poteva aspirare ad essere. Muscoloso e tonico e duro e suo.

Adelaide si fece scivolare via il vestito lentamente e gli si posizionò di fronte, nuda come lui. Graham trattenne il fiato, un movimento che echeggiò nella stanza silenziosa, ma non fece nessuna mossa per toccarla o per controllare cosa stava succedendo. Forse era troppo esausto dopo quello che aveva condiviso. O forse voleva solo arrendersi a lei quella sera.

In ogni caso, Adelaide si sentì travolgere da un'ondata di senso di potere. Quest'uomo, capace di controllare qualsiasi situazione o persona alla sua portata, si stava arrendendo a lei. Un segno di fiducia. Una fiducia che sicuramente non si era guadagnata considerando tutte le bugie che gli aveva raccontato.

Graham si tirò su sui gomiti e inclinò la testa. «Stai pensando, Lydia.»

Le venne da sorridere davanti alla facilità con cui il duca riusciva a leggere nella sua mente turbolenta. «Davvero? E cosa c'è di sbagliato?»

«Niente, solo che preferirei che tu fossi impegnata a toccarmi, non ad analizzare tutto quello che succede.» A quel punto allungò una mano, ma non distolse quei suoi occhi azzurri dal suo viso. «Ti prego.»

Quel *ti prego* fu così dolce e carico di bisogno che lei non poté resistere. Si arrampicò lentamente sul letto e gli si avvicinò a gattoni. Ignorò la mano che le aveva teso e lo ingabbiò mettendogli un braccio su ciascun lato della testa. I suoi lunghi capelli cadevano intorno a loro a mo' di tenda e il suo corpo lo sfiorò mentre abbassava le labbra e lo baciava ancora una volta.

Graham le si aprì con un sospiro sommesso, e lei prese e prese e prese, saziandosi a fondo di quest'uomo che l'aveva affascinata, ammaliata, frustrata e terrorizzata. Quest'uomo che aveva cercato di evitare per la maggior parte della sua vita e di cui ora non riusciva a fare a meno.

Quest'uomo che desiderava alla follia, anche se non poteva averlo per davvero, in nessuna delle due vite che aveva creato, né nei panni di Lydia né nei panni di Adelaide. Graham era fuori dalla sua portata, un momento rubato.

E in quel preciso istante non le importava un accidenti. Si mise a cavalcioni su di lui mentre continuava a baciarlo, e sentì la spinta della sua potente erezione premerle tra le gambe. Ma non lo prese, anche se era bagnata e pronta e lo voleva con tutte le sue forze. No, quella sera voleva confortarlo. E non aveva ancora nemmeno cominciato.

Trascinò la bocca lontano dalla sua, facendogliela scivolare lungo tutto il corpo. Naturalmente aveva già avuto esperienza. Non era vergine la prima notte che Graham l'aveva toccata. Ma quello che aveva fatto allora non aveva niente a che fare con ciò che aveva condiviso con lui. Era spinta a toccarlo, a tenerlo stretto, a gustarlo, a prenderlo dentro il suo corpo. Era controllata dal bisogno mentre gli baciava le spalle, la clavicola e alla fine trascinava la lingua sul suo capezzolo proprio come le aveva fatto lui tante volte.

Graham si inarcò leggermente sotto le sue effusioni, i muscoli si incresparono sotto il suo tocco, chiuse gli occhi e la chiamò per nome gemendo con un filo di voce. Solo che non era il *suo* nome, e Adelaide esitò davanti all'evidenza della falsità che aveva creato con tanta cura.

Poi scacciò quei pensieri e si arrese a Lydia. Fece scorrere le dita lungo il ventre di Graham, tracciandogli un disegno sulla pelle con le unghie prima di prendergli delicatamente il pene e accarezzarlo una, due volte. Lui sollevò i fianchi per sentirla meglio lasciandosi sfuggire una maledizione incomprensibile, e lei sorrise contro la sua pelle.

Dare piacere a quest'uomo era un dono meraviglioso. Non per lui, per se stessa. Sicuramente avrebbe ricordato ogni singolo momento insieme ancora a lungo dopo che questa cosa tra loro fosse finita. Ma si rifiutava di pensare alla fine. Si concentrò su questo momento.

E trascinò le labbra ancora più in basso. La sua pelle sapeva di uomo, di calore e di Graham. Memorizzò ogni aroma mentre gli leccava l'anca e poi si trovò faccia a faccia con il suo membro.

Lo guardò in viso e lo trovò che la fissava, gli occhi spalancati, trepidanti e impazienti.

«Non devi» grugnì.

Gli sorrise. «Non devo fare niente, Vostra Grazia.»

Poi abbassò le labbra su di lui e lo prese in bocca. Aveva sentito le sue amiche a teatro parlare di questo atto. Una volta aveva persino sorpreso una lucciola che lo faceva a un altro attore, quindi non era del tutto disinformata. Ma farlo era molto diverso dal vederlo fare e sentirne parlare. Non era del tutto pronta alla sensazione, dura e morbida allo stesso tempo contro la lingua, di Graham che le riempiva la bocca fin dove le era possibile.

Inoltre, non era preparata per la scossa di bisogno intenso e caldo che la attraversò infiammandola quando cominciò a prenderlo. Graham premette le mani contro il copriletto e affondò il collo nei cuscini, rivelando le vene e i tendini che lo solcavano. Lo guardò mentre lo prendeva con la bocca, rallentando il movimento quando gemeva, aggiungendo la lingua quando sembrava piacergli, stringendo delicatamente con la mano la parte dell'asta che non riusciva a prendere in gola.

Lo sentì avvicinarsi al limite. Voleva spingerlo oltre, per dargli piacere senza chiedere nulla in cambio. Ma lui era Graham. Come c'era da aspettarsi, non glielo permise.

Si mise a sedere e la prese per le braccia, le fece staccare la bocca e la trascinò su lungo il corpo fino a quando affondò le labbra sulle sue. Lei gli scivolò addosso, mettendosi di nuovo a cavalcioni, e gridò di piacere quando la penetrò con una singola lunga spinta.

La soffocò di baci disperati ed esigenti, e anche lei. Iniziò a strusciarglisi contro, lo cinse con il corpo e lo strinse alla ricerca dell'estasi, spremendogli ogni oncia di piacere mentre lui le affondava le dita nei fianchi nudi e la faceva muovere più forte e veloce su di lui. Gettò indietro la testa quando la vampata dell'orgasmo la attraversò facendole scuotere i fianchi senza controllo.

Graham spinse forte dentro di lei, e poi gridò e lei sentì il suo seme riversarsi dentro di lei prima che ricadesse contro i cuscini, portando con sé il suo corpo ancora tremante sul proprio dove la tenne come se non la dovesse mai lasciare andare.

Adelaide se ne stava sdraiata su un fianco voltata verso Graham. Lui era sdraiato a pancia in giù, il viso rivolto verso di lei, mite nel sonno. Fece dei conti a mente. Un calcolo di quanto grave fosse l'errore che aveva commesso quella sera. Graham le era venuto dentro. Non un problema, forse, per una donna come Lydia Ford. Per una donna del genere un bambino da un uomo come questo avrebbe potuto essere una manna dal cielo. Lui avrebbe pagato per proteggere suo figlio. Lei avrebbe continuato la sua vita di prima.

Nessuno si sarebbe fatto del male.

Solo che Lydia Ford non esisteva. Lady Adelaide invece sì. E se i suoi calcoli non erano corretti, sarebbe finita gravida, rovinata per sempre, forse buttata in strada se sua zia avesse reagito male come l'ultima volta che era caduta in tentazione. E quella volta non lo aveva saputo nessuno. Era stato facile da nascondere.

Secondo i suoi calcoli però un bambino non era molto probabile. Quindi forse non c'era nulla da temere.

Solo che quella sera era andata troppo oltre con Graham. Non per aver fatto l'amore. Perché le aveva rivelato così tanto della sua anima. Ovvero a Lydia. Aveva rivelato la sua anima *a Lydia*.

Adelaide allungò la mano e tracciò una piccola cicatrice sulla gabbia toracica di Graham, vicino alla schiena. Lui si mosse leggermente ma non si svegliò mentre lei fissava il segno che confermava il dolore che le aveva confessato poche ore prima.

Si alzò e si vestì in silenzio mentre continuava a fissare l'uomo sorprendente e meraviglioso sul letto. Quello a cui stava mentendo. Doveva dirgli la verità. Era evidente.

Solo che non sapeva come. Sarebbe rimasto sconvolto quando si sarebbe reso conto che la timidona per cui non nutriva alcun interesse era la donna che gli aveva strappato i suoi segreti seducendolo. E che dire delle notti che avevano passato insieme? Era un uomo perbene, un uomo d'onore. Se pensava che ci fosse anche solo una possibilità che potesse essere incinta, avrebbe anche potuto costringerla a sposarlo.

Le balzò il cuore in petto per l'entusiasmo a quel pensiero, ma lo rimosse in fretta. Non l'avrebbe mai costretto a sposarla. Forse poteva aspettare. Aspettare fino a quando le fossero venute le mestruazioni. Allora avrebbe potuto dirgli senza esitazione che non c'era nessun bambino.

E qualsiasi conseguenza ne fosse seguita, l'avrebbe sopportata. Lui l'avrebbe odiata e lei lo avrebbe sopportato. Se l'era meritato, dopotutto. E avrebbe saputo di averlo avuto, anche se solo per poco.

Anche se solo per una bugia.

CAPITOLO DODICI

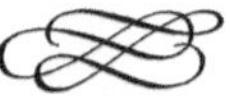

Graham faceva avanti e indietro in camera sua, lanciando di tanto in tanto un'occhiata al letto spiegazzato dove si era svegliato un'ora prima, da solo. Stringeva in mano un biglietto che Lydia gli aveva lasciato perché lo trovasse al mattino. Una semplice frase che diceva che voleva che si riposasse, che si sarebbero rivisti presto.

Una parte di lui era elettrizzata dal fatto che non lo stesse semplicemente abbandonando dopo aver sentito la verità su di lui. Ma c'era un'altra parte che si sentiva... a disagio. A disagio perché le immagini di Adelaide continuavano ad affollargli la mente. Come avrebbe reagito se avesse saputo che aveva dato così tanto di sé, anima e corpo, a un'altra donna?

Era stato fedele a Meg, per cui non aveva provato altri sentimenti oltre l'amicizia. Non aveva nessun legame ufficiale con Adelaide. Non l'aveva nemmeno baciata. Eppure sentiva di averla tradita con Lydia.

Mille pensieri gli turbinavano in testa. E aveva bisogno di un amico. Tyndale era stato chiamato fuori città. Ewan stava facendo i bagagli per andare alla sua tenuta di campagna dove intendeva passare il Natale, così partiva diverse settimane prima per predisporre tutto. Una scusa, Graham lo sapeva, per fuggire dalla città che odiava.

Al momento nessuno di loro era disponibile per lui. E così restava James.

James era sempre stato uno degli amici più intimi di Graham. Lui e Simon avevano iniziato insieme, prima degli altri. Prima del club. Prima dei loro titoli e delle loro responsabilità. La loro amicizia era stata danneggiata da tutto ciò che era successo durante l'estate, ma lui voleva ancora l'opinione di James. Il suo aiuto.

In realtà, non era *James* con cui desiderava parlare. Era Simon. Simon, che sapeva capire il nocciolo di un problema e parlare con franchezza senza essere crudele.

Solo che Simon era ... be', Graham non era ancora pronto per affrontarlo. Così restava James.

Avrebbe dovuto procedere con cautela. James conosceva alcuni degli abusi che aveva subito per mano di suo padre, come alcuni degli altri loro amici. Ma Graham non aveva mai rivelato a nessuno il segreto della morte di sua madre.

Prima di Lydia.

Fece una smorfia mentre riviveva ancora una volta la notte precedente. Poi scacciò quei pensieri dalla mente e andò alla porta. Suonò il campanello e aspettò impaziente il valletto.

«Vostra Grazia?» disse il giovane senza fiato dopo aver corso per rispondere alla chiamata.

«Dite a Walters di prepararsi, mentre scrivo una missiva al Duca di Abernathe che dovrà essere consegnata il prima possibile» ordinò. «E fate sapere a Rogers che probabilmente cenerò con Abernathe e la duchessa stasera, quindi non preparino niente di speciale in cucina.»

«Sì, signore» disse il servitore. «Tornerò al più presto per prendere il vostro messaggio.»

Graham lo congedò con un cenno del capo e poi chiuse la porta. Era scortese invitarsi a cena, anche se da un amico. Ma aveva bisogno di vedere James. E dopo aver mangiato, intendeva raccontargli tutto quello che stava succedendo nella sua vita.

Forse sarebbe riuscito a venirne a capo da solo mentre cercava di spiegarlo a un altro.

· · ·

Adelaide camminava su e giù per il salotto, aspettando che sua zia la raggiungesse per il loro solito tè pomeridiano. Di solito ripassava le sue battute per la recita a mente mentre aspettava, ma aveva la testa da un'altra parte. Non riusciva a smettere di pensare a Graham. A quello che avevano condiviso, a quello che le aveva detto, a quello che lei stessa gli stava nascondendo.

Si sentiva malissimo. Ma non poteva deviare dalla sua rotta. Avrebbe aspettato un'altra settimana per vedere se le sarebbero venute le mestruazioni, poi si sarebbe rivelata e avrebbe affrontato le conseguenze.

«Oh Dio, spero di riuscirci» sussurrò fermandosi a guardare fuori dalla finestra in direzione della strada sottostante. Una buona parte di lei voleva saltare fuori e scappare.

Ma non era possibile. Non per una donna come lei. Farlo avrebbe significato rinunciare ad Adelaide per sempre. E in lei c'era più Adelaide che Lydia. Non era abbastanza coraggiosa da arrendersi al personaggio che aveva creato in un attimo di disperazione.

Sentì la porta dietro di lei chiudersi e si voltò. Sua zia adesso era in piedi sulla soglia, le braccia conserte e il viso magro e rugoso teso per la... rabbia.

Adelaide scacciò il resto dei suoi pensieri su Graham e si preparò al peggio. Dopotutto, conosceva molto bene quello sguardo.

«Zia Opal» disse, costringendosi a usare un tono disinvolto mentre si avvicinava con cautela alla credenza dove era pronto il tè. «Giusto in tempo, come sempre. Posso versarti del tè? Vedo che la signora Bligh ha preparato i tuoi pasticcini preferiti. Sicuramente ne vorrai uno.»

«So che mi stai mentendo» ribatté Opal, ignorando le domande.

Adelaide stava per prendere la teiera, ma si fermò con le mani a mezz'aria. Deglutì a fatica, cercando di vincere la paura, e si voltò lentamente verso sua zia.

«Sui pasticcini?» disse, spigliata come Lydia quando diceva una battuta. «Ti assicuro di no. Vieni a vedere di persona.»

Sua zia sbatté la mano contro la porta. «Non parlo dei pasticcini, stupida. So che mi stai mentendo. Riconosco i segni *dell'ultima volta*.»

Sibilò le ultime due parole e Adelaide sussultò a quel suono sgradevole. Ai ricordi che quelle parole evocavano.

«È la tua immaginazione» sussurrò.

Sua zia sollevò immediatamente entrambe le sopracciglia e si avvicinò ad Adelaide come un serpente avvolto nelle spirali e pronto a colpire con il veleno che gocciolava dalle zanne.

Solo che il veleno di Opal erano le sue parole, la sua crudeltà.

Adelaide desiderò per un attimo che fosse veleno vero piuttosto che quello che sfregiava l'anima per sempre.

«Hai ballato con quel duca» disse sua zia. «Sei andata con lui sulla terrazza a fare non so quale cosa orribile. E poi al parco due giorni fa gli sculettavi intorno. Conosco i tuoi modi da sgualdrina.»

Adelaide chiuse brevemente gli occhi. Opal era sempre così pronta a trovare difetti nel suo comportamento che era spesso scioccata dal fatto che sua zia non avesse capito che sgattaiolava fuori di casa tre volte a settimana per fare qualcosa di molto più scandaloso che limitarsi a ballare con un duca.

Ma Opal cercava altri tipi di peccato in Adelaide per via del suo passato. Era cieca a qualsiasi altra cosa, un fatto che Adelaide aveva usato contro di lei quando assumeva i panni di Lydia. Bastavano pochi servi comprensivi come la sua cameriera e alcuni attenti equilibrismi quando si trattava di entrare e uscire dalla casa.

«Te lo assicuro, zia, Northfield e io siamo...» Esitò al pensiero delle mani di Graham su di lei. Dei segreti che le aveva sussurrato. Della profondità con cui cominciava a prendersi cura di lui. «Non sono niente per lui» concluse. «Solo una zitella amica della moglie del suo migliore amico. È gentile con me, niente di più.»

«So quando un uomo prova interesse per una donna!» strillò sua zia. «L'ho visto guardarti maliziosamente al parco. E vedo quello sguardo nei tuoi occhi quando parli di lui.»

Opal fece tre lunghi passi avanti e Adelaide si preparò a fronteggiarla. Ma non era affatto pronta per quello che avrebbe fatto sua zia. La mano di Opal scattò in avanti e all'improvviso le sue dita si piegarono con forza intorno alla gola di Adelaide.

«Non giocare con me, sporcacciona» sibilò Opal. Aveva lo sguardo quasi annebbiato, come se non fosse più con Adelaide. «Non osare.»

Adelaide afferrò le mani di sua zia, cercando di prendere fiato mentre si opponeva alla sorprendente forza della presa. E Opal stringeva, stringeva, quasi come se volesse porre fine alla vita di Adelaide. Le iniziò a offuscarsi la vista. Schiaffeggiò le mani di sua zia, lottando per respirare e per vivere.

«Basta!»

Opal lasciò andare Adelaide e si girarono entrambe verso la porta. Adelaide si piegò in due e, quando le si schiarì la vista, scorse Emma in piedi sulla soglia, con Smith scioccato e inorridito al suo fianco.

«Che diavolo state facendo?» gridò Emma, attraversò la stanza in tre lunghe falcate e avvolse un braccio intorno ad Adelaide. «Tesoro, stai bene?»

Adelaide si alzò boccheggiando. «S… sì» balbettò mentre cominciava a rendersi conto di ciò che era appena successo. «Sì, sto… sto bene.»

Emma la guardò da capo a piedi con un'espressione incerta. Poi il suo viso si indurì e divenne una persona che Adelaide non aveva mai visto prima. Da tempo era scomparsa la timidona che Adelaide aveva chiamato amica per anni. Al suo posto c'era una duchessa, una donna potente. Sicura di sé. Infuriata.

Ed Emma rivolse tutto questo contro Opal quando aggrottò la sua bella fronte. «Come osate, milady» disse, la sua voce fredda come il ghiaccio.

«Venite a casa mia a dirmi come gestire la *mia* protetta?» gridò Opal, incrociando le braccia. Adelaide vide, tuttavia, che era titubante di fronte all'insolita forza di Emma.

Sembrava che anche Emma lo avesse capito, perché sollevò il

mento. «Adelaide verrà a cena da me» dichiarò Emma. «E stasera resterà con me e Abernathe a casa nostra.»

Opal sussultò. «No» disse con fermezza.

Emma si avvicinò alla zia di Adelaide. «*Non* era una richiesta. Adelaide viene con me. Adesso. E mi aspetto che mandiate la sua cameriera a portarle il necessario per una notte fuori. Sono stata chiara?»

Opal vacillò leggermente e Adelaide si preparò per un attacco verbale. Non pensava che sua zia avrebbe tentato di fare qualcosa di fisico con Emma. Non avrebbe osato affrontare il potere di Abernathe. Perfino sua zia non sarebbe stata così sciocca.

«Va bene», disse infine Opal, abbassando le spalle. «Come desiderate.»

Poi si girò sui tacchi e uscì dalla stanza senza dire un'altra parola. Emma la guardò allontanarsi, poi rivolse la sua attenzione a Smith. «Avete capito le mie istruzioni, Smith?»

«Sì, Vostra Grazia» rispose Smith con un tenue sorriso per Adelaide. «Farò in modo che Rebecca prenda tutto e arrivi a casa vostra il prima possibile.»

«Ottimo» disse Emma, tornando da Adelaide e mettendole di nuovo un braccio intorno alle spalle. «Allora prendo Adelaide adesso.»

Adelaide la fissò. «Emma...»

«Nessun rifiuto» la interruppe Emma, quasi nello stesso tono che aveva usato con Opal. Un tono forte e sicuro. Adelaide scoprì che le piaceva molto. Lo invidiava.

Solo Lydia aveva quel tono. Adelaide non l'aveva mai padroneggiato quando non indossava una maschera.

Così seguì Emma, fuori di casa, fin nella sua carrozza. Fu solo quando cominciarono a muoversi che Emma abbandonò il suo freddo contegno e si affrettò a spostarsi sul lato di Adelaide per abbracciarla.

«Oh, Adelaide!» Emma quasi singhiozzò. «Che diamine è successo?»

Adelaide fissò il pavimento, abbandonandosi infine all'umiliazione, al dolore e alla paura ora che era al sicuro. Le lacrime le bruciavano gli occhi dietro le palpebre e non aveva la forza di ricacciarle indietro, così le lasciò cadere.

«Non è niente» tentò di ribattere, ma Emma le scosse gentilmente le spalle.

«Ti stava strozzando!» gridò Emma. «Stavi diventando blu. Per favore, smettila di mentirmi.»

Adelaide chinò la testa. «Va bene. È entrata nella stanza e mi ha accusata di non sorvegliare adeguatamente la mia virtù.» Scelse le parole con cura, dal momento che aveva sempre tenuto Emma all'oscuro di molte cose. All'inizio perché non voleva che Emma si preoccupasse quando non era lei stessa in una posizione migliore. Ora perché non voleva rovinare la sua felicità.

«E questo l'ha spinta ad attaccarti?» chiese Emma.

Adelaide fece un respiro profondo. «Non me l'aspettavo» sussurrò. «Ero terrorizzata.»

«Me lo posso immaginare.» Emma la tenne stretta e Adelaide lasciò ricadere la testa sulla sua spalla. Rimasero così per un po', poi Emma sospirò. «Non tornerai da lei.»

Adelaide sussultò. «Opal non lo permetterebbe mai.»

Emma fece una risata amara. «Lascia che se la veda con James su questo punto. Scommetto che vince lui.»

«Perché prenderebbe le mie parti?» chiese Adelaide.

Emma sbatté le palpebre mentre la guardava. «Perché mi ama. E io ti voglio bene. È normale che difenda ciò che è giusto.»

«Starò da voi stasera» disse Adelaide, riluttante a discutere di ciò che sapeva avrebbe fatto Opal. Sua zia aveva sempre custodito gelosamente il potere che aveva su Adelaide. Non aveva dubbi che avrebbe lottato per mantenerlo, anche se non provava amore per sua nipote. «Dovrà bastare.»

Emma si allontanò e tornò lentamente al suo lato della carrozza. Incontrò lo sguardo di Adelaide. «Devo dirti una cosa.»

Adelaide aggrottò la fronte davanti al cambiamento nel comportamento di Emma. «Va bene» disse piano. «Anche se hai un'espressione molto inquietante.»

«Graham sarà con noi stasera.»

Adelaide chiuse gli occhi lentamente. «Ci mancava solo questa» mormorò. Era più che giusto. Pochi giorni prima lo aveva visto quando aveva toccato il fondo ed era vulnerabile. Quella sera toccava a lei.

E lui sarebbe stato lì. E non gli sarebbe importato niente.

«Sembri delusa» constatò Emma. «Ti piace, no?»

Adelaide guardò Emma e le si strinse il cuore. La sua amica non era mai riuscita a nascondere i suoi sentimenti, le sue speranze. Ora gliele si leggevano in viso. Voleva che in qualche modo Adelaide trovasse una sintonia impossibile con Graham.

«Io non piaccio a lui» disse Adelaide lentamente, cercando sia di evitare la domanda dell'amica sia di porre fine alle sue speranze. E alle proprie.

Emma inclinò la testa. «Come fai a saperlo?»

Adelaide quasi rise, anche se non c'era niente di divertente in quella situazione. «Lo so e basta» rispose scuotendo la testa. «Vuole... qualcosa che di certo io non sono.»

Emma rimase in silenzio per un lungo istante, poi si sporse in avanti. «Anche io ero qualcosa che James non voleva. O che pensava di non volere. Ed eccomi qui.»

Adelaide sorrise, perché in quel momento Emma non era mai stata più bella. Aveva un bambino che le cresceva in pancia, il suo viso era illuminato da un amore così puro, potente e genuino che era quasi raggiante. Aveva fiducia nel mondo, in suo marito, in se stessa.

E Adelaide non era mai stata così felice, né così gelosa di una persona tutto in una volta. Fece uno sforzo e allungò un braccio per prendere la mano di Emma. «Io non sono te, tesoro.»

Emma trattenne il respiro e Adelaide capì che voleva controbattere quell'affermazione. Negarla. Costringere Adelaide a diventare qualcosa che sapeva di non poter mai essere.

Ma doveva esserci qualcosa sul viso di Adelaide che la fermò.

Perché Emma si limitò a stringerle la mano e lasciò che Adelaide si accasciasse contro il sedile della carrozza.

«Quando arriverà?» chiese Adelaide.

Emma aggrottò la fronte. «Un po' prima delle otto. Per cena.»

Adelaide annuì. Questo le dava alcune ore per prepararsi. Perché quando si sarebbero incontrati, lei avrebbe visto l'uomo che stava cominciando ad amare.

E lui avrebbe visto solo la zitella di cui tollerava appena la presenza.

CAPITOLO TREDICI

Graham entrò nell'atrio e porse cappello, cappotto e guanti al maggiordomo di James.

«Le Loro Grazie e Lady Adelaide vi aspettano nella sala blu» intonò l'uomo cominciando a procedere lungo il corridoio.

Graham per poco non inciampò. «Lady Adelaide è qui?» chiese.

Il maggiordomo non smise di andare avanti. «Sì, Vostra Grazia. È ospite per cena.» Si fermò in salotto e aprì la porta. «Il Duca di Northfield» annunciò e si fece da parte.

Graham fece un respiro profondo e il suo mondo cominciò ad andare al rallentatore. In quella stanza c'era Adelaide. Adelaide, l'altra metà del suo attuale dilemma. L'altra donna che occupava i suoi pensieri. Il fatto che fosse lì era un segno della provvidenza.

O una coincidenza diabolica che avrebbe solo reso tutto più difficile.

O forse entrambe le cose.

Entrò nella stanza. Sapeva che avrebbe dovuto guardare verso James ed Emma, che erano in piedi insieme davanti al camino. Non lo fece. Il suo sguardo si spostò immediatamente su Adelaide. Era evidente che era stata seduta sul divano fino a un attimo prima, ma ora era in piedi, le mani serrate davanti a sé, lo sguardo occhialuto concentrato su di lui.

Non assomigliava per niente a ciò che aveva immaginato quando pensava a una donna che avrebbe catturato la sua attenzione. Ma era riuscita a conquistarla comunque. Tutta. Anche la sua ossessione per Lydia svaniva quando entrava in una stanza in cui era presente Adelaide.

«Buonasera» si costrinse a dire.

«Buonasera» rispose Adelaide, con voce leggermente tremula.

Prima che Graham potesse pensarci troppo, James ed Emma gli andarono incontro per salutarlo. «Ben arrivato, vecchio mio» disse James.

Emma gli porse la mano. «Sono così felice che tu sia qui, Graham, saremo un quartetto molto felice... mio Dio, Graham, le tue mani!»

Graham abbassò lo sguardo. Senza i guanti, le nocche ammaccate e rovinate erano molto evidenti. Emma era diventata pallida quando le aveva viste, e persino James sembrava preoccupato.

Quando lanciò un'occhiata ad Adelaide, fu sorpreso che gli stesse fissando il viso, non le mani. Si schiarì la gola. «Ah sì. Io, ehm... be', suppongo di avere novità per voi due. Non so se dovrei dirle davanti a Lady Adelaide, però.»

Adelaide contrasse leggermente la mascella e fece per lasciare la stanza, ma Emma alzò una mano. «Adelaide è la mia più cara amica. Puoi dire quello che vuoi davanti a lei. Vieni, sediamoci.»

Indicò le poltrone e il divano davanti al fuoco. Lei e James si misero a sedere sulle poltrone e il cuore di Graham iniziò a battere forte. L'unico posto rimasto era quello vicino ad Adelaide, che sembrò notare quel dettaglio nello stesso momento in cui lo fece lui, perché arrossì intensamente.

Quella reazione lo fece sorridere, perché significava che non le era immune come aveva sempre fatto finta di essere. Adelaide si sedette e lui la imitò, non troppo vicino, ma abbastanza vicino da poter sentire un accenno del suo calore. All'improvviso lo sentì acutamente. Gli arrivò il suo profumo, morbido e fresco. Ne fu profondamente scosso e si chiese come sarebbe stato sfiorarle le labbra con un bacio.

Sbatté le palpebre, scacciò quel pensiero e si concentrò di nuovo.

«Sir Archibald è a Londra» annunciò.

La reazione di Emma fu immediata. Sbiancò in viso, balzò in piedi e rimase a fissarlo. James la imitò, prendendole il braccio per sostenerla mentre anche lui non distoglieva lo sguardo da Graham.

«Che cosa?» proruppe infine Emma. «Qui?»

Graham annuì. «Dopo quello che è successo ad Abernathe all'inizio dell'estate, ne ho seguito le tracce per un po'. Ma la situazione con Simon...» Esitò, e diede un'occhiata ad Adelaide che spostava lo sguardo tra lui, James ed Emma.

«Cos'è successo ad Abernathe?» chiese Adelaide.

Emma tremò mentre James l'aiutava a sedersi. «Mio padre aveva combinato il matrimonio tra me e quel bastardo» sussurrò. «James mi ha salvato, ma Sir Archibald era infuriato. Mi ha aggredito e per poco non...»

Si interruppe. James era rosso in viso quando disse: «Gli ho impedito di farle del male. Avrei dovuto ucciderlo.»

Graham chinò la testa. «Be', c'è mancato poco che lo ammazzassi io. Vedi, si aggirava per il teatro negli ultimi tempi. Stava infastidendo una... una mia amica.» Lanciò un'occhiata ad Adelaide, ma lei non lo guardò. Sembrava quasi che lo stesse facendo apposta.

«Un'amica?» ripeté James, sollevando le sopracciglia.

Graham lo fulminò con lo sguardo. «Un'amica.»

«Le ha fatto del male?» chiese Emma con un filo di voce. «Quella povera donna, le ha fatto del male?»

Era chiaro cosa intendeva, e Graham allungò un braccio per prenderle delicatamente la mano. Emma alzò il viso per guardarlo negli occhi e lui rispose: «No, Emma. L'ho bloccato. L'ho quasi ucciso, ma la mia... la mia amica è stata abbastanza saggia da fermarmi.»

«Davvero una buona amica» disse piano Adelaide.

Graham si voltò verso su di lei. «Sì» concordò con un sospiro. «A dire il vero, Emma, il tipo ha paura di James. Non credo che verrà a cercarti. Preferisce di gran lunga le donne che non hanno una protezione simile a quella che hai tu.»

A Emma tornò un po' di colore sulle guance a quella dichiarazione, ma James stringeva forte la mascella in preda a una rabbia che controllava a stento. «Ingaggerò una guardia» disse a denti stretti.

Graham annuì. «Posso aiutarti a trovarla.»

Emma buttò fuori il fiato piano. «Suppongo che non sarebbe una cattiva idea avere qualche uomo in più a proteggerci.»

Ad Adelaide tremava la voce quando disse: «Sì, penso sia saggio, ma Emma, perché non mi hai parlato di Sir Archibald?»

Emma scosse la testa. «Sono successe così tante cose. Ed è stato un momento di orrore in mezzo a tanta felicità. È solo che non volevo parlarne.»

L'espressione di Adelaide si addolcì e si fece comprensiva. Tanto che Graham si chiese come potesse essere così empatica. Qualcuno le aveva fatto del male in passato? Il solo pensiero fece crescere in lui una rabbia pari solo a ciò che aveva provato quando era stata aggredita Lydia. Fece un paio di bei respiri per calmarsi.

«Bene, dobbiamo parlare di cose più liete adesso» disse. «A meno che tu non abbia altre domande, Emma?»

Emma gli sorrise. «Sei molto gentile, Graham, ma no. Penso che tu abbia ragione sul fatto che parlare del passato fino allo sfinimento non ci servirà a niente. James e io sappiamo di Sir Archibald adesso. E sono certa che, data l'espressione protettiva di mio marito, si prenderà cura di me.»

James si voltò su di lei. «Lo farò, Emma. Te l'ho giurato e parlavo sul serio.»

Poi sarcò Graham sollevando il mento di Emma e dandole un bacio breve ma appassionato sulle labbra. Graham girò la testa e scoprì che anche Adelaide stava fissando un filo tirato sul divano. Divenne paonazza quando alzò gli occhi su di lui.

In quel momento, desiderò di essere altrettanto libero di poterla baciare. Si chiese che sapore avesse. Come sarebbe stato averla tra le braccia. Come sarebbero stati i suoi sospiri di piacere. Come avrebbe mosso quelle mani delicate sulla sua pelle.

«Vostre Grazie» disse il maggiordomo di James dalla porta. Il gruppo si voltò verso di lui. «La cena è servita.» annunciò inchinando il capo.

Emma fece un bel respiro e poi fece scivolare la mano nell'incavo del braccio di James. «Andiamo?» chiese indicando la porta. Uscirono entrambi e Graham si rivolse ad Adelaide.

Toccarla in quel momento sembrava molto pericoloso, ma non c'era modo di evitarlo. Tese il gomito e alzò le sopracciglia. «Posso scortarvi, Adelaide?»

La giovane trattenne il respiro e distolse lo sguardo. Annuì, ma fu un movimento a scatti. «S... sì» balbettò. «Certo.»

Scivolò verso di lui, aggraziata nei movimenti, e poi gli avvolse le dita intorno al braccio. Graham si sforzò di non cedere all'impulso di gemere al suo tocco gentile e si diresse verso la sala da pranzo, dove sperava di potere schiarirsi le idee prima di perdere completamente l'autocontrollo.

Adelaide si agitò quando sentì lo sguardo di Graham volgersi ancora su di lei. Sembrava la centesima volta quella sera e lei non sapeva come reagire.

«Come vi siete conosciute voi ed Emma, Adelaide?» chiese Graham.

Alzò di scatto il viso per guardarlo. Sembrava davvero interessato alla risposta, proprio come quando le aveva fatto una dozzina di altre domande durante la cena.

Sforzandosi di tenere le proprie emozioni sotto controllo, lanciò uno sguardo a Emma. «Ci siamo incontrate a un ricevimento pomeridiano organizzato da...» si interruppe.

«Lady Laura de Bugiardis» finì Emma con una risatina che riscaldò la stanza e alleviò il disagio di Adelaide.

«Oh, grazie, me ne ero dimenticata» rise Adelaide, coprendosi la bocca con la mano.

«Che cosa?» chiese James, con un'espressione carica di affettuosa indulgenza mentre guardava sua moglie. «Di qualunque cosa si tratti, il rossore di mia moglie mi dice che è una storia crudele che conoscete solo voi due birbanti.»

Adelaide scosse la testa. «Chi fa da tappezzeria non può essere una birbante.»

Graham scoppiò a ridere, poi scrollò le spalle senza un accenno di scuse in viso quando si accorse che lo stava guardando male. «Mi spiace, mia cara, ultimamente ho passato troppo tempo con voi per crederci. Ed è chiaro che Emma ha un lato diabolico o non avrebbe mai catturato l'attenzione di James.»

James fece l'occhiolino a sua moglie e le guance di Emma diventarono di un rosso ancora più intenso. «Adelaide e io inventavamo dei nomignoli per alcune delle ragazze più cattive di nostra conoscenza» spiegò Emma.

«A essere onesti nei confronti di vostra moglie» lo interruppe Adelaide, «ho cominciato io. Lady Laura, credo che... che abbia sposato il Marchese di Hedgebottom, non è vero?»

Emma annuì. «Vent'anni più di lei. Ho sentito che è molto infelice.»

Adelaide sorrise suo malgrado. «Che peccato, era così simpatica. In ogni caso, fece una scenata orribile contro Emma, e io ne avevo appena subita una a mia volta. Così dissi qualcosa di sgradevole sul fatto che fosse Lady Laura de Bugiardis e da quella volta l'abbiamo chiamata così.»

«Che pettegole voi due» commentò James scuotendo la testa. «Ve ne stavate lungo la parete, apparentemente innocenti e dolci come il miele e invece per tutto il tempo avevate un lato nascosto.»

«Non sono mai sembrata dolce come il miele in vita mia» rise Adelaide.

«Non sono d'accordo» la contraddisse Graham, e i suoi occhi azzurri si concentrarono ancora una volta sul suo viso.

La sua inaspettata attenzione la innervosì. Che diavolo stava succedendo? Non era possibile che gli piacesse. Era un'idea sciocca anche solo pensare una cosa del genere. In realtà era *lei* a volere che Graham la apprezzasse, che apprezzasse la vera lei, e così attribuiva un significato a ogni fugace sguardo. A ogni banale commento.

Doveva davvero smetterla o si sarebbe ritrovata con un cuore infranto ancora peggio di come sarebbe sicuramente successo quando gli avrebbe finalmente rivelato la verità.

I servitori portarono via i piatti dell'ultima portata e James si alzò. «Northfield, ti andrebbe di fare due chiacchiere? Penso che tu ed io dobbiamo fare dei preparativi.»

Poi lanciò a Emma una breve occhiata e Adelaide riconobbe la paura che aleggiava sull'espressione della sua amica. Paura di Sir Archibald. Si sentiva in colpa per non aver mai nemmeno saputo del rapporto che c'era tra Emma e quel bastardo.

Graham si alzò e il suo sguardo volò di nuovo su Adelaide. «Sì. Forse potremmo unirci a voi signore più tardi?»

Emma sorrise. «Certo.»

James si fece avanti e diede a Emma un bacio sulla guancia prima di aiutarla a rimettersi in piedi. Poi sorrise ad Adelaide e i due uomini uscirono dalla stanza.

Una volta che se ne furono andati, Emma cedette leggermente e Adelaide le fu subito al fianco per sostenerla. «Sembri stanca» disse mentre i due uomini si dirigevano verso un altro salotto a bere qualcosa.

Emma annuì. «Sì. Ho ancora la nausea al mattino per via del bambino, e a volte è come se le emozioni... mi travolgessero. Sentire parlare di Sir Archibald...»

Si interruppe e Adelaide l'aiutò a sedersi. «Oh Emma, vorrei averlo saputo.»

Emma si strinse nelle spalle. «Come ho detto prima, sono stata molto felice dopo il mio matrimonio, non volevo parlarne.» Sospirò. «Ma ci penseranno James e Graham.»

Adelaide strinse le labbra. «Sì, ne sono certa.»

«Ogni volta che vi vedo sembra che voi due siate sempre più in sintonia» disse Emma dolcemente.

Adelaide lanciò un'occhiata alla sua amica. Emma sembrava molto concentrata ora, aveva gli occhi di nuovo nitidi. E ancora una volta Adelaide ebbe voglia di raccontarle tutto. *Tutto.*

Solo che non poteva. Non ancora. Doveva dirlo a Graham prima di chiunque altro, glielo doveva. Dopo... be', dopo lo avrebbe detto a Emma. Portarsi dietro tutte queste bugie stava diventando un fardello troppo pesante. E se Graham si fosse arrabbiato, come era facile immaginare, avrebbe avuto bisogno di Emma più che mai.

Rabbrividì al pensiero.

«Sai, Emma, te ne voglio parlare» confessò. «Ho così tante cose da raccontarti. Ma come te, sono esausta. Consenti che io aspetti un altro giorno prima di confessare tutto quello che vuoi sapere?»

Emma la esaminò un momento, poi annuì. «Certo. Ma sono qui se hai bisogno di me. Spero che tu lo sappia.»

Adelaide si chinò per darle un bacio sulla guancia. «Dopo oggi, non potrei *mai* dubitare della tua amicizia. Grazie ancora per avermi fatto uscire da quella casa.»

Emma si alzò dalla sedia e sospirò. «Vieni, andiamo entrambe di sopra. Manderò a dire a James che siamo tutte e due troppo stanche per altre emozioni stasera. Lo spiegherà lui a Graham.»

Adelaide inclinò la testa in segno di assenso, anche se una parte di lei era profondamente delusa all'idea che non avrebbe potuto rivedere Graham quella sera. Una prova di quanto era sciocca quando si trattava di lui. Avrebbe fatto bene a ricordarlo.

Emma la prese a braccetto e si avviarono fuori dalla stanza. «Adelaide...» disse piano.

«Sì, Emma?»

«Andrà meglio domattina.»

Adelaide deglutì. Non era sicura che Emma avesse ragione in questo caso. Ben presto sarebbe arrivato un domani in cui avrebbe dovuto dire la verità a tutti quelli a cui voleva bene, compreso Graham.

Quando quel giorno fosse arrivato, non era assolutamente convinta che sarebbe mai più andato tutto bene.

CAPITOLO QUATTORDICI

Graham sorseggiava il suo liquore mentre osservava James andare irrequieto su e giù nel suo ufficio, come faceva da quasi venti minuti.

«Quanti uomini pensi che dovrei ingaggiare?» rifletté James.

Graham si sporse in avanti. «Due saranno sufficienti» rispose. «Uno per il giorno, uno per la sera, soprattutto se non sei qui. Non vorrai soffocare Emma o farla sentire prigioniera in casa sua.»

James si rilassò un po' e lentamente si lasciò cadere su una sedia di fronte a Graham. «Certo. Hai ragione, non vorrei mai farle questo. È solo che... l'idea che quel bastardo sia a Londra mi fa rivoltare lo stomaco.»

«Siamo in due» borbottò Graham. «Mi spiace non averlo tenuto sempre sott'occhio. Soprattutto considerando come ha quasi...»

Si interruppe e si fissò le mani piene di lividi mentre veniva travolto dai ricordi. James smise di camminare per fissarlo. «Hai perso il controllo?»

Graham sollevò lentamente il mento. James non gli aveva fatto quella domanda con l'intento di giudicarlo, ma Graham si sentiva ancora sulla difensiva quando annuì di scatto. «Sì.»

«È passato molto tempo dall'ultima volta che è successo.» James incrociò le braccia. «Quell'attrice deve piacerti moltissimo.»

Graham strinse le labbra davanti all'espressione perspicace sul viso del suo amico. «Dovrei saperlo che non posso fidarmi a dire qualcosa a chiunque del nostro gruppo. Ti riportano tutto, vero?»

«Il re dei duchi, no? Devo fare del mio meglio per vegliare sul mio regno» disse James con un sorrisino e scuotendo la testa. «Mi chiedo cosa significhi per Adelaide, però.»

Graham si irrigidì quando James fece il suo nome. «Pensi che io sia ingiusto con lei?»

«È chiaro che anche lei ti piace» rispose James scrollando le spalle. «Ti conosco abbastanza bene da riconoscere cosa vedo quando voi due siete insieme. Buffo che non abbia saputo vedere i problemi tra te e Meg altrettanto chiaramente.»

Graham si passò una mano tra i capelli, e così facendo si sciolse il codino. Scosse la testa. «Non è stata colpa tua. Hai fatto quello che pensavi fosse giusto per tutti quelli che erano coinvolti. Chiunque di noi avrebbe potuto fermare tutto prima che... ci distruggesse la vita.»

James inclinò la testa. «Perché non lo hai fatto? È evidente che non amavi Meg tanto quanto lei non amava te. Perché non hai fermato tutto?»

«La maggior parte delle persone del nostro rango non si sposa per amore» disse Graham dopo una lunga pausa in cui rifletté su quella domanda e sulle due donne per cui si sentiva così confuso. «Non ho mai pensato di farlo. A dir la verità, non ho mai pensato di volerlo fare. Le emozioni forti non mi sono mai sembrate una cosa positiva.»

«Per colpa di tuo padre» disse James piano.

Graham sussultò suo malgrado. «Sì. Le sue passioni portavano sempre alla rabbia. Temo di poter seguire le sue orme.»

«Non credo proprio» disse subito James con fermezza prendendo Graham per un braccio. «Non potresti mai essere come lui.»

Graham chiuse gli occhi, pensando ancora una volta alla faccia contusa di Sir Archibald la notte precedente, al suono sordo di carne contro carne che gli si riverberava ancora adesso nelle nocche doloranti. Gli si rivoltò lo stomaco.

«Hai chiesto se è giusto nei confronti di Adelaide» continuò, forzando un cambio di argomento senza andare troppo per il sottile. «So che non è giusto. Mi piace, James, voglio che tu sappia che non mi sto prendendo gioco di lei. È diversa da tutte quelle che ho conosciuto prima. Mi ritrovo a voler rimuovere tutti quegli strati che mette tra se stessa e il mondo. Ma c'è anche Lydia, a cui ho già rivelato segreti che non ho mai detto nemmeno a te o a Simon.»

James si appoggiò allo schienale sorpreso. «Capisco. Credi che ci sia un futuro con l'attrice?»

Graham fece un respiro lungo e affannoso. Quando immaginava un futuro, non poteva concepirlo senza Lydia. Ma trovava difficile immaginarlo anche senza Adelaide.

«Se ci metti così tanto a rispondere, intuisco cosa non vuoi dire» disse James. «Non conosco ancora molto bene Adelaide, ma so da tutto ciò che mi ha raccontato Emma che merita più di un cuore diviso in due. Se senti un legame così profondo con Lydia, penso che dovresti...»

Si interruppe e Graham scosse la testa. «Parla, voglio saperlo.»

«Temo che non ti piacerà» rispose James lentamente.

«Be', Simon non è qui ad attutire il colpo» disse Graham con un lieve sorriso. «Quindi dillo in fretta e forse mi brucerà meno.»

«Penso che dovresti lasciar perdere Adelaide» disse James con fermezza.

Graham riuscì a malapena a respirare al pensiero, anche se sapeva che James aveva ragione. Anche se aveva solo detto la pura verità.

«Vostre Grazie?» Entrambi gli uomini si voltarono quando il maggiordomo di James entrò nella sala da biliardo. James fece cenno al domestico di parlare e Grimble continuò: «La duchessa e Lady Adelaide hanno entrambe deciso di andare a letto presto. Sua Grazia mi ha chiesto di dirvi di restare quanto volete, Vostra Grazia.»

Graham lanciò un'occhiata a James. Aveva cambiato espressione e

Graham capì che il suo amico voleva unirsi a sua moglie. La certezza sul viso di Abernathe fu una pugnalata per Graham. Avrebbe voluto sapere cosa desiderava con la stessa lucidità del suo amico.

«Grazie» rispose James. «Anche voi potete finire quello che dovete fare e andare a letto. Mi assicurerò io che le porte vengano chiuse dopo che Northfield se ne sarà andato.»

Il maggiordomo annuì e lasciò soli i due gentiluomini. James gli sorrise. «Sembra che abbiamo tutta la notte a disposizione se ti va di parlare.»

Graham rise suo malgrado. «No, non ho bisogno di una governante stasera, anche se apprezzo l'offerta. Vorrei dire una cosa prima di lasciarti andare a letto e avviarmi al portone.»

James annuì. «Fai pure.»

«La situazione è insostenibile e so che hai ragione sul fatto che non dovrei giocare con una donna come Adelaide. Né una donna come Lydia. Tuttavia, mi hanno fatto un regalo.»

«E sarebbe?»

«Capisco di più quello che ha passato... Simon» ammise lentamente. «Volere ciò che sentiva di non poter avere, amare ciò che sapeva essergli proibito. Ora capisco come la sua disperazione possa averlo portato ad agire in quel modo. Come abbia potuto essere disposto a fare qualsiasi cosa pur di non perdere Meg.»

James contrasse leggermente la mascella. «Se la situazione difficile che stai attraversando ti ha portato a questa riflessione, non posso dispiacermene. Spero che questo significhi che un giorno potrai parlare con Simon, magari perdonarlo. Il nostro mondo non è lo stesso senza di te.»

Graham si irrigidì. «Io sono qui.»

James scosse la testa. «Non sul serio. Non come una volta. Forse è troppo, ma ci spero ancora.»

Graham annuì. In verità, col passare del tempo, aveva cominciato a desiderare di tornare a vivere come prima. Forse non era possibile fino in fondo dopo tutto quello che avevano passato. Ma sapeva che evitare di affrontare la situazione non avrebbe cambiato le cose. «Parlerò con Simon quando sarò pronto, te lo prometto."»

James gli diede di nuovo una pacca sul braccio. «Riesci a uscire da solo?»

«Sì. Sono sicuro che Grimble non è andato a letto e che posso convincerlo a chiudere il portone dopo che sarò uscito. Ci vediamo presto.»

James sorrise e lasciò la stanza, Graham lo seguì. Quando il suo amico girò a destra verso le scale, Graham andò a sinistra, lungo i lunghi e tortuosi corridoi che conducevano all'atrio. Ma quando svoltò a una curva, rallentò l'andatura. La porta della biblioteca era leggermente aperta e c'era un filo di luce che filtrava fuori lasciando un raggio nel corridoio. Si avvicinò, il cuore cominciò a battergli più forte perché sapeva istintivamente cosa avrebbe trovato in quella stanza.

Sapeva anche che avrebbe dovuto andare avanti.

Ma non lo fece.

Adelaide era scalza e tamburellava il piede nudo sotto la vestaglia mentre guardava gli scaffali dei libri senza vederne nessuno. Dio, com'era distratta. Era stata sbadata al punto da non ricordarsi di chiamare Rebecca per aiutarla a spogliarsi. Non riusciva a pensare ad altro che a Graham, Graham, Graham.

Graham, visibilmente imbarazzato quando Emma gli aveva notato i lividi sulle nocche.

Graham che la osservava a cena con un'espressione ombrosa e indecifrabile, ma mirata e sconcertante.

Graham a pezzi la notte dopo aver aggredito Sir Archibald. Distrutto mentre sussurrava i suoi oscuri e dolorosi segreti a una donna che non esisteva nemmeno.

Graham che era solo poche porte di distanza in fondo al corridoio con James, a parlare di Dio sapeva cosa mentre lei non riusciva a smettere di pensare a lui.

«Salve, Adelaide.»

Si bloccò al suo posto di fronte alla libreria e il cuore iniziò a batterle così forte che temette si potesse sentire nel silenzio della stanza. Aveva pensato di essere al sicuro qui stanotte. Aveva pensato che Graham e James avrebbero trascorso molte ore a parlare insieme.

Si era sbagliata a quanto pareva. Si girò piano e trovò esattamente quello che si aspettava: Graham sulla soglia della stanza. I suoi capelli biondi erano per metà fuori dal codino e alcune ciocche gli ricadevano intorno al viso, dandogli un aspetto sfatto e un po' pericoloso.

Perché ovviamente lui era lì quando lei si sentiva più vulnerabile. Ovviamente lui era lì, a osservarla, quando i suoi segreti erano così vicini alla superficie. Quando sapeva che avrebbe dovuto dirgli tutto, ma non era ancora pronta a farlo.

«Salve» squittì in risposta.

Graham esitò un attimo, quasi come se stesse valutando le sue opzioni, poi entrò nella biblioteca e chiuse delicatamente la porta dietro di sé.

Lo fissò. Adesso erano soli, ed era del tutto sconveniente. Non era mai stata sola con lui in quel modo come Adelaide. I brevi momenti passati sulla terrazza non erano assolutamente paragonabili a una stanza così piccola e stretta dove erano insieme all'insaputa di tutti.

Dove nessuno poteva disturbarli.

Nonostante il pericolo di questo momento, nonostante fosse tanto sciocca da desiderare che diventasse ancora più pericoloso, il suo corpo reagì istintivamente quando Graham chiuse la porta. Iniziò a formicolare, esplicitando in modo chiaro cosa voleva dall'uomo a non più di un metro di distanza da lei.

«Pensavo foste andata a letto» disse, ed era quasi certa che avesse calcato leggermente il tono sulla parola *letto*.

Adelaide si tormento le mani che teneva intrecciate davanti a sé. «Non riuscivo a dormire. Non che ci abbia provato gran che.»

Graham alzò una mano per scostarsi una ciocca di capelli dalla fronte e lei seguì il movimento, attratta ancora una volta dai lividi che aveva sulle nocche. Avrebbe dovuto chiedere del ghiaccio. Avrebbe aiutato ad attenuare il gonfiore. Il duca si acciglió quando si accorse dell'espressione con cui gli guardava le ferite.

«Brutte, vero?» disse, tendendo le mani in modo che le potesse osservare piú da vicino.

Adelaide trattenne il respiro. «Non mi sembra.»

«No?» insistette lui, facendo un passo avanti. Portó con sé il calore del suo corpo, la sua presenza incrollabile che sembrava occupare tutto lo spazio, assorbire tutta l'aria, tutto ció che le serviva per sopravvivere.

Avrebbe dovuto allontanarsi, ma invece allungó la mano e stava per sfiorargli i lividi con le dita, ma lui si tiró indietro, abbassando la testa.

«Che opinione dovete avere di me» disse piano. «Voi ed Emma.»

Adelaide strinse le labbra, frustrata dal fatto che lui sapesse cosí poco della sua vera identità da pensare che lo avrebbe giudicato male per quello che aveva fatto. La addolorava il fatto che lui avesse di se stesso un'opinione ancora piú severa.

«A mio parere avete fatto qualcosa di coraggioso» disse, scegliendo attentamente le parole. «A proteggere la vostra... la vostra amica in quel modo.»

Fece una smorfia. «Se ci foste stata, mi avreste preso per un animale, Adelaide.»

«È evidente che non vi siete comportato da animale, Graham» insistette mettendosi le mani sui fianchi, e la sua emozione ribollí anche se non voleva. «Le intenzioni di quell'uomo erano chiare: non si sarebbe fermato a meno che voi non lo aveste fermato. Poi cosa sarebbe successo? So esattamente cosa sarebbe successo. Mi avrebbe violentata e...»

Si fermò di colpo e si portò le mani alle labbra. Cosa aveva detto? Nel suo fervore di tranquillizzare Graham, cosa diavolo aveva detto?

Graham alzò lo sguardo su di lei e aggrottò la fronte in preda alla confusione. «Cosa avete detto?»

Adelaide fece un passo indietro, e questa volta lui non esitò a seguirla. Inclinò la testa, esaminandola. Guardandola *davvero*.

«Non ho detto niente» mentì. «Stavo solo ripetendo quello che avete detto della vostra amica.»

«Avete detto *mi* avrebbe violentata. *Mi*, non *la*.» Le si avvicinò di più e lei barcollò, inciampò quasi contro il bordo del tappeto quando andò a sbattere con la schiena contro la libreria dietro di lei. Lui entrò ancora di più nel suo spazio, senza toccarla del tutto, ma torreggiando su di lei con il viso troppo vicino al suo.

I suoi occhi luminosi e incredibilmente azzurri la trafissero. E la *videro*. Le mancava l'aria, il respiro le si fece affannoso, l'unico suono stentato nel silenzio della stanza intorno a loro. Voleva voltarsi e scappare, ma non c'era nessun posto dove andare. Nessun posto in cui nascondersi. Non più.

«Graham» sussurrò. «Per favore, no.»

Il duca allungò la mano e lei attese che la prendesse per il braccio, che urlasse e le ordinasse di rivelare tutto. Invece, fece scivolare silenziosamente le dita nello chignon che teneva legato stretto alla nuca. Si sentì sciogliere a quel tocco, alla pressione leggera come una piuma della sua mano contro il cranio che faceva scivolare via le forcine mandandole a cadere in giro sul pavimento.

Le sciolse i capelli e glieli fece ricadere sulle spalle. Lo vide dilatare le narici.

«Graham» ripeté debolmente, con gli occhi pieni di lacrime.

Le prese il mento con la mano, costringendola a guardarlo. Poi le sfiorò la mascella con la punta delle dita, lo zigomo e le prese gli occhiali. Con grande lentezza glieli fece scivolare giù lungo il naso e glieli tolse.

Poi la fissò. Senza la sua armatura, senza il suo travestimento, senza le barriere che aveva messo tra di loro. E la vide. Perché non c'era più niente che glielo impedisse.

Adelaide smise del tutto di respirare, soprattutto perché non riusciva a ricordare come si faceva, smascherata com'era. Non era così che avrebbe voluto che scoprisse il suo segreto. Si limitava a fissarla con un'espressione di emozione repressa.

Si preparò a sentirlo urlare chiedendole spiegazioni. O peggio, a vederlo andarsene disgustato.

Ma invece emise un lungo sospiro e mormorò: «Grazie a Dio.»

Poi le coprì la bocca con la sua con una disperazione devastante diversa da tutte le altre volte in cui l'aveva baciata.

CAPITOLO QUINDICI

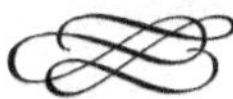

Se gli fosse rimasto qualche dubbio, e non ne aveva, sarebbe svanito appena le toccò le labbra con le sue. Adelaide e Lydia erano la stessa persona. E non era mai stato così confuso, così sorpreso o così sollevato in tutta la sua vita. L'idea di perdere una delle due donne era stata fisicamente dolorosa per lui.

Ora sapeva che non avrebbe dovuto perdere nessuna delle due. E si immerse in quel bacio, assaporando il desiderio di Adelaide, sentendolo nel modo in cui gli si inarcava contro con quei piccoli mugolii di piacere che lo scuotevano sempre nel profondo.

La ragione prese il volo, le domande svanirono, non restò che questo ardente desiderio di averla, di rivendicarla. Non come Lydia, ma come Adelaide. Come qualunque donna fosse quando permetteva a quei suoi due lati di fondersi.

La fece andare all'indietro guidandola verso il divano al centro della stanza. Non gli oppose nessuna resistenza quando la fece reclinare sui cuscini senza lasciarle la bocca mentre scavava sempre più in profondità nell'oceano che era questa donna. Corpo e anima. Voleva tutto. Lo voleva adesso.

Adelaide allungò le braccia e iniziò a tirargli la cravatta mentre lui spostava la bocca dalle sue labbra alla gola. Riuscì ad allentare il nodo e lui si mise a sedere, scrollandosi di dosso la giacca e strappando i bottoni della camicia finché non riuscì a levarsela da sopra la testa.

Lei sollevò le mani e gliele mise sul petto, tracciando le linee dei muscoli e spalancando gli occhi. Graham sorrise davanti a quell'espressione, perché lei lo aveva già visto così un paio di volte eppure ogni volta sembrava ancora sioccata. Un uomo poteva montarsi la testa quando una donna lo guardava in quel modo.

Soprattutto questa donna.

La tirò su per metterla a sedere e le fece scivolare la mano lungo la spina dorsale, aprendole i bottoncini uno per uno mentre lei sollevava la bocca cercando di nuovo la sua, spinta da un bisogno ardente e disperato. Tra uno strattone e l'altro riuscirono a tirare giù il vestito e la camiciola insieme, poi la tornò a spingere contro il divano mentre stringeva le labbra attorno a un capezzolo inturgidito. Adelaide si inarcò sotto di lui, gli mise le mani tra i capelli e chiuse gli occhi con un sospiro.

La guardò in viso mentre le dava piacere: ecco Lydia, ecco Adelaide. E soffocò tutte le sue domande per il momento.

«Per favore» mormorò Adelaide, scuotendo i fianchi contro i suoi seguendo il ritmo con cui lui le succhiava il seno. «Per favore.»

Lui annuì e si alzò, si strappò di dosso gli stivali e cominciò ad armeggiare con i bottoni dei pantaloni mentre lei si sfilava il vestito dai fianchi. Arrossì quando aprì lentamente le gambe e gli si rivelò. Interruppe quello che stava facendo e la fissò.

In quel momento, era tutta Adelaide. E anche se aveva già avuto questo corpo, non si era reso conto che era lei. Ora che lo sapeva, era tutto nuovo. Lei era nuova. E la voleva con più forza e passione di quanto avesse mai desiderato Lydia.

Il che era tutto dire.

«Mio Dio, sei fantastica» mormorò mentre lasciava cadere i pantaloni, li calciava via e si calava lentamente su di lei. «Hai idea di cosa mi fai?»

Gli sorrise mentre allungava una mano tra di loro e gli stringeva delicatamente il pene duro come la roccia. «Ho una vaga idea.»

Lui scosse la testa. «Non quello. Riconosco che mi fai anche quello, ma non sto parlando di quello. Sto parlando di questo.»

Le prese la mano e la tolse dall'inguine, facendola scorrere tra i loro corpi finché non le fece posare le dita sul suo petto, appena sopra il suo cuore. Lei deglutì a fatica e lo guardò in faccia mentre lui si posizionava contro il suo sesso. Mentre avanzava, Adelaide gli sentì battere il cuore più forte e spalancò gli occhi.

Gli tenne la mano in quel punto, il suo cuore le batteva contro il palmo mentre la prendeva con colpi lunghi e lenti. Lo cinse con il suo sesso, stringendolo mentre gli si sollevava contro. Le si annebbiò lo sguardo per il piacere mentre la prendeva spingendo in profondità, roteando i fianchi mentre lei lo spremeva, e una sensazione cruda gli corse su per l'uccello e gli si diffuse in tutto il corpo. Era vivo, era in fiamme e non c'era niente di simile.

Niente di simile a lei.

La prese per la nuca, le inclinò la bocca per accedervi meglio. Le fece passare la lingua oltre le labbra, assaporando il suo sapore unico mentre il suo corpo iniziava a tremare sotto di lui. Le afferrò il fianco dandoci ancora più dentro, incalzandola finché lei non si inarcò sotto di lui e lo attanagliò tra le ondate di estasi. Continuò a mungerlo, conducendolo alla meta, a lei, a quel momento accecante di perfetto piacere che era sempre esistito tra loro.

Lui spinse più forte, chiuse gli occhi, le succhiò la lingua, sentendo la sensazione intensa crescere finché non gli si tesero i testicoli. Si trattenne dal ruggire, si sfilò, si pompò con la mano mentre veniva in mezzo a loro, poi cadde in avanti per coprirle il corpo con il suo mentre la copriva di teneri baci lungo il collo e la curva delle spalle.

Adelaide lo avvolse con le braccia, cullandogli il corpo contro il suo con le gambe avvolte intorno alla sua vita, mormorandogli contro il collo dolci gemiti di piacere ancora caldi e incoerenti.

E in quel momento tutto nel suo mondo, nella sua vita, nella sua mente turbolenta, era perfetto.

Questo era quello che gli faceva. Adelaide. Lydia. Entrambe. La stessa donna. E quel pensiero lo distolse dalla nebbia del piacere.

Alzò la testa e la fissò. Lo stava guardando dritto negli occhi, senza paura, senza nascondersi. Non più. Era stato messo tutto a nudo e presto i suoi segreti si sarebbero fusi con quelli che le aveva confessato lui di recente.

Se voleva dirglieli, ben inteso. Perché lei non lo aveva costretto. E per quanto volesse, si rifiutava di costringerla.

Le accarezzò la guancia con il dorso della mano, tracciando i morbidi lineamenti mentre sussurrava: «Ti va di dirmelo?»

Adelaide si irrigidì un attimo e distolse lo sguardo. Gli dispiacque aver interrotto la loro sintonia. Gli dispiacque che Adelaide sentisse che doveva interromperla. Che non poteva fidarsi completamente di lui. Non si era fidata di lui finora e avrebbe potuto continuare a non farlo.

«Te lo devo» disse con un cenno che poteva essere inteso solo come una resa.

Graham le prese il mento e lo sollevò, costringendola a guardarlo. I suoi occhi azzurri si spalancarono, le pupille si dilatarono quando incontrò il suo sguardo.

«Non mi *devi* niente» sussurrò scuotendo la testa. «Ti sto chiedendo di dirmi la verità, ma se vuoi proteggere i tuoi segreti io, più di chiunque altro, non ti costringerei mai a rivelarli.»

La sua risposta sembrò scioccarla, perché rimase in silenzio per quella che sembrò un'eternità. Poi deglutì a fatica. «No, Graham. Avevo comunque intenzione di dirtelo. Ed è ora. È tempo di dirti la verità.»

A delaide si lamentò quando Graham si staccò delicatamente da lei. Si preparò a vederlo alzarsi, allontanarsi e vestirsi, così ci sarebbe stata una barriera tra loro. Ma proprio come aveva fatto fin dal momento in cui era entrato nella stanza, la sorprese. Non la lasciò, ma si limitò a mettere entrambi a sedere. La strinse contro di sé, avvolgendole intorno le braccia, e lei gli appoggiò la testa contro il petto nudo con un sospiro.

Si sentiva al sicuro tra le sue braccia. Un'illusione, lo sapeva, un'illusione cui però sceglieva di aggrapparsi in questo momento di vulnerabilità e paura. Non l'aveva ancora abbandonata e conosceva già la peggiore delle sue bugie.

«Quello che ti ho detto la prima notte che abbiamo fatto l'amore quando pensavi che fossi Lydia, era vero» iniziò, sorpresa di poter fare un discorso coerente anche se tremava tutta. «Tre anni fa un gentiluomo cominciò a mostrare interesse nei miei confronti. Nessuno di reale importanza, ma sembrava che gli piacessi. E nessuno mi aveva mai mostrato attenzione prima. Mi sedusse. Non avrei dovuto permettergli di... prendermi, ma pensavo che ci tenesse a me. Invece no evidentemente, perché scomparve subito dopo.»

Sentì la mascella di Graham contrarsi. Alzò lo sguardo e gli vide la rabbia in viso. Era arrabbiato con lei? Ma no, sembrava di no. «Chi era?»

«Non importa adesso. Scappò in America, disse pubblicamente suo padre. Nessuno lo vede o lo sente da anni.» Sospirò. «Aveva preferito scappare piuttosto che sposarmi, a quanto pare. A quel tempo fu devastante, perché sapevo di aver distrutto qualsiasi possibilità di avere un futuro. Mia zia lo scoprì e andò su tutte le furie, così mi ha reso la vita a casa ancora più difficile.»

«Ti ha cambiato» le disse dolcemente.

Lei annuì. «Come qualsiasi esperienza, suppongo. Mi sono rinchiusa ancora di più in me stessa. Nei libri. Puntavo a confondermi con la tappezzeria. Non *volevo* essere vista.»

Lui la guardò in faccia e lei gli lesse l'empatia e la comprensione stampati sul suo bel viso. In quel momento, il suo senso di sicurezza crebbe, nonostante gli avesse raccontato un episodio che poteva facilmente cambiare l'opinione che aveva di lei. Una cosa era elaborare la caduta in disgrazia di Lydia. Un'altra la caduta in disgrazia di Lady Adelaide. Due mondi diversi, due atteggiamenti diversi nei confronti dello stesso argomento.

Eppure Graham non sembrava turbato dalla verità.

«Come ti ha portato a creare Lydia?» la incalzò con gentilezza.

Sospirò respirando a fatica. «Non ero felice. Come ho detto, mia zia non reagì bene quando scoprì che ero stata rovinata. Mi urlava contro le cose più orribili. Mi...» Si interruppe, pensando agli schiaffi di Opal in quel periodo tremendo. Al modo in cui aveva cercato di strozzarla anche quel pomeriggio.

«Che cosa ti faceva?» chiese Graham, il corpo teso come se lo sapesse già. Ma forse lo sapeva, avrebbe riconosciuto i segni meglio di tanti altri, ci avrebbe scommesso.

«Era crudele» continuò con un filo di voce. «E io mi sentivo infelice e intrappolata. Ma un anno e mezzo fa le venne il raffreddore. Fu costretta a stare a letto per quasi tre settimane e improvvisamente ebbi di nuovo questo piccolo assaggio di libertà. La mia cameriera, Rebecca, che sapeva quanto fossi infelice, mi suggerì di uscire di nascosto insieme a lei e di andare a vedere uno spettacolo a teatro. Voleva dire disubbidire, una cosa totalmente contro il mio carattere, ma accettai.»

Graham inarcò le sopracciglia. «Un bel salto da vedere uno spettacolo a recitare sul palcoscenico di uno dei teatri più famosi di Londra.»

«Infatti. Vedi, Rebecca aveva un'amica dietro le quinte e all'improvviso ci siamo trovate lì. L'attrice di uno dei ruoli secondari si sentì molto male e io le somigliavo un po'. Mi spinsero sul palcoscenico con tre battute da dire e..» Esitò anche se era raggiante di gioia. «Mi piacque da morire. Quando mi applaudirono, fu come se qualcuno avesse... acceso una luce di cui non conoscevo nemmeno l'esistenza.»

«Sei molto brava, Adelaide» disse Graham.

«Grazie.» e gli sorrise. «Da lì la cosa mi ha preso la mano. Mi fu chiesto di fare un'altra parte e un'altra ancora. Nacque Lydia, perché di certo non potevo esibirmi come Adelaide. Rebecca e io abbiamo un sistema molto elaborato per consentirmi di sgattaiolare fuori e rientrare. Zia Opal non ha sospettato niente... finora.»

Graham annuì. «Complimenti. Ma devi considerarmi un grande sciocco, per non essermi reso conto che eri Lydia.»

«Sai quanti uomini della nostra cerchia sono venuti alle mie recite?» gli chiese, mettendosi a sedere e voltandosi a guardarlo in viso. «O sono persino venuti a parlarmi dietro le quinte come hai fatto tu quella prima notte?»

«Presumo che nessuno di loro ti abbia baciato» le disse, sporgendosi in avanti per sfiorarle le labbra avanti e indietro con la bocca. «Né sono riusciti a portarti a letto, come ho fatto io.»

Adelaide rabbrividì quando lui le fece passare le dita lungo il collo e sul seno nudo prima di rimettere la mano sulla sua coscia muscolosa.

«No» ammise. «Nessuno di loro ci è riuscito. Ma avevo creato un personaggio, Graham. Lydia, che possedeva tutta la fiducia in se stessa che mi manca come Adelaide. È audace e senza paura. Si veste in modo diverso, si muove in modo diverso, per non parlare del fatto che indosso gli occhiali e mi tiro indietro i capelli quando sono Adelaide.»

«Una specie di scudo» commentò lui.

«Tu vedevi esattamente quello che io volevo farti vedere» continuò Adelaide. «Anche se ammetto che la prima volta che mi hai avvicinato per ballare dopo aver baciato Lydia a teatro, ero pietrificata perché pensavo che mi avessi scoperto. E poi ero... un po' gelosa di me stessa.» Si agitò. Aveva scoperto le carte adesso, ma dopo aver sentito la verità Graham non sembrava più arrabbiato di quanto lo fosse quando si era reso conto che lei e Lydia erano la stessa persona. Questo le diede un po' dell'audacia con cui aveva plasmato il suo personaggio. «Posso chiederti una cosa?»

Graham annuì lentamente. «Certo.»

«Perché... perché hai detto "grazie a Dio" quando hai capito che Adelaide e Lydia erano la stessa persona?» gli chiese.

Lo vide inclinare la testa. «Non lo sai?»

«No, o non te lo avrei chiesto.» replicò sorridendo un po'.

«*Ecco* l'Adelaide che mi rimette in riga così facilmente» disse lui con una risatina che gli uscì dalle labbra e la confortò. «Ho detto grazie a Dio perché sono settimane che mi torturo per te e Lydia.»

Adelaide aggrottò la fronte. «Cosa vuoi dire?»

«Adelaide, vi volevo entrambe. E non avevo idea che foste la stessa persona. Io ero distrutto dal tradimento di uno dei miei amici più cari, eppure facevo avanti e indietro tra due donne straordinarie, come un vero bastardo.»

Lo fissò a occhi spalancati mentre cominciava a elaborare quello che aveva detto. «Non capisco. Tu volevi Lydia. Non me.»

«Penso di averti appena dimostrato quanto sia sbagliata quell'affermazione, *Adelaide*» disse, allungando la mano per tirarla un po' più vicino. «Posso farlo di nuovo se vuoi.»

«Mi volevi perché hai capito che ero Lydia» e voleva cedere al desiderio nello sguardo di Graham, ma era ancora confusa dalle sue parole.

«La donna che pensa di sapere ogni cosa è all'oscuro di tutto» commentò lui. «Non potresti sbagliarti di più. Ho passato giorni e giorni a venire a patti con il fatto che ti voglio, Adelaide. Mi sono svegliato con il tuo nome sulle labbra e il tuo viso nella mente. Quando toccavo Lydia, mi sentivo come se ti stessi tradendo. Quindi per favore, credimi, so cosa voglio. Voglio *te*.»

Le balzò il cuore in petto davanti a quella dichiarazione e all'onestà con cui era stata fatta. Diceva sul serio. Ci credeva.

«Devi capire, però, che non sono lei. Non sono sicura di me o coraggiosa o...»

«Be', queste sono tutte fesserie» la interruppe. «Sei stata coraggiosa molte volte con me nelle sale da ballo e nei salotti. In effetti, penso che la tua vera natura non sia esattamente la donna che si nasconde dietro gli occhiali o la signora che recita sul palcoscenico. Penso che tu sia qualcosa a metà tra queste due. Che tu racchiuda le parti migliori di entrambe.»

Adelaide sbatté le palpebre per ricacciare indietro le lacrime improvvise che le fecero bruciare gli occhi davanti alla sua assoluta fiducia in lei. Una fiducia che forse non aveva mai provato per se stessa...

«Stavo per dirtelo» sussurrò. «Stavo per dirti la verità.»

Graham inarco entrambe le sopracciglia e sembrò davvero sorpreso da quella confessione. «Sono felice di sentirlo. Ma perché? Se ero così cieco, perché non lasciarmi restare all'oscuro di tutto?»

Lei rabbrividì. «Perché mi hai dato un pezzo della tua anima quella notte dopo che Sir Archibald mi ha aggredito. Non potevo stare a guardare e tenerlo senza permetterti di conoscere la verità.» Cercò i suoi occhi e mantenne lo sguardo sul suo viso anche se era difficile. «Quando mi hai parlato del tuo passato, di tuo padre e di tua madre, ha significato molto per me, Graham. Anche se ero un po' gelosa di... di me stessa.»

Graham sorrise leggermente, anche se poteva vedere il suo dolore al ricordo di ciò che le aveva detto la sera prima. «Per me ha significato molto, Adelaide, fidarmi abbastanza di te da raccontarti il mio passato. Sono contento che fossi tu, non solo Lydia, a saperlo. E significa molto sentire la tua storia. Immagino che solo poche persone debbano sapere del tuo sotterfugio.»

«Nessuno tranne Rebecca» confessò. «E anche il mio autista.»

«Non Emma?» le chiese aggrottando la fronte.

«No» ammise lei. «Avrei voluto dirglielo molte volte, ma prima che si sposasse non volevo metterla nei guai se fosse venuta a galla la verità. La conosci, non sa mentire, non è nella sua natura.»

Graham annuì. «Capisco. Ma che dire di Melinda e degli altri a teatro?»

Adelaide rise. «Se sapessero che sono una nobile, la figlia di un conte, non mi permetterebbero mai di lavorare lì. Le implicazioni sarebbero troppo grandi, mia zia gliela farebbe pagare. Per non parlare del fatto che ci sono alcuni che potrebbero provare a usare quell'informazione contro di me per ricattarmi.»

«Quindi tu sei l'unica al mondo che conosce il mio segreto, a parte una manciata di servitori» concluse Graham.

«E tu sei l'unico che conosce il mio» replicò lei con un dolce sorriso che venne subito ricambiato.

«E quando me lo avresti detto se non avessi scoperto la verità stasera?» sussurrò lui.

Adelaide trattenne il respiro. Questo era qualcosa a cui non aveva ancora pensato a fondo. Non era del tutto pronta ad aiutarlo a farlo, ma non poteva mentirgli. Non voleva.

«Stavo aspettando...» arrossì e lui si sporse in avanti.

«Non può essere peggio di qualsiasi cosa tu abbia già detto» la rassicurò.

Improvvisamente si sentì nuda in tutto e per tutto e si agitò. Stringendo le dita in grembo, fece un respiro profondo e disse: «L'ultima volta che sei stato con Lydia, non sei stato... attento, Graham.»

Lui la fissò per un momento, poi spalancò gli occhi, come se stesse ricordando l'ultima volta che avevano fatto l'amore prima di conoscere la verità. «Oh Dio, ero così sconvolto, così distratto che... ti sono venuto dentro.»

Come odiava l'orrore nella sua voce. «Per una donna come Lydia, poteva non essere la fine del mondo avere un figlio illegittimo. Ma non sono Lydia. Volevo venire da te quando avessi potuto dirti con sicurezza che non c'era nessun bambino. Non volevo che dirti la verità ti costringesse a... a una sorta di risposta onorevole.»

Lo vide stringere la mascella. «Vuoi dire che non volevi che fossi costretto a sposarti.»

«Non lo farei mai, Graham. Il fatto era che ero rovinata anche *prima* che tu mi toccassi. Finché non ci sarà un bambino, e considerata la tempistica probabilmente non ci sarà, non c'è motivo che tu butti via la tua vita per causa mia.»

La fissò, la fronte aggrottata. «Pensi che la vedrei così?»

«Non lo so» disse dolcemente. «Ma so che dopo quello che hai appena passato con Meg e Simon, visto il tuo passato con i tuoi genitori, l'ultima cosa che dovresti fare è essere costretto a vincolare la tua vita a un'altra persona. Non te lo farei mai.»

Graham scosse la testa. «Non ti accuserei mai di farlo.» Si alzò in piedi mentre pronunciava quelle parole e lei rimase a guardare mentre tra di loro si ergeva un muro che non si aspettava dopo la loro sintonia e la loro onestà. Un muro che la feriva molto più di quanto avrebbe dovuto, date le sue bugie, data la sua gentilezza riguardo a quelle bugie.

«È meglio che vada» disse, ripescando i pantaloni tra i vestiti sparsi sul pavimento. «Prima che ci trovino.»

Adelaide si sentì un improvviso nodo in gola. Un senso di delusione che non poteva lamentare. Graham non aveva mai fatto promesse a Lydia. E anche se aveva detto che la voleva come Adelaide, non aveva mai dato seguito a quegli impulsi finché non aveva scoperto la verità.

Non le doveva niente. Non gli avrebbe chiesto niente.

Sfilò la camiciola dal vestito e se la infilò sopra la testa. «Capisco.»

Graham si stava abbottonando la camicia mentre parlava e si voltò verso di lei con una strana espressione. «Non sono del tutto sicuro che tu capisca» disse. «Emma dice che sarai qui domani.»

«Sì. Sta cercando di tenermi qui finché mia zia lo permetterà.»

«Perché?» le chiese, ancora una volta con il corpo e il viso tesi.

Esitò a rispondere, non volendo indurlo a pensare all'orribile passato. «Le piace avermi qui» mentì.

Graham sembrò riflettere un momento sulla risposta che gli aveva dato, ma non la contestò. «Bene, tornerò domani. Possiamo discutere tutto questo in modo più dettagliato alla luce del giorno. Quando nessuno di noi due sarà così... distratto.»

Adelaide annuì, sapendo che aveva ragione e riconoscendo che avevano entrambi bisogno di una certa distanza. Graham si chinò e la baciò dolcemente, sondandole la bocca finché lei non si aprì e si rilassò contro di lui con un sospiro.

Si allontanò, lo sguardo annebbiato e colmo del desiderio che aveva imparato a conoscere così bene. Poi scosse la testa. «Buonanotte, Adelaide.»

«Buonanotte» rispose lei, guardandolo andare via. Poi si accasciò contro il divano.

Quando aveva immaginato di dire la verità a Graham, non si era mai permessa di sperare che lui non l'avrebbe odiata. Che la rivelazione non avrebbe distrutto tutti i legami che avevano costruito tra loro. Ma lui era stato meraviglioso e comprensivo e tutto ciò che lei aveva sempre voluto.

Eppure anche così era rimasta insoddisfatta, perché Graham aveva lasciato molte cose non dette tra loro. Ed era rimasta con sentimenti che crescevano sempre più forti e che potevano solo lasciarla delusa.

CAPITOLO SEDICI

Se Graham aveva lasciato il fianco di Adelaide la sera prima con il giudizio offuscato dalla confusione e dall'emozione, tornò a casa di Emma e James il giorno dopo in tarda mattinata ancora più confuso e agitato. Aveva passato una notte insonne pensando a lei. A quello che gli aveva detto. Al fatto che lei non gli chiedeva nulla.

Eppure Adelaide lo ispirava a pensare a cose terrificanti. Futuri che si era detto non avrebbe mai avuto. Una vita che forse non si meritava e che poteva finire solo in grande delusione e sofferenza. Per lei. Per lui.

Quando la porta del salotto si aprì, si voltò, aspettandosi di vedere Adelaide e i padroni di casa. Invece fu solo Emma ad entrare nella stanza, il suo bel viso illuminato da un sorriso di benvenuto. Non poté fare a meno di ricambiarlo, perché la moglie del suo amico era assolutamente gentile e sincera.

«Graham, sono così felice di rivederti» disse, facendogli cenno di tornare al suo posto mentre prendeva il suo. «Gli altri si uniranno a noi a breve. James ha avuto un visitatore inaspettato che ha insistito per essere ricevuto, così mi ha mandato avanti per fare due chiacchiere con te quando Grimble ha detto che eri arrivato. Adelaide ha dormito fino a tardi, sta finendo di prepararsi ma ci raggiungerà presto.

Graham deglutì. Se Adelaide aveva dormito fino a tardi, probabilmente era colpa sua. Dopotutto, era stato lui a tenerla sveglia fino alle prime ore del mattino per soddisfare la sua passione, e il suo desiderio di conoscere i suoi segreti.

«Sono sicuro che noi due troveremo molti argomenti di cui parlare» disse con una parvenza di cortesia anche quando gli turbinavano mille pensieri in testa.

Emma annuì, ma il suo sguardo scuro era concentrato su di lui. Come se lo stesse leggendo. «James mi ha detto che tempo fa lo incoraggiasti a corteggiarmi.»

Graham era felice che non gli fosse stato ancora offerto da bere, altrimenti l'avrebbe sicuramente sputato fin dall'altra parte della stanza a quell'affermazione inaspettata. Si lisciò le mani sul panciotto e annuì. «È così, Vostra Grazia.»

«Te ne sarò eternamente grata» gli disse, sporgendosi in avanti. «E sono anche molto felice di vederti iniziare a tornare nella cerchia di amici che ti amano tanto. Significa moltissimo per mio marito. Mi chiedo, però...»

Si interruppe e Graham serrò la mascella. Era diretta, ma anche evasiva, si metteva in discussione. «Cosa ti chiedi?»

«Adelaide è mia amica» disse con tono fermo nonostante la voce gentile. «La migliore amica che io abbia al mondo, mi ha sostenuta in molte situazioni. Non vorrei vederla soffrire.»

«James ti ha parlato?» chiese Graham con cautela, incerto se sentirsi offeso o comprensivo per la lingua sciolta del suo amico quando si trattava della sua sposa.

Emma inarcò leggermente entrambe le sopracciglia. «No, affatto. Parlo in base alle mie osservazioni, Graham. A quello che mi sembra di aver capito della situazione tra voi.»

«Pensi che io non sia alla sua altezza?»

Lei rise. «Sei uno degli uomini più ambiti in società. E ciò che conta di più è che so che sei un uomo buono e rispettabile. Non ha niente a che fare con il tuo valore. Mi chiedo solo quanto la apprezzeresti. Se non hai intenzione di avere un futuro con Adelaide, spero che prenderai in considerazione la possibilità di tirarti indietro. Altrimenti rimarrebbe ferita e mi dispiacerebbe se accadesse.»

«Sei una buona amica per lei» disse piano Graham.

«Be', chi potrebbe giudicare un buon amico meglio di te» rispose Emma. «Sei sempre stato l'amico migliore per quelli che ami. E so che capisci dov'è il mio cuore, perché sei stato protettivo anche nei confronti di coloro a cui tieni.»

Chinò la testa. «Sì, lo capisco, Emma.»

La duchessa sorrise quando lo sentì usare il suo nome di battesimo, perché era segno della sua comprensione. Poi scosse la testa. «Santo cielo, dove ho la testa. Ti andrebbe del tè?»

Si alzò di corsa per versarlo, e in quel momento la porta si aprì ed entrò Adelaide. Graham avrebbe potuto rispondere alla domanda di Emma, ma fu così sorpreso da ciò che vide che non ci riuscì.

La donna alla porta non era Lydia. Ma non indossava nemmeno il suo solito travestimento da Adelaide. Indossava un abito grazioso senza il solito collo alto dei suoi vestiti. Non portava gli occhiali e aveva i capelli pettinati in un'acconciatura più morbida che le incorniciava il viso e faceva risplendere la sua bellezza.

Adesso era veramente Adelaide. La donna a metà tra i suoi due ruoli. La donna che l'aveva conquistato, confuso e fatto sentire al sicuro al punto da confessare le parti più oscure di sé. E non riusciva a smettere di fissarla meravigliato mentre lei arrossiva graziosamente ed entrava nella stanza.

Emma seguì il suo sguardo e anche lei trattenne il respiro all'apparizione di Adelaide. Le andò incontro. «Sei bellissima» disse, prendendole la mano mentre si avvicinavano a Graham.

Lui annuì. «Bellissima» ripeté.

A quel punto Adelaide aveva le guance in fiamme e chinò il capo. «Voi due mi farete montare la testa. È tutto merito del vestito di Emma, sapete. Grazie ancora per avermelo prestato.»

Emma sbuffò. «Non c'è di che, ma uno stupido vestito non c'entra niente con la tua bellezza, te lo assicuro.»

Graham sorrise verso Emma, sia per la gentilezza del prestito che per i complimenti all'amica. Adelaide non meritava altro che quell'affetto.

«Buongiorno, Graham» disse Adelaide.

Le fece un sorriso smagliante. «Buongiorno a te, Adelaide.»

Si guardarono l'un l'altro a lungo, un momento che sembrò durare un'eternità. Poi Graham si schiarì la gola. «Emma, mi chiedo se puoi concedermi un attimo da solo con Adelaide?»

Emma schiuse leggermente le labbra e guardò la sua amica. Graham fu felice quando Adelaide fece un leggero cenno del capo, indicando che era d'accordo. Tuttavia, Emma sembrò visibilmente agitata.

«Ehm, io... io non dovrei lasciarvi senza chaperon» mormorò, spostando lo sguardo dalla coppia alla porta e poi di nuovo a loro.

Graham inarcò un sopracciglio. «Ma lo farai. Perché sei una donna buona.»

Emma gli lanciò uno sguardo e poi annuì. «Molto bene. In ogni caso, devo andare a vedere cosa fanno James e il suo ospite, caso mai avesse bisogno di essere salvato. Ma lascio la porta socchiusa, badate bene. E torno tra poco.»

«Sì, mamma» la prese in giro Adelaide mentre Emma scivolava fuori dalla stanza.

Appena se ne fu andata, Graham allungò una mano verso Adelaide e lei si buttò tra le sue braccia, inclinando il viso verso il suo con un sospiro che sembrò penetrargli l'anima. Le coprì la bocca con la sua e lei si aprì, modellando le curve contro il suo corpo mentre la baciava a fondo pur cercando di non perdere del tutto il controllo.

Anche se voleva abbandonarsi alla passione, era chiaro che non avevano tempo. Quando si furono abbracciati per quella che sembrò un'eternità, Adelaide interruppe il bacio e fece un passo indietro; aveva le guance ancora in fiamme come una debuttante.

«*Questo* è il modo migliore di iniziare la giornata» commentò Adelaide con un sorriso nervoso.

«Sono d'accordo» disse lui, prendendole la mano e conducendola al divano dove erano seduti troppo vicini. Le scostò un ricciolo errante dalla fronte e sorrise. «Mi piace questo tuo nuovo stile, Adelaide.»

La vide chinare la testa. «Rebecca è stata più che felice di aiutarmi ad abbandonare la mia acconciatura austera.»

«Non te l'ho mai chiesto, riesci a vedere senza gli occhiali?»

Adelaide a quel punto rise, un suono musicale che gli accese il cuore. «Oddio, sì. Li ho sempre usati solo per leggere, ed era una correzione leggera per di più. Ci vedo meglio senza, a essere onesta.»

Le sorrise, ma poi si fece più serio. C'era una domanda che lo aveva tormentato tutta la notte, tutta la mattina. «Ti dispiace per ieri notte?»

L'espressione di Adelaide si addolcì mentre lo fissava, gli occhi spalancati e le labbra leggermente aperte. «Graham, devi sicuramente conoscere la risposta a questa domanda.»

Lui scosse la testa.

Adelaide gli prese entrambe le mani tra le sue e si avvicinò. «Non mi sono mai pentita di nessun momento passato con te, Graham. Non uno. Se non l'ho messo in chiaro, allora devo dirti che tu... mi hai riportato in vita. Non potrei mai pentirmene.»

Gli mancò il fiato, perché quello che gli aveva detto era esattamente come lui stesso si sentiva senza però essersi mai permesso di esaminare la cosa con troppa attenzione. Dalla fine del suo fidanzamento con Meg - diavolo, anche da prima - si era sentito in trappola. Morto dentro. Vuoto.

Ma dal momento in cui aveva incontrato Lydia, dal momento in cui aveva ballato con Adelaide, tutto aveva cominciato a cambiare. Il ghiaccio in cui era bloccato, come in una gelida prigione, si era sciolto a ogni sguardo, a ogni risata, a ogni tocco appassionato.

E chiamare quel processo "essere riportati in vita" era la descrizione più adatta che potesse immaginare. Le accarezzò il labbro inferiore con il pollice, pronto a dirle che provava le stesse cose, ma prima che potesse, la porta dietro di loro si spalancò.

Entrambi balzarono in piedi, girandosi per affrontare l'intruso. Adelaide ondeggiò leggermente e Graham le prese il gomito per sostenerla mentre sua zia Opal entrava nella stanza con Emma alle calcagna.

«Non avete alcun diritto di entrare in casa mia!» scattò Emma, lanciando uno sguardo dispiaciuto a Graham e Adelaide.

Lady Opal lanciò un'occhiataccia a Emma. «Parlate dei vostri diritti quando mi avete praticamente rapito la mia protetta da sotto il naso? Quando l'avete lasciata sola con questo... questo... animale che probabilmente ha annusato il suo odore da sgualdrina?»

Adelaide sussultò e Graham si fece avanti con una lunga falcata. «Fate attenzione a come parlate alla Duchessa di Abernathe e ad Adelaide, Lady Opal.»

La donna strinse gli occhi e il suo viso rugoso si animò di quella che lui poteva solo descrivere come... rabbia. Conosceva quella rabbia. L'aveva vista molte volte sulla faccia di suo padre. L'aveva provata quella notte quando aveva attaccato Sir Archibald. La mattina in cui si era reso conto che Simon lo aveva tradito.

Era fuori controllo. Era violenta. Ed era rivolta contro Adelaide. In quel momento avrebbe voluto tirarla dietro di sé, avvolgerla tra le braccia e proteggerla da tutte le parole orribili che quella donna perversa le aveva vomitato addosso nel corso degli anni.

Ma Adelaide non glielo chiese. Sollevò il mento e girò intorno al divano avvicinandosi a sua zia con tutto il coraggio di un soldato che sta per andare in battaglia. «Che ci fai qui, zia Opal?» chiese, il leggero tremore nella voce l'unico segno della sua paura.

«Guardati, con il vestito scollato fino al seno e i capelli sciolti come una donnaccia» ringhiò Lady Opal. «*Questo* è il motivo per cui non ti lascio passare la notte fuori di casa.»

Adelaide fece un lungo respiro rassegnato, come se avesse già affrontato quella situazione. Più di una volta. Graham immaginò che fosse una consuetudine considerando i segreti che Adelaide gli aveva sussurrato la sera prima. Gli si strinse il cuore al pensiero.

«Perché sei qui?» ripeté, addolcendo il tono nonostante la crudeltà della sua tutrice.

«Per riportarti a casa» disse Lady Opal. «Devi tornare a casa, Adelaide.»

Graham inclinò la testa sentendo la sfumatura quasi disperata del tono della donna. Era crudele, ma c'era qualcos'altro. Paura. Ansia. La combinazione di quei sentimenti nel tono di voce dell'anziana gli fece venire la pelle d'oca. C'era qualcosa di irrazionale nel comportamento di questa donna.

Qualcosa che lo spaventava.

«Adelaide» disse Graham dolcemente. «Non devi fare niente di quello che dice.»

Adelaide gli lanciò un'occhiata da sopra la spalla. Uno sguardo timoroso, pieno di incertezza.

«Zia Opal» iniziò, ma prima che potesse dire altro James entrò dalla porta del salotto con un uomo che Graham non riconobbe alle calcagna.

«Come vi ho già detto tre volte, ispettore» stava dicendo James. «Il Duca di Northfield è qui e sono certo che potrà dirvi di più su dove si trovava se lo desidera.»

Graham aggrottò la fronte e James fece altrettanto mentre spostava lo sguardo da Adelaide a Opal, a Emma e infine a lui.

«Sembra che io abbia interrotto qualcosa, a casa mia» disse James. «Qualcuno mi vuole spiegare che cosa sta succedendo qui?»

«Lady Opal è venuta a prendere Adelaide» spiegò Graham, e alzò le sopracciglia sperando che James cogliesse il messaggio che gli stava mandando.

A giudicare dal cipiglio del suo amico, lo colse eccome e si rivolse a Opal. «Adelaide resterà con noi, milady. A quanto pare mia moglie apprezza la sua compagnia. Non intendo discuterne.»

Emma sorrise prendendo il marito a braccetto per affrontare

insieme Lady Opal, che ora stava diventando paonazza. «Non avete alcun diritto!» sbottò Opal.

«Scusate se interrompo» disse con un'espressione confusa lo sconosciuto che aveva accompagnato James. «Ma io sono qui per un incarico ufficiale.»

«E voi chi siete?» chiese Graham, felice di ignorare Opal per il momento, anche se teneva d'occhio Adelaide. Sembrava terrorizzata mentre il suo sguardo passava dalla sua tutrice ai suoi amici, a lui e poi a questo sconosciuto in mezzo a loro. «Sento di avere il diritto di saperlo se stavate facendo domande su di me ad Abernathe.»

«Capitano Richard Black» disse l'ufficiale guardando Graham dalla testa ai piedi. «Del Ministero degli Interni.»

Graham lanciò a James un'altra occhiata perplessa. «Il Ministero degli Interni? E cercavate me?»

«Cercavo risposte» lo corresse l'ispettore con un ghigno sgradevole. «Sto indagando su un incidente accaduto all'Hampshire Theatre due sere fa.»

Graham sentì Adelaide ansimare, ma molto prudentemente non guardò nella sua direzione. Mantenne lo sguardo fisso sull'uomo davanti a lui. Non gli piaceva questo Capitano Black. Aveva un atteggiamento viscido che tradiva quanto gli piacesse il suo lavoro, specialmente quando riusciva a far abbassare la cresta al prossimo.

«Un incidente?» chiese Graham con tono indifferente.

«Con Sir Archibald» disse il Capitano Black con un altro sorrisino.

Graham strinse le mani ammaccate lungo i fianchi. «Presumo che vi riferiate all'alterco che ho avuto quando quell'uomo ha tentato di aggredire un'attrice?»

«Esatto» sbiascicò il Capitano Black.

«Ecco!» gridò Lady Opal, lanciandosi verso Adelaide, con le mani tese. Adelaide indietreggiò barcollando e schivò la presa della zia mentre Graham si lanciava per frapporsi di nuovo tra loro. Opal non sembrò quasi accorgersene. «Ti accompagni con chi oserebbe aggredire un gentiluomo, Adelaide? Ti accompagni con una bestia?»

Adelaide distolse il viso, aveva le guance arrossate. «Per favore, zia Opal, devi smetterla.»

«Ho picchiato quell'uomo» ammise Graham. «Non lo nego, anche se sono scioccato dal fatto che abbia denunciato una cosa del genere alle autorità.»

In realtà, non era scioccato. Riusciva a immaginarsi benissimo che Sir Archibald avrebbe avuto un grande piacere a rivolgersi al Ministero degli Interni per far gettare cattiva luce su Graham dopo che era stato sconfitto.

«Non ha esattamente sporto denuncia» disse il Capitano Black, incrociando le braccia. «Dove siete andato dopo l'incidente?»

Ancora una volta, con la coda dell'occhio Graham vide Adelaide irrigidirsi. Le tremavano le mani, così se le mise dietro la schiena.

«Sono andato a casa» disse piano.

«Casa. Ci sono testimoni?» insistette il Capitano Black.

Graham inarcò un sopracciglio. «I miei servitori confermeranno dov'ero se la mia parola di gentiluomo non ha alcun peso per voi, signore.»

«La parola dei vostri servitori» disse il Capitano Black scuotendo la testa. «La testimonianza dei domestici raramente regge in tribunale data l'influenza che avete su di loro.»

«Perdonatemi» intervenne James, facendosi avanti. «State insinuando che il Duca di Northfield stia mentendo? Ha ammesso che lui e Sir Archibald hanno avuto un alterco: perché dovrebbe mentire su dove è andato dopo?»

«Perché Sir Archibald è morto» disse il Capitano Black, mantenendo lo sguardo fisso su Graham. «Colpito alla testa con un proiettile e trovato sulla riva del fiume a poca distanza dal teatro dove il duca lo ha aggredito. E voi, Northfield, siete il principale sospettato del suo omicidio.»

CAPITOLO DICIASSETTE

Ad Adelaide fischiavano le orecchie mentre intorno a lei la stanza sembrava esplodere e andare al rallentatore. Graham stava urlando. E anche il Capitano Black che gli puntava il dito contro. James ed Emma si fecero avanti all'unisono, inserendosi nella mischia. E per tutto il tempo sentì la voce di sua zia che strillava: «È un assassino, Adelaide! Non puoi metterti in combutta con un assassino!»

Sussultò quando quelle parole le trafissero l'anima. Sapeva perfettamente che Graham non aveva ucciso Sir Archibald. La notte del loro combattimento lui era stato con lei, come la scorsa notte. E anche se non fossero stati insieme, lo conosceva troppo bene. Non era il tipo d'uomo da uccidere, anche se avesse perso il controllo di fronte agli abusi di Sir Archibald su di lei.

Ma il capitano era tutto tronfio e lei capiva che provava un grande piacere ad accusare Graham. Se avesse scelto di approfondire la questione, come stava minacciando di fare, c'era la possibilità che Graham, questo uomo bellissimo e meraviglioso - quest'uomo che lei amava, perché lo amava - sarebbe stato condannato all'esilio nelle colonie. O impiccato.

«Ditemi solo che avete un alibi migliore dei servitori che pagate e mi rimangerò quel che ho detto» disse il Capitano Black.

Adelaide deglutì a fatica e si fece avanti. Le tremavano le mani quando disse: «Basta.»

Nessuno la sentì. La stanza continuava a echeggiare nella sua cacofonia. Si mise le mani sui fianchi e questa volta urlò. «Smettetela tutti per favore!»

Le voci rallentarono e all'improvviso cinque paia di occhi si voltarono verso di lei. Si limitò a guardare Graham. Guardò in quelle profondità blu e il cuore le si riempì di quei sentimenti che aveva appena ammesso a se stessa e che non era abbastanza coraggiosa da ripetergli.

Ma lo avrebbe protetto. Per Dio, lo avrebbe protetto.

«Non è possibile che il Duca di Northfield abbia ucciso Sir Archibald» disse con un filo di voce.

Il Capitano Black inclinò la testa. «E voi chi siete, signorina?»

Si schiarì la gola. «Mi chiamo Lady Adelaide, sono la figlia del defunto Conte di Longford.»

Il capitano fece una smorfia, come se fosse disgustato da lei quanto lo era dagli altri nobili nella stanza. «E come fate a sapere che Northfield non avrebbe potuto uccidere Sir Archibald?»

Adelaide guardò di nuovo Graham che spalancò gli occhi, come se potesse leggere le sue intenzioni, il suo cuore. Probabilmente poteva, dato che possedeva quel cuore fin dal momento in cui si era introdotto nel suo camerino qualche settimana prima.

Solo che non era stata abbastanza coraggiosa da ammetterlo fino a quel momento in cui veniva minacciato.

«Adelaide» le sussurrò con voce rotta. «Non devi.»

Lo ignorò. «Il Duca di Northfield non avrebbe potuto uccidere Sir Archibald perché ha trascorso le ultime due notti con... con me.»

Le divamparono le guance quando Emma sussultò, James arrossì, e Graham chinò la testa. Il capitano la fissava. Avrebbe voluto allontanarsi dai loro giudizi e dal loro biasimo, ma non lo fece. Non poteva. Doveva continuare ad assicurarsi che Graham fosse protetto.

«Due notti fa sono sgattaiolata fuori di casa di mia zia per stare con lui.» Deglutì nella speranza che la sua voce smettesse di tremare. «E ieri sera è venuto da me qui dopo che tutti erano andati a letto. Le assicuro, Capitano Black, che se mi verrà chiesto di testimoniare questa circostanza, lo farò. E mi aspetto che mi crederanno, dato lo stigma che marchierà la mia reputazione quando ammetterò ciò che ho fatto.»

Nella stanza regnò un silenzio di tomba per un attimo, due. E poi sua zia lanciò un urlo di rabbia e agonia, e si avventò su Adelaide con entrambe le mani alzate.

G raham balzò davanti ad Adelaide mentre James afferrava Lady Opal, trattenendola per entrambe le braccia mentre sbraitava e strillava parole di rabbia incomprensibili.

«Portala fuori!» urlò Graham. «Fate qualcosa di utile, voi, e aiutatelo!»

Rivolse la seconda frase al Capitano Black, che si scosse per riprendersi dallo shock e poi si fece avanti per aiutare James con Lady Opal che si dimenava come un'ossessa. La portarono a forza nell'atrio ed Emma si precipitò a chiudere la porta alle loro spalle. Vi si appoggiò, pallida come un cencio e guardò Graham e Adelaide.

«Tutto bene?» chiese.

Adelaide aggirò Graham e corse ad abbracciare Emma. «Mi dispiace tanto» la sentì singhiozzare contro la spalla di Emma. «Mi dispiace tanto per i problemi che ho portato a casa tua.»

Emma lanciò a Graham uno sguardo indicativo e guidò Adelaide verso il divano dove si sedettero insieme. «Carissima, tu non sei un problema, non è colpa tua. Ma quella donna è pericolosa. Dopo tutto questo, dopo quello che ho visto ieri...»

Graham si sedette sul divano dall'altro lato rispetto ad Adelaide. «Cos'è successo ieri?»

Adelaide scosse la testa. «Niente. Mia zia... non sta bene. È chiaro.»

Emma fece un lungo respiro e tutti e tre si voltarono quando

James rientrò nella stanza. Il suo viso era teso e pallido, e si avvicinò a Emma per abbracciarla.

«Sei ferita?» le chiese, il suo sguardo solo per lei mentre le posava una mano sul pancione.

«No» lo rassicurò Emma prima di alzarsi sulle punte per dargli un breve bacio. «Noi stiamo bene. Cos'hai poi fatto con Opal? E con quell'uomo orribile?»

James sospirò e si lasciò cadere su una sedia, invitando Emma a sedersi sulle sue ginocchia mentre le passava ripetutamente le dita sulla pancia. «Opal si è calmata appena fuori dal portone. Si è persino scusata per il suo sfogo, ma buon Dio, Adelaide, perché non ci hai detto quanto erano precipitate le cose?»

Adelaide fece un sospiro che trafisse il cuore di Graham. Le prese la mano in silenzio e la tenne con entrambe le sue. Adelaide lo guardò un attimo, poi disse: «Normalmente non esce così dai gangheri. Ma la mia... virtù, o la sua mancanza, è un problema per lei.»

Emma increspò le labbra. «Allora è vero? Che tu e Graham avete iniziato una relazione?»

Graham si avvicinò ad Adelaide, ancora una volta spinto a proteggerla in qualche modo. Dal male, dalle critiche, da tutto ciò che poteva ferirla.

«Sì» ammise piano.

Adelaide si voltò verso Graham e lui vide la preoccupazione nei suoi occhi. «Graham, se Sir Archibald è morto, se è stato assassinato vicino al teatro, dobbiamo...»

Graham sollevò una mano. «*Noi* non dobbiamo fare nulla, vado io a indagare.»

Adelaide sollevò entrambe le sopracciglia. «Non funzionerà e lo sai. Vengo con te. Non te lo sto chiedendo.»

Graham quasi sorrise nonostante le terribili circostanze che avevano appena attraversato. Per Dio, questa donna lo sfidava in continuazione. E gli piaceva. Ne aveva bisogno.

Inoltre, aveva bisogno della protezione che gli aveva offerto. Adelaide si era fatta avanti per impedirgli di essere arrestato per un omicidio che non aveva commesso. Lo aveva fatto con la piena consapevolezza di ciò che la sua confessione poteva fare al suo futuro e alla sua reputazione.

E non le era importato.

Nessuno lo aveva protetto in quel modo da quando sua madre era morta per lui. Gli traboccò il cuore di gratitudine a quel pensiero. Per la donna che aveva di fronte.

«Qualcuno di voi vorrebbe spiegarmi di cosa state parlando?» chiese Emma a bassa voce.

Adelaide trasalì come se si fosse dimenticata della presenza di James ed Emma. Si voltò verso di loro arrossendo. «So che continuo a dirlo, ma ti spiegherò tutto, Emma. Ti prometto che lo farò. In questo momento, però, devo andare con Graham. Dobbiamo scoprire la verità su quello che è successo a Sir Archibald.»

Emma aprì la bocca come per discutere, ma James le posò delicatamente una mano sul ginocchio. «Non è il momento di pensare all'etichetta, non è vero? Graham farà in modo che Adelaide sia al sicuro ovunque debbano andare.»

Emma arrossì mentre guardava suo marito. Poi alzò le mani. «Dal momento che non ho idea di cosa stia effettivamente succedendo in questo momento, sento di non avere modo di discutere. Se devi andare con Graham, di certo non ti fermerò. Ma spero che mi confiderai tutti questi segreti.»

Adelaide e Graham si alzarono insieme a James ed Emma. Adelaide andò dalla duchessa per un breve abbraccio. «Senz'altro» promise dolcemente. «E tuo marito dovrebbe portarti a letto nel frattempo. C'è stata fin troppa agitazione per una donna incinta. Voglio che tu e quel bambino siate al sicuro.»

«Oh, ma dai» iniziò Emma. «Non ho bisogno di...»

«Andrà a letto appena voi due ve ne sarete andati» la interruppe James con uno sguardo scherzosamente severo. Adelaide sorrise mentre lei e l'amica s'incamminavano verso l'atrio. Ma non appena furono fuori portata d'orecchio, James si rivolse a Graham. «Hai bisogno di aiuto? Posso venire. Posso coinvolgere anche tre o quattro degli altri per dare una mano.»

Graham sorrise a James, il migliore amico che avesse mai avuto e che aveva quasi perso. Non poteva fare a meno di pensare a quello che aveva. E desiderare che anche Simon fosse lì a offrire supporto. Gentilezza.

«Andrà tutto bene» rispose. «Non credo che saremo in pericolo dove stiamo andando.»

«E che mi dici di Adelaide?» James chiese a bassa voce. «Ha fatto un grande sacrificio per te oggi.»

Graham si sentì mancare il respiro a quella dichiarazione. La verità lo scosse fino al midollo ancora una volta. «Lo so» disse mentre entravano nell'atrio. «Non pensare che non lo sappia. E non appena avrò finito di occuparmi di quest'altra faccenda, ti prometto che mi ci dedicherò.»

Quando la sua carrozza fu portata davanti all'ingresso, sospirò e offrì il braccio ad Adelaide per aiutarla a salire. Aveva tutte le intenzioni di dedicarsi a ciò che aveva detto, al modo in cui lo aveva protetto a suo scapito. Ma per ora non riusciva a pensare ad altro che tenerla al sicuro.

Disse al cocchiere dove andare e poi salì a bordo sedendosi di fronte a lei. Lanciò un'occhiata a James fuori dal finestrino, e quando la carrozza si mosse, riportò tutta la sua attenzione su Adelaide.

«Ti ha già picchiata in passato» una constatazione, non una domanda.

Adelaide si irrigidì. «Sì» ammise con un filo di voce.

Graham distolse il viso mentre la rabbia lo inondava a quel pensiero. «Quante volte?»

Adelaide si agitò sul sedile, rifiutando di voltare lo sguardo su di lui. Aveva le guance in fiamme, come se fosse imbarazzata quando non aveva nulla di cui vergognarsi. La sua tutrice era un'altra storia.

«Mi ha schiaffeggiata una volta, quando ha scoperto che mi ero data a un uomo» raccontò. «Come ho detto in casa, la mia virtù è sempre stata un'ossessione per lei. E...» Esitò, e finalmente volse i suoi begli occhi azzurri su di lui. «Ieri mattina mi ha messo le mani intorno alla gola perché crede che le abbia mentito, e in fondo è vero.»

Graham la fissò. «Ti ha messo le mani intorno alla gola?» ripeté, scioccato e inorridito.

La vide annuire. «Emma l'ha fermata, ed è per questo che ieri sono andata a casa loro.»

«Non puoi tornare da quella donna, Adelaide» disse Graham furibondo.

Adelaide chiuse brevemente gli occhi. «Legalmente lei è la mia tutrice, Graham. E nei quattordici anni in cui ho vissuto con lei, quelle sono le uniche due volte in cui mi si è scagliata addosso.»

«È un crescendo» commentò a denti stretti. «Uno schiaffo. Un pugno. Una bruciatura. Un tentativo di soffocamento. E poi finisce che uccide tua madre nel salotto dell'ala est.»

Gli occhi di Adelaide si riempirono di lacrime. Lo raggiunse dal suo lato della carrozza, gli accarezzò la guancia passandogli il pollice sulla linea della mascella. «Mi dispiace tanto, Graham. E so che vuoi proteggermi. Ma ti prometto che la mia situazione non è come la tua.»

Si acciglò, perché non ne era certo quanto lei. «Adelaide» iniziò.

La vide scuotere la testa. «In questo momento tu ed io dobbiamo concentrarci sulla situazione con Sir Archibald.»

«Non l'ho ucciso io» disse Graham.

Lei si ritrasse, visibilmente scioccata. «Certo che no» ansimò. «Non l'ho mai creduto. Anche se non fossimo stati insieme le ultime due notti, non ci avrei creduto.»

«Anche dopo che ho perso il controllo?» insistette.

Adelaide si alzò e gli sfiorò le labbra con le sue. «Ti conosco.»

Era un'affermazione semplice, ma lo colpì dritto allo stomaco. Lo conosceva, in effetti. Nonostante si conoscessero da poco, si era fatta strada dentro il suo cuore, lo aveva ispirato a sussurrare segreti che aveva giurato di non rivelare mai. Era diventata parte di lui.

E scoprì che non voleva perdere quella parte, per quanto terrificante fosse quel pensiero.

Scacciò quei ragionamenti e sospirò. «Ad ogni modo, penso che entrambi crediamo che il suo omicidio sia associato al teatro.»

«Se il suo corpo è stato trovato così vicino, non riesco a immaginare che sia una coincidenza. Aveva molti nemici lì.»

«Chiunque abbia ucciso quell'uomo dovrebbe ricevere una medaglia, non venire esiliato nelle colonie» disse Graham, facendole scivolare un braccio intorno e attirandola al suo fianco.

«Sì, tendo ad essere d'accordo. Ma il mondo non è sempre giusto.»

«No» concordò lui dolcemente. «Non lo è.»

La carrozza fece un paio di curve mentre se ne stavano seduti insieme in silenzio, e poi cominciò a rallentare. Sentì Adelaide spostarsi contro di lui, la guardò sedersi con la schiena dritta e quando la guardò in viso rimase scioccato nel vedere Lydia. Aveva un'espressione dura, diffidente. Non ci aveva mai fatto caso prima quando pensava che fossero due donne diverse. Ma Lydia era... disincantata.

E scoprì che rivoleva la vera Adelaide. Per quanto si fosse aperto con Lydia, per quanto avesse avuto bisogno di lei all'inizio, ora era diverso. Lydia rappresentava tutto il dolore da cui Adelaide cercava di scappare. La sua presenza qui ora gli spezzava solo il cuore.

Quando il valletto aprì la portiera della carrozza, scese per primo e la aiutò a fare altrettanto. Mentre il veicolo si allontanava in modo da non bloccare più la strada, Adelaide fece un bel respiro.

«Sono Lydia, non scordartelo» lo avvertì mentre si dirigevano verso il teatro.

«Certo.»

La sua espressione cambiò per una frazione di secondo, come se stesse lottando per mantenere la maschera. Ma poi fu di nuovo serena, concentrata. Girarono intorno al teatro e si diressero verso una piccola porta di cui non conosceva l'esistenza.

«È l'ingresso riservato agli attori» gli spiegò Adelaide mentre entravano nella fredda oscurità.

Gli ci volle un po' prima che i suoi occhi si abituassero quando lei chiuse la porta e restarono nell'oscurità a respirare polvere. Durante il giorno l'edificio era silenzioso, senza il trambusto o il rumore di uno spettacolo notturno.

«C'è qualcuno qui?» chiese Graham, sussurrando come se fossero in una chiesa o su altro terreno sacro.

Adelaide annuì «Sì, c'è sempre qualcuno al lavoro qui. Attori che provano, scenografi che sistemano oggetti di scena o altri allestimenti. C'è molto lavoro dietro le recite che intrattengono il *ton*, Vostra Grazia.»

Lo guidò attraverso i corridoi sul retro che non aveva mai visto durante i tempi in cui veniva a trovarla dietro le quinte, e alla fine spuntarono dietro il palcoscenico. C'era una donna al centro del palcoscenico, una sarta che si aggiustava l'orlo mentre leggeva le battute e provava diversi modi per dire le stesse parole che recitava ai posti vuoti davanti a lei.

«Katie?» gridò Adelaide e l'attrice voltò la testa. Quando vide Adelaide, spalancò gli occhi.

«Buon Dio, Lydia! Melinda era preoccupatissima.» Spostò lo sguardo su Graham, incuriosita, titubante, e lui inclinò leggermente la testa in segno di saluto.

«Hai sentito di Sir Archibald?» chiese Adelaide, con tono prudentemente neutro.

L'attrice sussultò. «Sì, ne parlano tutti. Dopo quello che ha fatto a te, a Melinda e ad alcune delle altre, non posso certo dire che ci sia qualcuno dispiaciuto per la morte di quel bastardo.»

Adelaide storse le labbra. «Sì, anche solo all'interno delle nostre mura molti avrebbero voluto vederlo morto. Qualcuno sa che cosa è successo?»

Katie impallidì leggermente e il modo in cui distolse lo sguardo fece pensare a Graham che *sapesse* qualcosa. Ma con lui lì, chiaramente non aveva intenzione di dire nulla.

Adelaide sospirò. «Melinda è qui? O Toby?»

Katie fece segno di scendere dal palcoscenico. «Sono nel tuo camerino.»

Adelaide si girò e prese Graham per la mano. «Grazie!» gridò mentre lo guidava lungo un altro corridoio, quello familiare che aveva percorso quando era andato a trovare Lydia dopo i suoi spettacoli.

«Non voleva parlare davanti a me» le disse.

Lei annuì senza voltarsi a guardarlo. «Per molte di queste donne, un titolo significa semplicemente un uomo ricco che fa quello che vuole. Un pericolo.»

Graham scosse la testa. «La vita per una donna è molto pericolosa.»

Adelaide si fermò davanti alla porta del camerino e si voltò verso di lui sorridendo. «Sì. La maggior parte degli uomini non se ne rende conto, ma è così. E meno potere ha una donna, e più è pericoloso. Abbiamo pochissime leggi che ci proteggono, quindi siamo alla mercé degli uomini e possiamo solo sperare che si comportino bene.» Si allungò e gli toccò la guancia. «Per fortuna, alcuni lo fanno.»

«Non abbastanza» rispose piano.

Lei si alzò sulle punte per dargli un bacio al volo, poi tirò indietro le spalle e aprì la porta del camerino. Appena entrati, Graham trattenne il respiro. La sostituta di Adelaide, Melinda, era seduta su un divano lungo il muro con un giovane che aveva portato Graham da Lydia alcune volte. Toby, immaginò, pensando alle precedenti conversazioni di Adelaide. Il bel viso di Melinda era malconcio, aveva entrambi gli occhi neri e le guance tumefatte.

Adelaide urlò inorridita e gli lasciò la mano, precipitandosi dentro la stanza. Melinda si alzò e lacrime silenziose le scorsero sul viso mentre le due donne si abbracciavano.

«Oh, Lydia» singhiozzò Melinda. «Ero così preoccupata per te.»

«Sto bene» la calmò Adelaide mentre Toby si faceva da parte e lasciava che le due donne si sedessero insieme sul divano.

Graham notò che il giovane lo adocchiava con diffidenza. Immaginava di meritarselo dopo il suo comportamento l'ultima volta che era stato qui. Tutti quelli che lavoravano qui dovevano sospettarlo per l'omicidio di Sir Archibald, proprio come aveva fatto il capitano. Al posto loro, lo avrebbe fatto anche lui.

«Che diavolo ti è successo alla faccia, Melinda?» chiese Adelaide, inclinando delicatamente la testa della sua amica per osservare il danno sotto una luce migliore.

Melinda lanciò un'occhiata a Graham e lui si accigliò. Ecco un'altra prova che gli uomini suoi pari rappresentavano una minaccia per donne come lei che vivevano nella paura che un uomo usasse il proprio potere su di loro.

Adelaide seguì lo sguardo di Melinda e sorrise brevemente a Graham. «Sua Grazia è un amico, mia cara. Ti prometto che non è qui per farti del male, ma per aiutare. Puoi parlare liberamente davanti a lui.»

Melinda non ne sembrava del tutto certa, ma deglutì a fatica e spostò lo sguardo su Toby. «Se Lydia dice che è sicuro...» disse piano Toby.

«Va bene.» Melinda tremò e fece un respiro profondo. «Dopo che tu e Sua Grazia ve ne andaste da qui due notti fa, Sir Archibald fu scortato alla sua carrozza e mandato via. Ma non... non è tornato a casa.»

Graham strinse le mani dietro la schiena. Aveva già capito come avrebbe proseguito questa storia. Conosceva già la fine.

«È tornato» suggerì quando la giovane donna sembrò faticare a continuare il racconto.

Nuove lacrime riempirono gli occhi malconci di Melinda. «Sì» sussurrò. «Si è intrufolato dentro e mi ha trovato. Mi... mi...»

Chinò la testa e Adelaide trattenne il respiro. «Ti ha ridotto lui così?»

Melinda annuì lentamente, e fu Toby a farsi avanti. Il giovane era snello e portava gli occhiali. Non sembrava un gran che a prima vista, ma ora Graham riconobbe un atteggiamento profondamente protettivo nei suoi occhi. E un profondo amore quando il suo sguardo cadde su Melinda.

«Ha fatto questo e altro» ringhiò Toby, con un tono di voce reso tagliente dal dolore. «Quando sono entrato lui stava...»

Si interruppe e si voltò, le spalle gli tremavano di rabbia e di sofferenza. Graham non poté farne a meno: allungò il braccio e mise la mano sulla spalla del giovane per consolarlo.

«Non avresti potuto saperlo, Toby» ansimò Melinda. «Se lo avessi saputo, saresti venuto prima. Avresti evitato...»

«Ma non l'ho evitato, vero?» chiese Toby, voltandosi.

Adelaide scosse la testa. «Mi dispiace tanto, Melinda. Mi dispiace tanto che sia successo a te. Ma cos'è successo dopo? Perché quel mostro è stato trovato a galleggiare nel fiume appena oltre il teatro con una pallottola in mezzo agli occhi.»

A quel punto nella stanza regnò un profondo silenzio, un silenzio che sembrò durare un'eternità. Alla fine, Toby alzò il mento e disse: «Gli ho sparato. Ho ucciso io Sir Archibald. E non ne sono affatto dispiaciuto.»

CAPITOLO DICIOTTO

Adelaide si alzò lentamente in piedi, fissando Toby, Melinda e il volto stravolto e inorridito di Graham. Fu travolta da dolore ed empatia per ciò che la sua amica aveva sofferto. Per quello che avevano patito entrambi i suoi amici, perché capiva che uccidere un uomo, anche se era un gesto giustificato, pesava sul gentile Toby.

«Mio Dio» sussurrò. «Oh Melinda, oh Toby. Mi dispiace tanto.»

«A me no» ripeté Toby, forte come la prima volta che lo aveva detto. «Mi dispiace solo di non averlo fatto prima che la toccasse.»

Allora Melinda si alzò e si precipitò verso di lui, avvolgendogli le braccia intorno mentre tremavano insieme. «Non è colpa tua. Non pensarlo.»

Adelaide spalancò gli occhi quando si rese conto che non stava vedendo due amici che si confortavano a vicenda. Stava vedendo due persone innamorate che avevano passato l'esperienza peggiore che si potesse immaginare. Si stringevano l'un l'altra, dandosi conforto e prendendo forza. Non poté fare a meno di guardare Graham in quel momento e desiderare di essere libera di fare altrettanto.

Ma non avevano parlato di sentimenti. O di qualsiasi altra circostanza a che fare con qualunque cosa fosse diventata la loro relazione nelle ultime settimane.

«Sono due giorni che stiamo nascosti» spiegò Melinda staccandosi dalle braccia di Toby. «Quando il capitano del Ministero degli Interni viene a interrogarci, come ha già fatto diverse volte, gli altri ci mettono in un posto dove non possiamo essere trovati. Ma sappiamo entrambi che non durerà. Alla fine scopriranno cos'è successo e poi... poi...» chinò la testa e iniziò a singhiozzare piano.

Toby alzò il mento. «Te l'ho detto, Melinda, non permetterò che vengano a sapere la parte che hai avuto nell'occultare il corpo. Sarò felice di venire impiccato o esiliato.»

Melinda gli lanciò un'occhiataccia. Questa era di certo una discussione che avevano avuto più di una volta. «Come se ti lasciassi prendere la colpa da solo. Affonderemo insieme.»

Graham era rimasto per lo più in silenzio da quando era entrato nel camerino, lasciando gestire la conversazione ad Adelaide, ma ora raddrizzò le spalle e la sua presenza riempì la stanza proprio come faceva sempre quando decideva di farlo.

«Non permetterò che accada» tuonò. «Userò tutto il mio potere per impedirlo.»

Toby e Melinda lo fissarono entrambi, confusi e increduli nei loro reciproci sguardi. «Perché mai lo fareste?» chiese Toby.

Graham esitò e poi disse: «Perché capisco cosa si prova a voler proteggere una donna che... che ...» Il suo sguardo si spostò su Adelaide. «Una donna a cui si tiene.»

Adelaide tirò su il fiato tremando. Una donna a cui teneva? Non era esattamente una dichiarazione d'amore in pompa magna, non che se ne aspettasse una. L'affetto di Graham era forse il massimo che avrebbe mai avuto. Eppure si sentì vuota.

«Inoltre» continuò, ignaro dei pensieri di Adelaide. «Mi era stato chiesto di tenere d'occhio Sir Archibald mesi fa, per lo stesso tipo di atti ignobili che ha perpetrato su di lei, signorina Melinda. Sono stato... *distratto* da quel dovere. Se non lo fossi stato, forse avrei potuto impedirlo. O se non l'avessi pestato la notte in cui ha aggredito Ade... *Lydia*, non sarebbe tornato e non avrebbe sfogato la sua rabbia su di voi. Qualunque sia la risposta, considero mio dovere fare in modo che non paghiate per un crimine di cui ho la colpa io.»

Melinda lo fissò, poi Adelaide. «Lo farebbe davvero? Per noi?»

Adelaide annuì, lo sguardo fisso su Graham. «Lo farebbe, perché è l'uomo migliore che io conosca.»

Graham cominciò ad andare su e giù per la stanzina. «Farò in modo che vi venga a prendere una carrozza e sarete portati in una piccola proprietà che possiedo appena fuori Londra. Sarà un buon nascondiglio. Intanto contatterò un avvocato ed escogiteremo un piano di attacco.»

«Potremmo sposarci nella vostra tenuta?» chiese Toby, spostando lo sguardo su Melinda.

La giovane attrice rimase a bocca aperta, come Adelaide. «Sposarci, Toby?» Sussurrò Melinda. «Dici sul serio?»

Si voltò a guardarla in viso e giocherellò nervosamente con gli occhiali. «Ti amo, Melinda. Ti ho sempre amato. Se dobbiamo finire distrutti, vorrei qualche momento di felicità prima che accada. Se mi vuoi.»

Melinda annuì senza esitazione, le lacrime le inondarono di nuovo gli occhi, anche se questa volta erano lacrime di felicità. «Sì, certo. Ti amo, Toby.»

Allungò una mano e lui la afferrò, attirandola contro il proprio petto. Graham si agitò, come se questa manifestazione di emozioni lo mettesse a disagio. Non guardò Adelaide quando disse: «È molto probabile che un matrimonio possa rendere più facile una difesa. Sarei felice di procurare una licenza speciale e far svolgere la cerimonia nella cappella della mia tenuta.»

Adelaide sorrise ai suoi amici, felici in quel momento, nonostante gli orrori che avevano sopportato di recente. Li conosceva entrambi da mesi e non aveva avuto idea dei sentimenti che nutrivano l'uno per l'altra. Eppure eccoli lì, così veri ed evidenti su entrambi i loro volti. Si sentiva sciocca per non essersene accorta prima.

«Siete troppo gentile» disse Melinda, staccandosi dall'abbraccio di

Toby per porgere a Graham una mano che lui prese con un sorriso cordiale.

«Non credo che dovreste soffrire più di quanto avete già patito, mia cara» le disse dolcemente. «Se posso impedirlo, farò qualsiasi cosa in mio potere per riuscirci. Per ora, se dovete fare preparativi da parte vostra, vi suggerisco di affrettarvi. Vi mando una carrozza davanti al teatro tra un'ora.»

Toby si fece avanti, tese la mano e i due uomini se la strinsero. In quel momento erano uguali. Uomini che avrebbero protetto coloro che amavano. Poi Toby guardò Melinda. «Ci sono alcune cose da prendere nel mio ufficio.»

«Va bene, vengo ad aiutarti.» Si rivolse ad Adelaide con labbra tremanti. «Sei stata davvero un'amica per me, Lydia. Non riesco a trovare le parole per ringraziarti.»

Adelaide trattenne un singhiozzo come meglio poté. «Sono io che dovrei ringraziarti. Mi hai aiutato quando ero una principiante, terrorizzata dal palcoscenico e da me stessa. Non sarei potuta diventare... *me* senza di te.»

«Spero... spero che ci rivedremo.»

Adelaide l'abbracciò con tenerezza. «Certo, Melinda. Ci rivedremo.»

Guardò i due uscire dalla stanza, lasciandola sola con Graham. Quando si chiusero la porta dietro di loro, si buttò tra le sue braccia e lui la tenne stretta per un momento, accarezzandole i capelli con le mani mentre lei si sforzava di venire a capo di quello che era successo.

Poi fece un passo indietro. «Sei stato gentile ad offrire il tuo aiuto» sussurrò.

Graham scrollò le spalle, come se non avesse appena offerto un'ancora di salvezza a due persone che stavano annegando. «Sappiamo tutti che Sir Archibald si meritava quello che gli è successo. Se posso aiutarli, lo farò.»

Adelaide strinse le labbra, guardandosi intorno. Le era piaciuto venire qui come una fuga dalla vita vuota che aveva condotto con sua zia. Indossare il costume di Lydia Ford l'aveva fatta sentire sicura di sé, potente e libera. Ma ora essere Adelaide non sembrava così terribile.

Grazie a Graham.

E in quel momento, nella sua mente iniziò a nascere un piano. Un piano che avrebbe potuto salvare i suoi amici anche più di qualsiasi avvocato o potente alleato Graham avrebbe potuto trovare.

Sorrise e poi gli prese il braccio. «Vieni, dobbiamo tornare a casa di Emma e James. Immagino che saranno preoccupati.»

Graham fece un lungo respiro e si guardò intorno anche lui. «Questo è stato il primo posto in cui ti ho baciato» disse.

Adelaide annuì, tutti i ricordi di quella prima notte riaffiorarono. «Già.»

La voltò verso di sé e chinò la testa, sfiorandole le labbra con le sue. Adelaide gli mise le mani sugli avambracci e vi si aggrappò, non travolta dalla passione come quella prima notte, ma ben ancorata dalla forza di Graham e dal suo amore per lui.

E anche se sapeva che avrebbe potuto perderlo e presto, in quel momento vi si aggrappò e pregò che in qualche modo avrebbe trovato la forza per andare avanti, qualunque cosa accadesse.

Graham era rimasto quasi del tutto in silenzio durante il viaggio in carrozza, ma si era seduto dall'altra parte dell'abitacolo rispetto ad Adelaide, e si limitava a guardarla. Lei non riusciva a decifrare quel che aveva in mente, ma si agitò sotto il peso del suo sguardo concentrato.

Alla fine Graham si schiarì la gola e disse: «I tuoi amici non sono gli unici a sposarsi presto. Tu e io dovremo fare altrettanto, Adelaide.»

Trattenne il respiro mentre lo fissava scioccata. «Che cosa?»

Graham inclinò la testa. «Andiamo, sai che è vero. Hai confessato la nostra relazione non solo ai nostri amici e a tua zia, ma anche al Capitano Black. Il tipo nutre un rancore personale contro quelli che hanno un titolo, chiunque può capirlo anche solo guardandolo.

Potrebbe non darmi di nuovo la caccia per l'omicidio, ma non mi stupirei se spifferasse la verità della nostra relazione.»

«Non è per questo che l'ho detto» protestò lei. «Non stavo cercando di intrappolarti, Graham. Non lo farei mai.»

«Sì, lo hai messo in chiaro» ribatté lui, la sua voce ancora bassa e uniforme. «Lo hai messo in chiaro non confessando la tua doppia vita finché non avessi potuto dirmi con certezza che non c'era nessun bambino dopo la mia imprudenza. Non chiedendomi mai niente, né come Adelaide né come Lydia, maledizione. Gettandoti nel fuoco senza mai chiedere protezione in cambio. Ci sono molte cose che sento in questo momento, Adelaide, ma *non* sento che questa sia una trappola.»

Emise un lungo sospiro e lei sentì quanto era esausto e prossimo alla resa. Non proprio quello che avrebbe voluto da un uomo nel bel mezzo di una proposta piuttosto poco romantica.

«Se non è una trappola, allora cos'è?» gli chiese, incrociando le braccia come scudo contro la sua indifferenza.

Graham la guardò dritto negli occhi. «Quando James combinò il mio matrimonio con Margaret tanti anni fa, mi sentii soffocare. Ho provato tanto a sviluppare dei sentimenti per lei. Qualsiasi tipo di passione. Ma è stato un fallimento. Per entrambi.»

Adelaide pensò a Meg. Aveva detto qualcosa di simile, e niente di tutto ciò aveva senso per Adelaide. «Come poteva baciarti e non sentire niente?» domandò, quasi più a se stessa che a lui.

Graham alzò di scatto la testa e incontrò il suo sguardo. «Non l'ho mai baciata.»

Adelaide lo fissò con un misto di incredulità e puro piacere che le ribolliva in petto. «No?»

Lui scosse la testa. «Non ho mai... voluto. Non riuscivo a immaginare quel futuro, neppure minimamente. Quindi quel matrimonio sarebbe stato un'orribile trappola per entrambi. Ma con te è diverso.»

«Come mai?» squittì, perché all'improvviso le parole di Graham sembravano molto più romantiche.

Le prese la mano. «Ti voglio, Adelaide. In un modo potente che non ho mai capito prima di baciarti.»

«Tu vuoi Lydia» lo corresse irrigidendosi.

«No» la contraddisse lui serrando la mascella. «Non sto parlando di Lydia. Te l'ho detto ieri sera, voglio *te*. Quando ho rivisto Lydia sui tuoi lineamenti mentre andavamo a teatro oggi, non ero felice di vederla.»

«Ma mi hai detto che eri combattuto tra me e Lydia» sussurrò lei. «E che è stato questo a causarti così tanti problemi, non è vero?»

«Sì, ma ora so perché hai creato Lydia: per nasconderti. Era uno scudo contro le avversità, una barriera tra te e l'infelicità. Era un angolo in cui sei stata costretta a rifugiarti. E sì, ci tenevo a lei. Ma quello che ho capito è che tutto ciò che è meraviglioso in lei sono tutte le caratteristiche migliori che hai *tu*. La vera *tu*. Non la zitella timidona, non l'attrice audace. *Tu*. Non ho raccontato i miei segreti a Lydia Ford. Li ho raccontati *a te*. E sei tu quella che voglio. La mia Adelaide. La donna che mi conosce e di cui proteggerò i segreti con la mia vita. La donna che farebbe altrettanto per me. *Questo* è ciò che voglio. Per cui ci sposeremo, Adelaide.»

Questa non era certo una dichiarazione d'amore. E lei ci sperava ancora perché il suo amore per quest'uomo era forte e potente. Ma quello che offriva era comunque magico. Un futuro con lui. E poteva vederlo stendersi davanti a lei, un futuro felice, se ci riusciva. Se poteva accettare sia quello che poteva darle che quello che non poteva concederle.

In quel momento, sperò di riuscirci.

«Me lo stai chiedendo o me lo stai dicendo?» chiese con un mezzo sorriso.

Graham sorrise per tutta risposta, e quella rara e luminosa espressione illuminò l'intera carrozza. «Te lo sto chiedendo» rispose. «Anche se è bene che tu sappia che non accetterò un rifiuto.»

Adelaide chinò la testa. Graham avrebbe fatto in modo di tenerla al sicuro. Avrebbe avuto passione, almeno finché non si fosse annoiato di lei. Avrebbe avuto stabilità.

E si ritrovò ad annuire. «Sì. Ti sposerò, Graham.»

Graham la raggiunse sul suo lato della carrozza con un movimento fluido e le coprì la bocca con la sua, dura, pesante e piena di passione. Adelaide gli si inarcò contro, gli mise le braccia intorno al collo, modellò il corpo contro il suo mentre accettava questa offerta con tutta se stessa.

Graham si staccò quando la carrozza rallentò e imboccò il vialetto d'ingresso di James ed Emma. «Devo predisporre diverse cose per Melinda e Toby» disse. «E anche per noi. Ma tornerò qui per cena.»

Adelaide annuì quando il valletto aprì la portiera. «Non vedo l'ora.»

Lui le baciò la mano e poi la aiutò a scendere. Si voltò a guardarlo allontanarsi, combattuta tra gioia e delusione. Per tutta la vita non si era mai aspettata un matrimonio d'amore. E ora eccolo, almeno per parte sua, e non era abbastanza.

Entrò nell'atrio e fu accolta da Grimble. «La duchessa è disponibile?» chiese Adelaide mentre le prendeva i guanti.

«Il duca e la duchessa si sono ritirati per un riposo pomeridiano» spiegò Grimble. «Il duca è stato molto chiaro che Sua Grazia non doveva essere disturbata fino a cena.»

Adelaide sorrise. «Dopo lo scombussolamento di questa mattina, probabilmente è meglio per lei e il bambino.» Si guardò intorno. Questo palazzo era una bella casa, ma non era casa sua. Pensò a sua zia, così sconvolta dalle sue scelte. Era l'unica tutrice che Adelaide avesse conosciuto dalla morte dei suoi genitori. L'unica persona che si era presa cura di lei. E da quel punto di vista, aveva fatto il suo dovere. Ricordava i momenti di tenerezza tra loro, sebbene fosse passato molto tempo, quando era ancora una bambina.

Fu solo quando crebbe che emerse la rabbia di Opal. Che nacquero la sua ansia e le sue accuse. Ma forse un fidanzamento con un potente duca l'avrebbe placata. Forse c'era ancora un modo per mantenere una relazione di qualche tipo con l'unica famiglia che avesse mai conosciuto.

«C'è qualcosa che posso fare per voi, milady?» chiese Grimble.

Adelaide sbatté le palpebre e si rese conto di essersi persa nelle sue fantasie mentre restava nell'atrio accanto al pover'uomo. «Mi spiace, Grimble, ero sovrappensiero. Ma pensate che potresti farmi approntare una carrozza?»

Grimble annuì. «Certo, Lady Adelaide. Che indirizzo devo dare al cocchiere?»

«Mi piacerebbe andare da Lady Opal» spiegò. «Ho bisogno di vedere mia zia.»

CAPITOLO DICIANNOVE

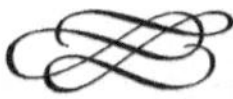

Graham se ne stava seduto nel grazioso salotto silenzioso e si guardava intorno mentre il cuore gli batteva all'impazzata. Era tornato a casa sua e aveva terminato i preparativi un'ora prima, ma una voce impetuosa gli martellava in testa da giorni. Così alla fine era salito a cavallo ed era venuto qui. In questo luogo in cui aveva giurato di non tornare mai più.

Si avvicinò al caminetto e guardò in alto. Sul muro era montato un dipinto dei proprietari: il Duca e la Duchessa di Crestwood. Simon e Meg. Il suo migliore amico e la sua ex fidanzata.

Non molto tempo fa, vedere il loro ritratto gli avrebbe ricordato il tradimento di Simon e lo avrebbe fatto sussultare. Ora lo guardava con occhi molto diversi. Perfino nel dipinto vedeva l'amore che c'era tra i due. Meg era seduta, con Simon in piedi dietro di lei. La mano di Simon era posata sulla spalla di lei e Meg aveva sollevato la mano per metterla su quella del marito. Lui guardava in basso con un lieve sorriso, come se fosse incantato da Meg.

Ed era esattamente così. Era sempre stato così, come era venuto fuori. E Graham lo capiva molto meglio adesso.

La porta dietro di lui si aprì e quando si voltò trovò Meg lì in piedi, che lo fissava a occhi spalancati. Era adorabile, lo era sempre stata, con i capelli castani e gli occhi scuri e un viso vivace ed espressivo. In quel momento vi vide riflesso il suo stesso shock. La sua stessa diffidenza.

«Graham» sussurrò. «Mio Dio, quando Finley ha riferito che eri arrivato, ho pensato che avesse bevuto troppo vin brulè. Ma sei davvero qui.»

Graham fece un passo verso di lei. «Sì. Simon non desidera vedermi?» chiese, mentre sentiva diffondersi in petto un'ondata di dolore. Forse aveva aspettato troppo a parlare con il suo amico. Forse era troppo tardi.

Meg scosse la testa. «Oh no, affatto. Simon è fuori, tutto qua. Dovrebbe tornare tra poco e so che vorrà vederti. Mio Dio, sei davvero qui. Per favore, siediti. Lascia che ti prenda il tè.»

Graham stava per dirle che non ne voleva, ma Meg si era già affrettata a versargli il tè dal servizio sulla credenza e a zuccherarlo proprio come piaceva a lui. Perché ovviamente ricordava quel dettaglio. Questa era Meg, dopotutto.

Le sorrise mentre riprendeva il suo posto e allungava la mano verso la tazza che gli aveva portato. «Grazie, Vostra Grazia.»

Meg gli si sedette di fronte e scosse la testa. «Oh, per favore non essere così formale. Chiamami Meg, sono sempre stata Meg. Se sei qui, devo sperare che sarà di nuovo Meg.»

Graham inclinò la testa in segno di assenso. «Molto bene, Meg. Ti trovo bene. Sembri felice.»

La duchessa esitò e lui capì che si chiedeva come rispondere. Ma alla fine annuì. «*Sono* felice, Graham. All'inizio è stato difficile, ovviamente. Simon ed io abbiamo avuto le nostre difficoltà. Anche adesso continuano le dicerie, di cui so che sei pienamente consapevole. Ma sono felice.»

«Bene» disse piano. «Non vorrei mai che tutto quel doloroso subbuglio non avesse un lieto fine per te. Ti meriti felicità e amore.»

A quell'affermazione Meg tirò su il fiato di scatto. «Grazie, Graham. Anche tu te li meriti, e anche di più.»

Lui deglutì. Era venuto a cercare Simon, ma ora che era qui con la donna che una volta aveva programmato di sposare, si rese conto che poteva dargli risposte a domande che non avrebbe mai pensato di porre.

«Quando hai saputo di amare Simon?» le chiese.

Meg si agitò davanti a quella domanda diretta. Era chiaramente a disagio, come se lo tradisse ammettendo anche solo una parte della verità. Ma alla fine raddrizzò le spalle e lo guardò negli occhi. «Vuoi che sia sincera, vero?»

«Sì.»

«Avevo quindici anni quando ho capito per la prima volta di amarlo» sussurrò con la voce piena di emozione, ma senza rimpianto. «Un anno prima che James combinasse il mio matrimonio con te. In verità, probabilmente mi sono innamorata di lui sin dal primo momento in cui l'ho incontrato.»

«*Come* lo hai capito?» le chiese.

Meg inclinò la testa e lui capì che stava cercando di leggergli nel pensiero. Era sempre stata in grado di leggere nell'animo di tutti quelli che aveva intorno, di capire ciò di cui avevano bisogno. Era il suo più grande pregio e lo era sempre stato.

«Quando pensavo al mio futuro e non potevo immaginarlo senza di lui, ho capito di amarlo.» Si sporse in avanti. «E mi spiace tanto di non essere stata abbastanza coraggiosa da dire qualcosa a James in quel preciso momento. Se fossi stata più forte, niente di quello che è successo pochi mesi fa sarebbe accaduto. E tu e Simon non avreste sofferto.»

Graham ci rifletté per un momento. Forse mesi o addirittura poche settimane prima, quelle avrebbero potuto essere le parole che avrebbe avuto bisogno di sentire. Le scuse. L'ammissione di colpa. Ma ora...

«Non capivo cosa fosse successo in quel momento, sai. Non riuscivo a capire come voi due poteste fare quello che avete fatto. Ma ora, mesi dopo e... e con altre cose che si sono succedute, penso di comprendere di più.»

L'espressione di Meg si addolcì. «Davvero?»

«Sì.» e fece un lungo, profondo sospiro. «Il cuore non è qualcosa che si può controllare, no? Vogliamo ciò che vogliamo, non si presta a discussioni o negoziazioni. Nel nostro caso, ognuno di noi era spinto dalla necessità di non ferire nessun altro. E invece siamo stati *tutti* danneggiati. Non fingo che tu e Simon non abbiate sofferto per ciò che è accaduto. Né immagino che sarebbe potuta finire diversamente. Se tu ed io ci fossimo sposati, sarebbe stato devastante per tutti noi. Quindi voglio che tu capisca una cosa, Meg.»

Lo fissò, con le lacrime agli occhi. «Che cosa?»

«Sono contento che sia successo» e lo disse dal profondo del cuore. Tutta la sua rabbia, tutto il suo dolore svanirono con quell'ammissione. «Non cambierei niente. Siamo tutti dove dovremmo essere e questo non sarebbe potuto accadere senza quella notte nel cottage tra te e Simon.»

A Meg mancò quasi il fiato. «Significa che ci perdoni? Che *lo* perdoni?»

Graham annuì, ed era un perdono sincero in quel momento. Fu travolto da un senso di pace che riempì ogni fibra del suo essere, ogni spazio della sua mente e l'universo gli sembrò finalmente chiaro. Senza il tradimento che lo aveva ferito così profondamente, avrebbe sposato Meg. Sarebbero stati infelici. Non avrebbe mai vagato per Londra senza meta, non sarebbe mai stato diretto verso Lydia, non avrebbe mai trovato Adelaide.

La sua vita sarebbe stata fredda, vuota e infelice. E ora aveva un futuro davanti a sé. Un futuro chiaro, potente e pieno di... amore.

Amava Adelaide. La amava con un'intensità che non sapeva di possedere. Ed era terrificante, meraviglioso, perfetto ed emozionante allo stesso tempo. Gli faceva capire tutto quello che aveva fatto Simon perché l'idea che qualcuno potesse prenderla e tenerla lontana da lui, gli mandava il sangue al cervello e gli faceva fremere le mani.

«Sei *davvero* qui.»

Graham si alzò e si voltò quando nella stanza entrò Simon. Il suo amico con quella sua aria da eterno monello, con la gentilezza che permeava tutto ciò che faceva, con la luce che aveva sempre reso l'oscurità di Graham un po' più facile da sopportare, lo fissò. C'era sofferenza nella sua espressione, ma anche speranza.

Graham non disse nulla, girò intorno al divano e gli andò incontro in tre lunghe falcate. Simon si irrigidì, sembrava incerto, ma quando Graham lo prese per un braccio e lo strinse in un abbraccio, gli strinse le braccia intorno a sua volta. Rimasero così per un po', poi Graham indietreggiò sorridendo mentre Meg si avvicinava con le lacrime agli occhi.

«Vi lascio» disse, stringendo la mano di Graham prima di alzarsi sulle punte dei piedi per baciare dolcemente Simon sulla guancia. Si guardarono negli occhi e tra loro passò un mondo di amore e comprensione. Graham se ne rese conto come non aveva mai fatto in passato perché non aveva mai provato un amore del genere prima. Adesso invece sì. E capiva tutto molto meglio.

Meg se ne andò e Simon chiuse la porta appoggiandocisi con la schiena. «Non posso credere che tu sia qui» disse. «Siediti. Ti ha già offerto del tè, vero? Meg e il suo tè. Ti va qualcosa di più forte?»

Graham ridacchiò. «No, sto bene.»

«Be', *io* potrei aver bisogno di qualcosa di più forte» mormorò Simon mentre andava alla credenza e versava dello scotch in un bicchiere. «Finley ha detto che eri qui e ho pensato...»

«Che fosse ubriaco? Anche Meg ha avuto la stessa reazione.»

«Be', la pensiamo spesso allo stesso modo» disse Simon scrollando le spalle.

«È vero» confermò Graham. «Solo che non l'ho mai capito. Se lo avessi capito, mi sarei fatto da parte molto prima di quella notte al cottage.»

Simon fece una smorfia mentre prendeva lentamente posto di fronte a Graham dove Meg si era seduta prima. «L'ultima volta che abbiamo parlato avevi ragione tu. Avevi ragione quando hai detto che avrei dovuto fare qualcosa. Non era una tua responsabilità.»

«L'ultima volta che abbiamo parlato, ero molto ubriaco» disse Graham scuotendo la testa mentre pensava a un pomeriggio confuso da White quando aveva cercato di costringere Simon a fare a botte. «E io sono stato crudele.»

«No, sei stato onesto» disse Simon. «Che è più di quanto io sia stato con te. Ma le tue parole quel giorno mi hanno riportato da Meg. Mi hanno spinto a combattere per quello che volevo, anche se mi sono rifiutato di battermi con te. E tu ci hai salvati, Graham. Non sarò mai in grado di ripagare quel debito. Né potrò scusarmi abbastanza per aver gestito così male le circostanze. Ho distrutto la nostra amicizia, non solo quella notte in cui Meg e io siamo rimasti intrappolati insieme, ma già da anni. Perché non riuscivo a guardarti negli occhi e dirti quello che volevo.»

«La disperazione può spingere un uomo a fare cose che normalmente non farebbe» disse Graham. «Così come l'amore. Lo... lo capisco di più adesso.»

Simon corrugò la fronte. «Stai dicendo che sei innamorato?»

Graham fece un respiro profondo. «Sì» ammise, poi si passò una mano tra i capelli. «Cristo, è la prima volta che lo dico ad alta voce.»

Simon rise. «Ho ragione a supporre che sia Lady Adelaide?»

Graham spalancò gli occhi. «E tu come fai a saperlo?»

«Meg ed Emma sono amiche, ricordatelo» disse Simon con un'alzata di spalle. «E Adelaide non ha una gran opinione di Meg. Dato che tutti adorano mia moglie, la sua reticenza ha reso evidente che ad Adelaide piacevi e che si stava schierando dalla tua parte.»

«Be', la sua titubanza nei confronti di Meg cambierà quando si renderà conto che ti ho perdonato» disse Graham con un sorriso mentre pensava alla sua guerriera, sempre dalla sua parte. «È protettiva nei miei confronti.»

«È vero.» Simon si sporse in avanti. «Mi perdoni davvero?»

Graham annuì. «Sì.»

«E hai intenzione di sposare questa donna che ti ha persuaso ad amare?» lo incalzò Simon con tono molto più allegro. In effetti, sembrava di essere tornati ai vecchi tempi quando Simon era quello a cui poteva dire certe cose. Cose che richiedevano delicatezza, diplomazia o levità.

«Certo» disse lentamente Graham. «Ci siamo accordati oggi, anche se non le ho ancora rivelato i miei sentimenti.»

Simon corrugò la fronte. «No? Perché?»

«Siamo stati parzialmente costretti a fidanzarci» disse Graham scuotendo la testa. «Sembra che sia di moda nel nostro gruppo, non è vero?»

«Finora siamo stati tutti trascinati a forza nel nostro futuro, sì» ammise Simon. «Ma si è rivelata una circostanza vantaggiosa per James e per me. Se la ami, troverai un modo per farlo funzionare. E ti dico, amarle vale qualsiasi cifra che tu sia disposto a pagare.»

Graham annuì. «Sì, lo capisco ora. Lo comprendo per la prima volta. In verità, a parte la mia mancanza di onestà riguardo ai miei sentimenti, c'è solo un problema nel nostro futuro insieme.»

Simon inclinò la testa. «E sarebbe?»

«Sua zia» rifletté Graham, pensando alla rabbia sul viso di Lady Opal quando si era lanciata contro Adelaide, e alla confessione di Adelaide secondo cui quella donna le aveva messo le mani addosso diverse volte in passato. «È la sua tutrice e protegge gelosamente la virtù della sua protetta. Ed è furiosa per quello che ha fatto Adelaide.»

«Ma se le tue intenzioni sono sincere, non pensi che potresti addolcirla parlandoci?» suggerì Simon.

Graham ci pensò su. Gli era stato impossibile vedere oltre la rabbia espressa da Lady Opal. Aveva innescato in lui una reazione che andava quasi al di là del suo controllo. Ma sapeva che Adelaide riteneva ancora che sua zia fosse la sua unica famiglia. Il modo in cui la difendeva ne era una prova lampante. E Simon poteva aver ragione sul fatto che parlandoci avrebbe potuto ammansirla.

Diversamente, Graham avrebbe potuto dirle con fermezza che se avesse mai messo di nuovo le mani addosso ad Adelaide, se ne sarebbe pentita amaramente.

Lanciò un'occhiata a Simon. Il pacificatore del loro gruppo, aveva gestito molti incontri difficili. «Immagino che non ti andrebbe di accompagnarmi in questa missione?»

Simon restò a bocca aperta. «Vorresti il mio aiuto?»

Graham annuì. «Non sai quante volte ho desiderato parlarti negli ultimi mesi. Ma ora più che mai ho bisogno del tuo consiglio.»

Simon allungò una mano e gli strinse il braccio. «Ma certo. Dopo tutto, come può questa donna anche solo pensare di dire di no a due potenti duchi? Uno dei due poi è dotato di fascino.»

Graham buttò la testa all'indietro e rise, e fu come se quel movimento purgasse tutte le restanti vestigia del suo dolore e del suo tradimento. Gli ricordò quanto bene voleva al suo amico. A suo fratello.

«Bene» disse alzandosi in piedi. «Allora partiamo adesso.»

«Adesso?» ripeté Simon con una risata. «Ami davvero questa ragazza.»

«Sì» confermò Graham, e ogni volta che lo diceva, il sentimento gli si rafforzava in petto. «Per cui vedi di aiutarmi a conquistarla, d'accordo?»

A delaide aveva aspettato così a lungo la zia in salotto che cominciava a innervosirsi. Soprattutto visto che in casa si era fatto sempre più silenzio nell'ultima mezz'ora. I rumori della frenetica servitù erano svaniti e nessuno era venuto a vedere se stava bene o se aveva bisogno di un rinfresco.

Poteva solo dedurre che fosse ordine di sua zia. Il che significava che Opal era ancora arrabbiata con lei.

Fece un profondo respiro a quel pensiero. Cosa avrebbe fatto se sua zia si fosse infuriata con lei? Se si fosse rifiutata di perdonare o di accettare il futuro che Adelaide intendeva seguire?

«Adesso vado» disse con un sospiro mentre si passava una mano sul viso. «Me ne vado e torno da Graham. Mi farò una ragione del fatto che il mio futuro è dove mi sento a casa.»

Proferì quelle parole e sorrise, perché in quel momento il futuro le sembrava davvero molto luminoso.

La porta dietro di lei si aprì e quando si voltò vide Opal. Sua zia indossava lo stesso abito che aveva quando era andata a casa di James ed Emma a inizio giornata. Solo che adesso c'erano delle macchie, come se avesse fatto un qualche lavoro con l'abito indosso.

Adelaide aggrottò la fronte. «Buon pomeriggio, zia Opal.» Si irrigidì mentre aspettava che la sua tutrice rispondesse. Che si arrabbiasse. Che inveisse. Invece sua zia si limitò a inclinare la testa.

«Ciao, Adelaide. Mi spiace molto di non essere arrivata prima. Non ti aspettavo dopo quella terribile scenata dal Duca e dalla Duchessa di Abernathe.»

Adelaide rimase stupita davanti alla dolcezza del tono di sua zia. Sembrava davvero dispiaciuta, sia dall'espressione che dalla voce, e questo le diede speranza. «Sì. È stato terribile. Mi dispiace così tanto che ti sia arrabbiata perché sono andata a casa di Emma. Devi sapere che non ho mai avuto intenzione di stare lontano per sempre. Questa è l'unica casa che ho conosciuto per la maggior parte della mia vita.»

Il labbro di Opal si contrasse, poi la donna mantenne lo sguardo di Adelaide per quella che sembrò un'eternità prima di dire: «Perché non vieni in camera tua con me?»

Adelaide aggrottò la fronte a quella strana richiesta. «Perché?»

«Voglio mostrarti una cosa» insistette Opal, facendo cenno ad Adelaide di fare strada. «E voglio parlarti, questa volta con calma, razionalmente, di ciò che dobbiamo fare per il futuro.»

Adelaide strinse le labbra. Era spesso a disagio con Opal, soprattutto negli ultimi anni, ma in quel momento si chiedeva quale fosse la causa dell'agitazione che sentiva fin nelle viscere. Opal era ragionevole in quel momento, dopotutto, persino gentile.

Alla fine Adelaide annuì. «Va bene. Andiamo in camera mia.»

Salì le scale con Opal al fianco, passando accanto ai ritratti dei membri di famiglia sul muro. Opal esitò accanto a quello dei genitori di Adelaide. «Il mio caro fratello» disse con un sospiro. «E la sua adorabile moglie. Si sono presi cura di me con grande amore. Hanno cercato di salvarmi.»

Adelaide aggrottò la fronte. Negli oltre dieci anni che aveva vissuto sotto il tetto di sua zia, poteva contare sulle dita di una mano le volte che Opal aveva parlato dei suoi genitori. E quando lo aveva fatto, non era con la malinconia che il suo tono mostrava ora.

«Salvarti?» ripeté. «È una strana scelta di parole. Come ti avrebbero salvata?»

Opal la ignorò e riprese a salire le scale. «Quello che è successo oggi molto probabilmente è qualcosa che non possiamo nascondere, Adelaide. Non come l'ultima volta.»

Adelaide sussultò a sentire paragonare Graham a un uomo che l'aveva abbandonata dopo una spiacevole notte insieme. «No, forse hai ragione» disse piano. «Ma le circostanze sono molto diverse. Vedi...» Fece un respiro profondo, incerta su come sua zia avrebbe reagito a quanto stava per dire. «Graham mi vuole sposare» annunciò alla fine.

A quel punto erano arrivate in cima alle scale, sua zia si bloccò e si voltò verso di lei, con gli occhi spalancati. «Ha detto proprio così?»

«Sì. Me lo ha chiesto dopo che te ne sei andata e io ho accettato. Quindi, vedi, la situazione non è così brutta come pensavi che fosse questa mattina. Questa volta ho trovato un uomo molto perbene. Uno che non mi abbandonerà.»

La zia annuì lentamente ed entrò in camera da letto. Adelaide si guardò intorno. Era una stanza semplice, sì. Sua zia non l'aveva mai incoraggiata a decorarla troppo. Ma era stata sua per molto tempo e non odiava quel posto.

Opal si avvicinò alla finestra e guardò il giardino sul retro. «Quando ti sposerai, vorrà dei figli. Più di uno, per assicurarsi degli eredi.»

Adelaide si ritrovò a sorridere al pensiero di mettere su famiglia con Graham. Al pensiero di lui che diventava il padre che non aveva mai avuto, all'idea di guardare i propri figli negli occhi e vedere tutti gli echi dell'uomo che amava. Tutto il meglio di entrambi.

«Sì» disse. «Sì, ne sono certa. Il duca ha degli obblighi, ovviamente. E a me piacerebbe diventare madre.»

Opal contrasse le labbra. «Allora non si fermerà.»

Adelaide aggrottò la fronte confusa. «Non si fermerà?» ripeté. «Zia Opal, sono tornata qui oggi per parlarti del mio imminente matrimonio, ma anche per chiederti se mi appoggerai. Sei l'unico membro della mia famiglia in vita, dopotutto. So che abbiamo avuto le nostre divergenze e che ti ho deluso con il mio comportamento, ma desidero la tua benedizione.»

Opal le si avvicinò di un passo. «La tua unica famiglia» ripeté scuotendo la testa. «Be', hai proprio ragione. Più di quanto tu possa immaginare.»

Ad Adelaide iniziarono a formicolare i peli sul collo mentre fissava la zia. Era troppo calma considerando la scenata del mattino. Improvvisamente la sua stanza non le sembrò più sicura come una volta, e iniziò a chiedersi se venire qui fosse stato poi così saggio.

«Non capisco cosa vuoi dire» sussurrò, guardando verso la porta.

Opal sospirò. «Lo so. E ho pensato che forse non sarei mai stata costretta a dirtelo. Ma sembra che debba farlo. Per porre fine a tutto questo, devo tirare fuori tutto.»

«Tutto cosa?»

Opal indicò il divano. «Siediti.»

Era un ordine, non una richiesta, e sua zia le stava bloccando la via di fuga. A quanto pareva non aveva altra scelta che obbedire. Si lasciò cadere sul divano e incrociò le mani in grembo anche se le tremavano.

«Io ero come te» iniziò Opal. «Quando ero giovane. Sciocca e testarda. Incontrai un giovane e pensai che fosse un principe che mi avrebbe portato via sul suo cavallo bianco.»

Adelaide rimase a bocca aperta per la sorpresa. «Ho visto i ritratti di quando eri giovane. Eri molto bella. Non mi sorprende che tu abbia avuto dei corteggiatori, ma non ne abbiamo mai parlato.»

«Quest'uomo non era un corteggiatore» sbottò sua zia con un lampo di rabbia nel tono e negli occhi. «Era un ladro nella notte, venuto a sedurre una ragazza innocente e a rubare ciò che lei non avrebbe mai dovuto dargli.»

Adelaide si mise a sedere più diritta. «Stai parlando del giovane che ha preso la mia virtù?» chiese in preda alla confusione.

«No, di quello che ha preso la mia» rispose Opal. Le iniziarono a tremare le labbra. «Non gli ho dato nulla, ma lui lo ha preso comunque.»

Adelaide chiuse gli occhi. Ora capiva finalmente. Pensò a Melinda, al suo viso malconcio, ai suoi occhi tormentati. Pensò a una dozzina di altre donne che conosceva e che erano state oggetto di tali abusi. Pensò alle mani grassocce di Sir Archibald su di lei, a quel momento in cui aveva pensato che il suo destino fosse segnato prima che Graham irrompesse dalla porta per salvarla come un eroe in una favola.

«Mi dispiace tanto, zia Opal» sussurrò. «Non avevo idea che avessi patito un'esperienza del genere.»

Lo sguardo di Opal era lontano, perso nel passato. «Oh sì, ho patito. Mio padre mi estraniò perché non avevo più speranza di fare un buon matrimonio. E quando cominciò a vedersi il pancione in cui cresceva il figlio di quel bastardo, fui costretta a ritirarmi in isolamento a casa di mio fratello.»

Adelaide la fissò. Questa storia non la conosceva. Nessuno gliel'aveva mai raccontata. «Hai avuto un figlio?»

Opal fece un cenno col capo. «Sì. Non lo seppe nessuno. Mio fratello e sua moglie nascosero quello che avevo fatto al mondo. E quando arrivò il bambino... finsero.»

Alle parole di sua zia cominciò a profilarsi la verità. Adelaide si alzò dal divano, le tremavano le mani e tutto il sangue le era drenato dal viso al punto da avere il capogiro per l'orrore davanti a quella rivelazione. «Finsero? Stai dicendo... stai dicendo che tuo fratello e sua moglie presero il bambino con loro? Finsero che il bambino fosse il loro?»

«Non ti volevo» sibilò Opal, alzandosi anche lei e fissando

Adelaide. «Ti ho guardato e ho rivisto quella notte orribile. Un ricordo di *lui*.»

Adelaide si portò una mano alle labbra. «Stai mentendo» disse. «Tu sei pazza. Erano i miei genitori. Nessuno ha mai insinuato il contrario. Ero figlia loro.»

Opal scosse la testa. «No, eri mia. Hai rubato il mio futuro e le mie speranze, e ti ho amato e odiato al tempo stesso.»

Adelaide tremava così forte che riusciva a stento a stare in piedi. Fissò sua zia. Oh, aveva sempre visto le somiglianze tra loro. Il vago indizio che i capelli di sua zia fossero stati biondi prima di diventare bianchi. Le stesse mani. Le labbra.

Ma aveva sempre ritenuto che fossero caratteristiche di famiglia. Non le era mai nemmeno sfiorato il pensiero che la donna che l'aveva cresciuta, che la teneva a distanza, che le dava solo il minimo sostegno indispensabile, fosse sua madre.

«Se è vero, perché mi hai preso con te quando sono morti?» sussurrò, con voce rotta a ogni parola, perché la verità di quel racconto stava cominciando a insinuarsi nel corpo, nella pelle, nell'anima.

La stava straziando da cima a fondo.

«Perché nessun altro ti voleva. E sapevo che le loro morti erano la penitenza che mi veniva imposta a posteriori. Quindi ti ho preso con me. E ho pregato che non fossi come lui.»

«Lui?» ad Adelaide si rivoltò lo stomaco quando comprese cosa intendesse Opal. «Come puoi paragonarmi a un uomo che ti ha preso con la forza?»

«Sei una sgualdrina, Adelaide!» ruggì sua zia. «Lo sei stata con quel ragazzo che veniva a farti gli occhi dolci. È stato allora che ho visto di che pasta eri fatta. Pensavo di poter fermare la tua natura fermando lui.»

«Fermando lui», ripeté Adelaide, facendo un passo indietro. «Cosa significa? Come lo hai fermato? Se ne andò.»

Sua zia scosse lentamente la testa. «Te l'ho lasciato credere, sperando che riconoscessi la tua vera natura e ti impegnassi a migliorarti. A elevarti al di sopra delle tue inclinazioni naturali.»

«Che cos'hai fatto?» chiese Adelaide.

«L'ho ucciso» rispose Opal. «L'ho ucciso.»

Adelaide barcollò all'indietro, il più lontano possibile da sua zia. Fino a quando non sbatté contro la finestra con la schiena, finché non ci fu nessun altro posto dove scappare. Non c'era modo di nascondersi dall'orrore che sua zia le stava vomitando addosso.

«No» urlò. «No, non è possibile.»

«Sì invece.» Sua zia continuava ad annuire, come se avesse la testa su un perno. «Si paga un uomo quanto basta e lui ti aiuta a sbarazzarti di un cadavere e a far sembrare che abbia lasciato Londra di sua spontanea volontà. Così ho fatto.»

Adelaide si coprì la bocca con entrambe le mani, pregando di non rimettere. Pensò a quell'uomo, Charlie, che aveva imparato a odiare. Che aveva imparato a dimenticare perché aveva creduto che l'avesse usata e scartata.

Adesso sapeva com'era andata veramente.

«Povero Charlie» singhiozzò. «Oh Dio, zia Opal, come hai potuto?»

«L'ho fatto perché la smettessi!» sbottò sua zia. «Dovevo farti smettere. E hai smesso, per molto tempo. Indossavi gli abiti adatti a coprire la tua vergogna, facevi da tappezzeria come dovevi. Te ne stavi nascosta come eri destinata a fare. Ma poi è spuntato *lui*.»

«Graham» sussurrò Adelaide e fece un lungo passo avanti. «Non gli farai del male, Opal. Non te lo permetterò. Non gli torcerai un capello.»

«No» concordò la zia, attraversando la stanza. Prese una statuina che aveva regalato ad Adelaide anni prima. Un'immagine di Persefone, per sempre divisa tra due mondi. Per sempre punita sia dal suo amante che da sua madre.

Adelaide la fissò e tutto ebbe perfettamente senso.

«Non ho intenzione di fargli del male» continuò la zia venendole incontro. «Perché mi rendo conto che sei *tu* a dover essere messa a tacere. Fermata. Oppure produrrai ulteriore progenie tua pari che farà solo peggio. Siamo donne avariate, Adelaide. E l'unico modo per fermare tutto questo è morire.»

Alzò la statua e Adelaide tirò su le mani con un urlo. Ma non riuscì a bloccarla e fu colpita a un lato della testa. Scivolò lungo il muro fissando sua zia, sua madre. Il mondo le girava intorno, stava diventando nero. Doveva combattere, doveva reagire, ma il dolore era troppo potente. Troppo forte.

E scivolò nell'incoscienza con un unico pensiero nella mente.

Graham.

CAPITOLO VENTI

Graham e Simon stavano ridendo mentre facevano svoltare i loro destrieri nel vialetto d'ingresso della piccola ma graziosa casa londinese di Lady Opal. Graham non riusciva a ricordare l'ultima volta che si era sentito di animo così leggero. Amava Adelaide, si era riunito con Simon e se tutto fosse andato bene, avrebbe perfino potuto trovare un modo per gestire Opal in modo che Adelaide potesse ancora avere una famiglia. Ma quando si avvicinarono alla casa, il suo sorriso svanì.

«Questa è la carrozza di James» disse, indicando la stalla, dove era parcheggiata una carrozza. Non c'erano altri servitori intorno, ma riconobbe lo stemma e il cocchiere del suo amico appoggiato allo sterzo mentre fumava.

Simon lo guardò. «Che motivo aveva James di venire qui? Forse voleva parlare con Lady Opal come avevamo pensato di fare noi?»

Il cuore di Graham aveva cominciato a battere forte mentre i due uomini smontavano da cavallo. «No» disse a bassa voce. «Non credo che sia stato James a farsi portare qui con la carrozza. Penso che sia stata Adelaide.»

Simon guardò la casa. «A questo punto avremmo dovuto vedere i valletti, il maggiordomo che apriva la porta. È tutto molto quieto.»

«Troppo quieto» concordò Graham. «Maledizione, spero che non sia venuta qui da sola. Sua zia è... disturbata.»

«Potrebbe fare del male ad Adelaide?» chiese Simon.

Graham annuì e gli mancò il fiato. «Sì.»

«Andiamo» insistette Simon, salendo i gradini che conducevano alla porta a due alla volta. «Non abbiamo tempo da perdere.»

Graham lo superò a tutta velocità e non si fermò a bussare alla porta. La spinse e ringhiò quando la trovò bloccata. Fece un passo indietro e diede un calcio, una, due volte, finché la serratura cedette, e la porta si spalancò verso l'interno in un atrio stranamente silenzioso e denso di fumo.

«Cristo!» disse Simon, agitando la mano. «La casa sta bruciando! Chiederò al cocchiere di James di chiamare i pompieri, poi tornerò ad aiutarti a cercarla.»

Ma Graham non rispose. Saltò nell'atrio nebuloso, abbassandosi per cercare di evitare la parte più densa e asfissiante del fumo.

«Adelaide!» gridò, preso dal panico. Lei era qui. Lo sapeva, se lo sentiva dentro. Lei era qui e a giudicare dall'assenza di servitori questo incendio non era un incidente.

«Adelaide!» gridò tossendo quando il fumo gli riempì i polmoni. Si precipitò su per le scale, anche se non aveva idea se lei fosse su o giù. Ma il fumo si stava diffondendo, e sapeva che sarebbe salito prima di invadere completamente i livelli inferiori. La soluzione migliore era partire dall'alto e sperare.

Svoltò l'angolo nel corridoio in cima alle scale e si fermò. Un incendio era stato appiccato proprio davanti a una porta e aveva lambito i muri e oltrepassato la soglia.

La stanza di Adelaide. Avrebbe potuto scommetterci. Scattò in avanti, calpestando le fiamme in aumento mentre cercava di raggiungere la porta.

«Adelaide!» urlò a squarciagola.

Per un momento ci fu silenzio, poi una voce fievole dall'altra parte della porta. «Graham! Graham, qui.»

Non pensò più alle fiamme, al pericolo. Adelaide era in quella stanza. Si buttò in avanti a capofitto, ignorando il dolore lancinante quando il fuoco gli lambì i vestiti e la pelle. Prese a calci questa porta come aveva fatto con l'altra, e la spalancò.

Quello che vide dentro per poco non gli fece venire un infarto. Le fiamme strisciavano lungo le pareti e al centro della stanza, legata a una sedia, c'era Adelaide. I suoi capelli biondi erano sciolti intorno al viso, aveva un enorme taglio sulla tempia da cui usciva sangue che rigava la fuliggine che il fuoco le aveva lasciato sul volto. La giovane sollevò la testa, lo sguardo annebbiato dal fumo e dalla ferita.

«Aiutami» sussurrò con una voce a malapena percepibile nella stanza incandescente.

Graham la raggiunse con un balzo, la slegò dalla sedia prima di stringerla al petto e correre attraverso la stanza, dove le travi del soffitto cigolavano sotto il peso del legno che si stava disgregando, attraverso la porta in fiamme che scottava da morire. Si abbassò e si precipitò giù per le scale e fuori dalla porta principale dove prese una boccata d'aria.

Simon era già fuori ad aiutare i domestici dei vicini a estinguere le fiamme passandosi i secchi uno dietro l'altro. Graham si affrettò a far uscire Adelaide dalla casa e la adagiò con cautela sull'erba oltre il vialetto.

«Non respira!» gridò quando gli fu chiara la situazione. «Aiutatemi!»

Simon si inginocchiò accanto a lui, fissando il corpo immobile del grande amore di Graham. Sembrava impotente quanto lui. «Una volta Lucas mi ha scritto una cosa» disse Simon, illuminandosi in volto. «Sul condividere il respiro con una persona ferita. Metti la bocca sulla sua e respira dentro di lei.»

Graham la sollevò, posizionando la bocca sulla sua mentre le soffiava delicatamente aria oltre le labbra. Una, due volte, ma non si mosse. Tre volte, e le lacrime gli bruciavano gli occhi, gli colavano lungo le guance.

«Per favore» pregò prima di darle un'ultima lunga soffiata.

Con suo grande sollievo, Adelaide tossì, girò la testa ansimando e cominciò a prendere grandi boccate d'aria pulita. Graham si accasciò al suo fianco, se la attirò contro, e cominciò a coprirle di baci il viso sudicio e sanguinante mentre il fuoco bruciava dietro di loro e distruggeva tutto tranne la cosa più importante del mondo.

Adelaide girò la testa e un'esplosione di dolore le attraversò tutto il cranio. Gemette quando la avvertì, sollevando una mano per toccarsi il viso. Le fece male dove poggiò le dita e aprì gli occhi con attenzione.

Era sdraiata su un letto, appoggiata sui cuscini, e Graham le giaceva accanto sdraiato su un fianco, con il viso rivolto verso di lei. Stava dormendo. Aveva le guance rigate di fuliggine e teneva la mano appoggiata sul suo ventre sotto le coperte.

I ricordi tornarono, oscuri e orribili. Le terribili confessioni di sua zia. Il dolore quando fu colpita. Il risveglio nella stanza in fiamme. Non riuscì a trattenere un singhiozzo mentre la memoria di tutti quegli eventi la sopraffaceva.

Graham aprì gli occhi a quel suono e allungò il braccio per stringersela stretta contro il petto mentre le premeva un bacio sulla tempia non ferita. «Lo so» sussurrò. «Va tutto bene. Sono qui.»

Adelaide pianse contro la sua spalla per un po' e lui non disse una parola. Non le chiese nulla. Non fece altro che cullarla dolcemente, offrendole conforto dove non c'era. Fu solo quando alzò una mano per toccarle il viso che lei notò le bende sulle sue braccia, sulle sue mani.

Ansimò inorridita e cercò di mettersi a sedere, ma fu colta da un'altra esplosione di dolore attraverso il cranio.

«Va tutto bene» la tranquillizzò Graham. «Le ustioni non sono molto gravi. E tu stai bene. Sei al sicuro. Mi sarei dato fuoco senza esitare per assicurarmi che fossi al sicuro se fosse stato necessario.»

Sentì lacrime calde scorrerle lungo le guance e gli seppellì il viso contro la spalla. L'odore di fumo sui suoi vestiti la riportò indietro, ancora una volta, ai momenti orribili e confusi nella casa in cui sapeva che sarebbe morta.

E perché.

«Dimmi cos'è successo» sussurrò lui con le labbra morbide contro il suo orecchio.

Fece un sospiro tremando e gli raccontò tutto. Lui non disse nulla, le permise solo di fermarsi quando aveva bisogno di riprendere fiato, di piangere quando arrivarono le lacrime. Quando tutto fu finito, lui si limitò a stringerla, tremando proprio come lei.

«Pensi che sia vero?» chiese Adelaide, accasciandosi contro i cuscini con un sospiro.

Graham si girò su un fianco e le tracciò la guancia con la punta delle dita. «Non lo so. Ci sono molti dettagli in quella storia perché sia una bugia. E spiegherebbe le sue forti reazioni nei confronti miei, tuoi e di Charlie.»

Adelaide fissò il soffitto. «Io *so* che è vero.»

Lui rimase in silenzio a lungo e lei lo apprezzò. Le stava permettendo di elaborare quello che aveva passato, di sentire qualunque cosa fosse entrata nel suo cuore piuttosto che cercare di respingerla e offrirle un falso conforto prima che fosse pronta.

Ma alla fine si calmò un po' e lo guardò. «Perché eravate lì?»

Sorrise, alzando appena le labbra. «Ero venuto con Simon, per cercare di convincere tua zia a essere ragionevole.»

«Con Simon?» ripeté lei. «Vuol dire...»

Graham annuì e in quel momento lei capì che peso si era tolto dalle spalle. «Sono andato a trovarlo. Ho parlato a lungo con Meg e con lui. E anche se probabilmente ci vorrà ancora del tempo prima che superiamo tutti quello che è successo, siamo sulla buona strada. Mi ha dato gli strumenti per salvarti la vita. Grazie a Dio era lì.» Gli toccò il viso fuligginoso e lui sorrise di nuovo. «Scusa l'aspetto trasandato. Non sono riusciti a staccarmi dal tuo fianco.»

«Non m'interessa la cenere. Sono così felice che tu sia qui con me. Ma che fine hanno fatto i servitori di mia zia?»

Graham sospirò e a lei balzò il cuore in petto. «Li aveva mandati via tutti quando sei tornata. Il tuo maggiordomo, Finley, lo aveva trovato strano e si era affrettato a cercare qualcuno che lo aiutasse. Siamo stati fortunati che la polizia fosse già per strada e ben presto sono arrivati anche i vigili del fuoco. Non sono riusciti a salvare la casa di tua zia, ma hanno impedito che le fiamme si propagassero agli edifici circostanti.»

«Grazie a Dio» disse Adelaide scuotendo la testa. «Mia zia avrebbe potuto distruggere l'intero vicinato. Metà della città. Per cosa? Per impedirmi di essere... me?» Esitò e incontrò i suoi occhi. «E lei?»

Graham corrugò la fronte. «Mi dispiace tanto, Adelaide, ma... ma l'hanno trovata in salotto. Non è sopravvissuta.»

Adelaide abbassò le palpebre, le lacrime le bruciavano di nuovo gli occhi. «Avevamo una relazione così complicata. Indifferenza, crudeltà, occasionali esplosioni di affetto quando ero piccola... ma lei era l'unica cosa che mi era rimasta in questo mondo. Suppongo che dovrebbe consolarmi che ora sia in pace. Qualunque sia il problema che la affliggeva, qualunque fosse la verità nelle sue bugie e nei suoi deliri, ora non soffre più.»

«Sei migliore di me» disse Graham. «Non potrei essere così indulgente dopo quello che ti ha fatto.»

«Ma io sono qui. E tu sei qui. E alla fine, ha fatto del male permanente solo a se stessa.» Gli tracciò gentilmente le labbra, felice che le fosse così vicino. Lo amava con tutto il cuore. E visto che lo aveva quasi perso, sapeva cosa doveva fare. «Devo dirti una cosa.»

Lui annuì lentamente. «Qualunque cosa, dovresti saperlo ormai.»

Adelaide si schiarì la gola e si sentì ardere le guance. Questo momento era maledettamente terrificante. Ma aveva bisogno di approfittarne. In quel momento sapeva più che mai che poteva non essercene un altro. Si poteva perdere la vita quando meno ce lo si aspettava. Non voleva rimpianti, mai più.

«Mi sono innamorata di te, Graham» disse. Sollevò una mano per impedirgli di parlare. «Non mi aspetto che mi ricambi. Non voglio che tu dica qualcosa che non pensi, sappiamo entrambi quanto possa essere dannoso. Ma oggi c'è stato un momento in cui mi sono resa conto che avrei potuto morire. E l'idea che sarei morta senza averti rivelato quello che provavo era più dolorosa di qualsiasi altra cosa io abbia mai sopportato. Ho giurato che se fossi sopravvissuta, non avrei avuto paura che mi avresti respinta. Che ti avrei detto la verità.»

«Hai finito?» le chiese.

«Suppongo di sì, sì.» rispose agitandosi.

«Anche io ho quasi perso te» disse. «Ma questo non mi ha spinto a dirti che ti amo.»

Adelaide ci rimase malissimo. Non si aspettava che fosse così diretto in proposito. «Capisco.»

Lui scosse la testa. «No, non capisci. Volevo dirti che ti amo la prima volta che ti avessi rivisto, Adelaide, molto prima di vedere il fuoco e di rendermi conto che eri rimasta intrappolata. Intendevo dirti, proprio come ti sto dicendo ora, che il mio cuore ti appartiene, sotto tutti i punti di vista.»

Adelaide rimase a bocca aperta, incredula. «No» disse, e si mosse il più possibile.

Graham le prese il braccio con delicatezza. «Non osare scappare da me adesso. Nessuno di noi due ha ricevuto molto amore finora. Non pensare nemmeno per un momento che questa sensazione non mi spaventi tanto quanto terrorizza te. O che non temo che in qualche modo distruggerò qualunque cosa potremmo costruire. Lo temo. Ma ho più paura di allontanarmi da te. Ti amo, Adelaide. Amo te e solo te. E il futuro può essere di gran lunga migliore del passato. Questo è quello che mi hai mostrato dal primo momento in cui ti ho visto uscire sul palcoscenico qualche settimana fa.»

Adelaide sentì di nuovo il calore delle lacrime sulle guance, ma questa volta non erano lacrime di dolore o di devastazione. Erano lacrime di gioia. Lacrime di accettazione del fatto che tutto ciò che Graham le aveva detto era vero, sincero e giusto. Che si sarebbero amati e che ognuno avrebbero insegnato all'altro ad amare. Che avrebbero avuto tutta la vita per esplorare che cosa significava essere pienamente accettati e completamente adorati.

Perché lei lo adorava. E guardandolo in quei suoi occhi luminosi, vide che tutti i suoi sentimenti erano ricambiati.

Non parlò. Si alzò sui gomiti, lo attirò a sé, sollevò la bocca e lo baciò con tutta la passione e con tutto l'amore, e le speranze e i sogni cui aveva rinunciato molto tempo prima. Con lui ne aveva più che mai.

Quando si allontanò, lui le sorrise e illuminò la stanza stessa di felicità, luce e speranza. «Oh, c'è ancora una cosa. La mia carrozza è andata a prendere Melinda e Toby, ora stanno andando alla mia tenuta senza problemi. Ho pensato che ne saresti stata contenta.»

Adelaide si sforzò di mettersi a sedere, la testa le girava. Una volta passata quella sensazione, lo guardò negli occhi. «In realtà, penso che ci sia un modo per salvarli senza nascondigli, avvocati e ogni altra cosa meravigliosa che avevi pianificato in quella tua mente brillante.»

Graham aggrottò la fronte. «Stai di nuovo mettendomi i bastoni tra le ruote, vero? Dimmi.»

Adelaide fece un bel respiro. «Immagino che quando ti sposerò, Lydia Ford sparirà.»

«Non… non lo avevo considerato. Saresti infelice ad abbandonare il teatro?»

Per tutta risposta Adelaide sbatté le palpebre. Graham non avrebbe avuto problemi a lasciarla continuare. E tutto il suo amore aumentò ulteriormente.

«Sai che mi ero data alla recitazione per sfuggire alla mia vita reale, ma non ho mai pensato che potesse durare davvero» gli ricordò. «E anche se potesse durare, non voglio sfuggirti. Mai. Quindi la mia idea è che Lydia debba interpretare la sua ultima parte, un gran finale.»

Lui annuì. «Ti ascolto.»

«Tutti hanno visto cos'è successo tra te e Sir Archibald la notte in cui mi ha aggredito. Ma sanno anche che Lydia ha sofferto per mano sua. Non ne consegue che lei avrebbe potuto attirarlo di nuovo a teatro per vendicarsi?»

Graham si appoggiò allo schienale e ci pensò un momento, poi sorrise. «È un'idea... geniale, davvero.»

«Grazie» rispose sorridendo. «Così Lydia scriverà una lettera spiegando quello che ha fatto e poi si dilungherà su come il senso di colpa la tormenta e non può andare avanti. Annegherà nel Tamigi per espiare il suo crimine.»

«Molto drammatico» commentò lui con voce solenne sebbene gli brillassero gli occhi da quanto era divertito. «Ma che mi dici di Melinda e Toby? La tua amica ti adora, ne avrebbe il cuore spezzato.»

Adelaide si mordicchiò il labbro. «Sì, è vero. Non vorrei che soffrisse pensando che fossi morta sul serio. Ma cosa succederebbe se... dicessimo loro la verità?»

«Potresti fidarti di loro?» le chiese.

Annuì senza esitazione. «Sì.»

«Be', ho bisogno di un nuovo responsabile proprio nella proprietà in cui li ho mandati» disse Graham. «Potrei offrire a Toby un lavoro se gli andasse. Ha esperienza in teatro. E tu poi vedrai ancora Melinda.»

Adelaide non poté fare a meno di sorridere con entusiasmo, ma sussultò quando il dolore alla testa tornò. Graham si accigliò e la circondò con le braccia, facendola sdraiare di nuovo sui cuscini mentre la guardava preoccupato.

«Presumo che Emma stesse aspettando di vedermi» disse. «Sarà preoccupata da morire. Ho così tante cose da raccontarle.»

«Sì» le rispose lui con un sorriso dolce. «Ma può aspettare. Ti ho detto che ti amo negli ultimi cinque minuti, Adelaide?»

Le venne da ridere nonostante tutto il dolore che le era stato inferto nelle ultime quarantotto ore. Il dolore che sapeva sarebbe svanito con il tempo e con la felicità che avrebbe trovato per il resto della sua vita con questo uomo incredibile.

«Ne sono passati sei o sette» disse.

«Allora sarei negligente se non dicessi che ti amo, Adelaide.»

Lo prese per il bavero perché la baciasse ancora una volta. E prima che le loro labbra si incontrassero, sussurrò: «Ti amo, Graham. Con tutto il cuore.»

Graham entrò nella sala colazione di Emma e James e trovò Adelaide seduta con un giornale aperto sul tavolo. Gli sorrise e il suo mondo sembrò illuminarsi in quell'istante.

Non si era quasi mai allontanato da lei dall'incendio di una settimana prima. Non aveva voluto lasciarla dopo averla quasi persa. In qualche modo aveva persino convinto Emma a permettergli di rimanere nella camera di Adelaide ogni notte. All'inizio si era limitato a tenerla tra le braccia, ma nelle ultime due notti, quando le sue ferite erano guarite, si era riaperta a lui e tutta la sua passione era tornata. Sembrava che non sarebbe mai svanita, e ne era contento. Farla sospirare di piacere era una delle migliori esperienze della sua vita.

«È sul giornale di questa mattina» disse, indicando le parole sulle pagine dedicate all'alta società e riportando la sua attenzione alle cose presenti.

«L'attrice più famigerata di Londra ammette omicidio» lesse ad alta voce. «Sospetto suicidio, corpo non ancora trovato.»

La vide annuire, anche se storse leggermente la bocca. «Non avrei mai pensato di essere l'attrice più famigerata di Londra.»

Graham rise del suo broncio inaspettato. «Adesso lo sei. Parleranno di te negli anni a venire.»

«Probabilmente dritto in faccia, senza nemmeno sapere che sono io quella di cui stanno parlando» borbottò Adelaide.

Lui si chinò in avanti e la baciò, facendo tacere le sue lamentele nel modo migliore. «Era quello che volevi, mia cara, non dimenticarlo mai.»

Adelaide scrollò le spalle. «Suppongo che tu abbia ragione.»

«Tu, Emma e Meg andate fuori oggi?» le chiese.

Le si illuminò il viso. «Sì. La mia prima volta dopo l'incendio. Devo dire che mi piace Meg. È molto gentile.»

Graham annuì e non ci fu alcuna esitazione quando disse: «Sì. Lo è sempre stata.»

«Sai, sembri davvero molto più a tuo agio ora che hai chiuso la tua faida con Simon» gli disse.

Ne fu sorpreso. «É questo quello che pensi? Che il mio ricongiungimento con Simon sia la causa del mio buon umore?»

«Perché, non è così?»

Le prese entrambe le mani nelle sue e la tirò finché lei non si alzò dalla sedia barcollando e gli finì in grembo. «Ammetto che il ricongiungimento con i miei amici mi toglie un peso terribile dalle spalle. Ma se sono felice, se sono allegro, se sono in pace con il futuro... questo, mia cara, è tutto grazie a te.»

Adelaide si chinò, sfiorando le labbra contro le sue. Quando si allontanò, disse: «Ho sentito tu e James parlare del matrimonio ieri sera quando ci siamo riuniti a voi due dopo il vostro porto. Sai, ora che mia zia se n'è andata, non c'è bisogno di affrettarsi.»

Graham sollevò entrambe le sopracciglia. «Non sono affatto d'accordo. C'è decisamente bisogno di affrettarsi. Ti adoro e voglio che tu sia mia moglie il prima possibile.»

Lei arrossì. «Quando lo dici non mi sembra ancora vero.»

Le passò le dita tra i capelli, prendendola delicatamente per la nuca. Lentamente, guidò le labbra di nuovo sulle sue, e appena prima di reclamare la sua bocca ancora una volta, disse: «Be', dovrò sforzarmi di farlo sembrare molto reale... in questo preciso istante.»

E la baciò, e tutto fu di nuovo a posto nel suo mondo. Tutto grazie a lei.

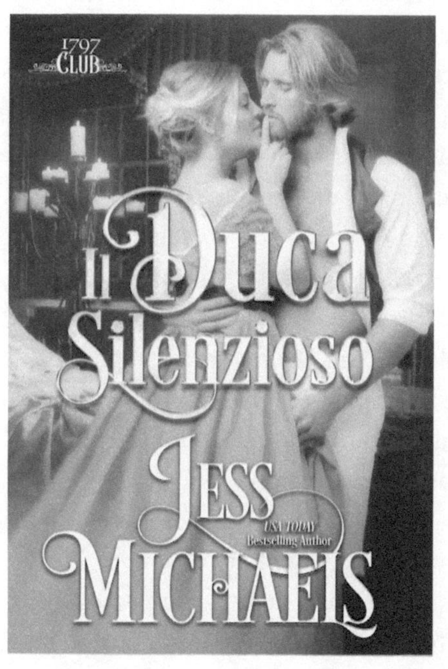

Charlotte lanciò alla sua cameriera uno sguardo dispiaciuto quando la carrozza sobbalzò sulla strada scivolosa a causa del nevischio. Sylvie sembrava terrorizzata e Charlotte non poteva biasimarla. Erano le condizioni peggiori per un viaggio. Il freddo permeava la carrozza, erano sommerse di coperte e la pioggia scorreva sui finestrini, trasformandosi in ghiaccio nel giro di pochi secondi così che non si poteva vedere bene fuori.

Non che Charlotte avesse bisogno di vedere la casa per sapere dov'erano. Quando Ewan aveva ereditato tre anni prima, sua zia aveva insistito che venisse indetto un ballo per festeggiare. Lei era venuta con Nathan ed era scivolata via per memorizzare ogni linea e ogni fessura della casa di Ewan.

Scosse la testa e si allungò a toccare la mano di Sylvie. «Ormai siamo quasi arrivate, cara.»

Alla giovane battevano i denti mentre diceva: «S… Sì, milady.»

E proprio come aveva previsto, la carrozza si fermò proprio in quel momento e oscillò quando il loro cocchiere e il valletto cominciarono a scendere. Charlotte sentì delle voci, sia quelle dei suoi servitori che di altri che si affrettavano ad aiutare. Lasciò andare la mano della cameriera e si raddrizzò, con il cuore che batteva all'impazzata mentre quelli fuori faticavano ad aprire la portiera. Alla fine si spalancò e fu accolta da un vortice di aria fredda. Distolse il viso e quando si voltò indietro c'era il castello di Hargrove, la tenuta di Ewan, che si profilava dietro il suo cocchiere.

«State attenta, milady, i gradini sono molto scivolosi» disse Watson offrendole non una ma due braccia per sostenersi.

Charlotte mise il piede sul vialetto con cautela e si stiracchiò la schiena, ignorando la pioggia gelida che le colpiva il viso e le inumidiva i capelli. «Casa» sussurrò.

«Come avete detto, milady?» chiese Watson da sopra la spalla mentre aiutava Sylvie a scendere anche lei.

«Niente, Watson. Trovate quante più persone riuscite ad aiutarvi a scaricare i bagagli. Non c'è fretta, ma fate attenzione. Non voglio che nessuno si faccia male solo per consentirmi di avere qualche abito di ricambio, mi avete capito?»

Watson si voltò verso di lei con un inchino. «Certamente, milady.

Volete che Reggie vi aiuti a salire le scale che conducono alla magione?»

Charlotte lanciò un'occhiata ai gradini di pietra. «No, sembra che Smith vi abbia fatto spargere il sale, è un uomo in gamba. Dovrei cavarmela da sola. E Sylvie, vai dentro a riscaldarti! Non c'è davvero fretta per le mie cose.»

La cameriera annuì e seguì un altro domestico fino all'ingresso sul retro della casa mentre una mezza dozzina di uomini si precipitavano ad aiutare a scaricare i bauli e le valigie.

La porta si aprì quando arrivò in cima, così corse dentro all'atrio caldo. Smith la stava aspettando e chiuse il portone per tenere fuori il freddo lasciandola a sgocciolare sul suo bellissimo pavimento tirato a specchio.

«Oh Smith, ce l'abbiamo fatta, siamo sopravvissute» disse ridendo mentre toccava i capelli bagnati. Probabilmente aveva l'aspetto di un pulcino fradicio, ma il maggiordomo le sorrise comunque mentre le porgeva il benvenuto.

«Milady, che meraviglia vedervi» disse, «Posso prendervi il cappotto e i guanti? Non avete un cappello?»

«L'ho tolto in carrozza e da vera stupida me lo sono dimenticata quando sono scesa» spiegò. «Dovevo essere troppo eccitata di essere qui.»

«E noi siamo entusiasti di avervi qui, milady. Le strade sono insidiose, eravamo preoccupati.»

Lei annuì. «Lo erano davvero. Abbiamo slittato per tutto l'ultimo tratto. So che i miei servitori si sono guadagnati un buon pasto caldo e poi un po' di riposo.»

«Siamo pronti ad accoglierli» la rassicurò Smith. «E la cena che abbiamo in serbo per loro li riscalderà.»

Probabilmente le avrebbe fatto altre domande. Se voleva del tè o se doveva mostrarle la sua stanza. Ma prima che potesse farlo, Ewan entrò nell'atrio. Be', "entrare" era una definizione esagerata. Si era avvicinato alla soglia dell'atrio e si era fermato a fissarla dall'altra parte della stanza.

E lei ricambiò lo sguardo. Non poteva farci niente. Ogni volta che vedeva Ewan, era più bello di prima. Era alto, ben più di un metro e ottanta, con spalle larghe e fianchi stretti. Aveva i capelli biondi ma erano troppo lunghi e non li legava mai, per cui gli ricadevano intorno al viso. Un viso che cercava di coprire con la barba, ma senza riuscirci mai. Non era possibile coprire la perfezione.

I suoi occhi marroni non si spostarono mai da Charlotte e lei deglutì a fatica mentre il suo corpo reagiva alla sua presenza e al suo sguardo e... semplicemente a lui. Sempre a lui. Solo a lui. Lui era tutto per lei e lo era stato per tutta la vita.

Rabbrividì e scacciò quei pensieri. «Te ne stai in agguato, caro Ewan» disse, sforzandosi di essere disinvolta e allegra per non fargli capire che la faceva tremare molto più di quanto potesse fare una burrascosa giornata d'inverno.

Ewan sorrise. Un sorriso che gli illuminò il viso e lo rese ancora più bello di prima. Era davvero ingiusto.

Smith fece un cenno col capo. «Perdonatemi, milady, devo sovrintendere alle operazioni di scarico.» E lasciò l'atrio.

Charlotte deglutì a fatica quando Ewan si avvicinò sempre di più finché non le fu proprio di fronte e la torreggiò. La fissava e profumava di calore, di uomo e di pelle pulita.

«Sei bagnata» indicò nella vecchia lingua dei segni che avevano inventato nel corso degli anni. Era stata pensata per rendergli più facile comunicare con i suoi amici, ma era diventata così complicata che nessun altro sembrava essere in grado di impararla.

E così, come aveva suggerito Meg una settimana prima, ora apparteneva solo a loro.

Charlotte si agitò alle parole che aveva usato. Se solo avesse saputo. Era bagnata, ma non solo per la tempesta. Lo voleva. E il suo doppio senso, anche se involontario, non aiutava le cose.

«Sì, è vero» sussurrò con voce roca nella stanza silenziosa.

Intravide un guizzo sul viso di Ewan che poi scomparve. Ricominciò a gesticolare: «Smith si occuperà di tutto. Lascia che ti accompagni nella tua stanza così puoi riscaldarti.»

«Sarebbe meraviglioso, grazie Ewan.»

Rimasero fermi uno di fronte all'altra per un istante e poi Ewan le offrì lentamente il gomito. Lei allungò la mano, tutto al rallentatore e quando lo toccò, fu raggiunta da una scossa elettrica di consapevolezza. Con lui era sempre così.

La accompagnò attraverso l'atrio e su per le scale mentre lei diceva cose senza importanza sulle strade, il tempo e il ponte che si doveva attraversare per raggiungere la tenuta.

Lui non gesticolò nulla in risposta, ma annuì nei punti salienti delle sue chiacchere. Alla fine raggiunsero una porta e lui la lasciò andare per aprirla. Charlotte entrò e prese fiato. Era la stessa stanza in cui aveva soggiornato durante la sua ultima visita. Una bella camera che si affacciava sul giardino e più in là, sul mare. Ovvero, si sarebbe visto il mare dopo che la tempesta avesse smesso di cancellare ogni traccia dell'oceano in lontananza.

Quando l'aveva visitata in passato, la stanza era stata semplice, ma ora era luminosa e allegra. Le pareti erano di un rosa tenue, in qualche modo c'erano dei fiori sul tavolo, nonostante il periodo dell'anno. Tutto era perfetto.

E ancora una volta ebbe la sensazione di essere a casa.

Cercò di non pensarci e si voltò verso di lui. «Adorabile, Ewan. È bellissima.»

Lui sostenne il suo sguardo un attimo di troppo e poi annuì.

«Quando arriveranno gli altri?» gli chiese, facendo scorrere un dito lungo il bordo di una brocca che era stata posata sul tavolo accanto alla finestra. «Spero presto, perché le strade sono molto pericolose, sono preoccupata per Baldwin e mamma, Matthew e tua zia.»

Ci fu un altro guizzo sul viso di Ewan e poi a segni le disse: «Temo che non ce la faranno, Charlotte. Vedi, i miei servitori hanno chiuso il ponte dopo che ci siete passati voi. È troppo insidioso per lasciare che chiunque cerchi di attraversarlo adesso. Gli altri si fermeranno alla locanda di Donburrow e alloggeranno lì finché non sarà di nuovo sicuro viaggiare.»

«Oh» fece lei, sbattendo le palpebre mentre restava scioccata a questa notizia inaspettata. «Capisco. Be', naturalmente, il fiume era così alto sotto il ponte che poteva finire sommerso.»

«L'anno scorso è successo.»

Charlotte continuò: «E poi tutto quel ghiaccio. Domani allora?»

Lui deglutì e lei osservò il movimento affascinata. Ogni mossa che faceva era così... elegante. Ma allo stesso tempo forte e mascolina. Persino quando mandava giù la saliva ne era ossessionata oltre ogni ragione o decoro.

«Si prevede che continui a piovere per un giorno o due in più» spiegò a gesti. «Potrebbe volerci anche di più perché l'acqua si ritiri abbastanza da poter passare sul ponte. Potrebbe volerci fino a una settimana prima che possano mettersi in viaggio.»

Charlotte restò a bocca aperta. Stava cominciando a capire le implicazioni di quello che le stava dicendo e la sua reazione era così complicata che riusciva a malapena a distinguere il terrore dalla gioia e dall'eccitazione. «Oh. Oh, capisco. Stai dicendo che io e te saremo... soli... per una settimana?»

Ewan annuì e con sua grande sorpresa la guardò lentamente dalla testa ai piedi. In quell'unico sguardo, vide ciò che non poteva negare. Desiderio. Ewan la desiderava, apparentemente non doveva sedurlo per ispirargli passione.

E all'improvviso questo viaggio, questa tempesta, tutto quello che stava accadendo sembrava... un dono della provvidenza.

«Be', tu ed io ci siamo sempre tenuti buona compagnia» gli disse, cercando di mantenere un po' di normalità in modo da non spaventarlo ora che si sentiva così vicina ad avere ciò che voleva. «A me non spiace se non spiace a te»

«Non mi dispiace» si affrettò a gesticolare Ewan, senza esitare.

«Ottimo. Allora mi preparo e ci vediamo a cena?»

«Alle sette» le indicò con le dita.

«Alle sette» ripeté lei, orgogliosa di essere riuscita a non far trapelare il tremito nella voce.

«Ti farò mandare su la tua cameriera» gesticolò. Poi le fece un piccolo cenno con la mano e se ne andò, chiudendosi la porta alle spalle.

Quando se ne fu andato, Charlotte si accasciò contro il tavolo. Dopo la sconcertante chiacchierata con Meg della settimana prima, aveva continuato a chiedersi cosa fare con Ewan. Cogliere l'occasione per sedurlo o lasciare stare le cose per non rischiare un altro rifiuto?

Non era riuscita a prendere una decisione, ma ora l'universo sembrava essere intervenuto a suo favore. Come se una forza maggiore *volesse* farla stare con quest'uomo e farle correre il rischio che era sempre sembrato così impossibile.

E in verità, lo voleva anche lei. Più di ogni altra cosa. Più di respirare. Se questa doveva essere la sua occasione, doveva coglierla e sperare che i risultati sarebbero stati tutto ciò che aveva sempre sperato o sognato.

Jess Michaels è un'autrice bestseller di USA Today a cui piacciono robe da secchioni come Guerre Stellari, giocare ai videogiochi (ha una MEGA cotta per Cullen di *Dragon Age*), guardare la serie tv *Bob's Burgers* e collezionare Funko POP! Beve anche MOLTA Diet Coke. Probabilmente una quantità esagerata e poco salutare, ma è il suo unico vizio. Mangia (quasi) tutti i piatti a base di cocco, qualsiasi piatto al formaggio e nessun piatto piccante (sì, in questo è uno stereotipo ambulante). Le piacciono i gatti, il suo cane Elton e le persone che hanno a cuore il benessere dei loro simili.

Sebbene abbia iniziato come autrice tradizionale pubblicata da Avon/HarperCollins, Pocket, Hachette e Samhain Publishing, e anche da Mondadori in Italia, nel 2015 è passata al self publishing e non si è mai guardata indietro! Ha la fortuna di essere sposata con la persona che ammira di più al mondo e di vivere nel cuore di Dallas.

Quando non controlla ossessivamente quanti passi ha fatto su Fitbit, o quando non prova tutti i nuovi gusti di yogurt greco, scrive romanzi d'amore storici con eroi super sexy ed eroine irriverenti che fanno di tutto per ottenere quello che vogliono senza stare ad aspettare.

Jess è sempre molto felice di avere notizie dai suoi fan. Potete contattarla sul suo sito, tramite mail, e sui suoi social (o con piccione viaggiatore):

www.AuthorJessMichaels.com
Email: Jess@AuthorJessMichaels.com
Twitter: www.twitter.com/JessMichaelsbks

Facebook: www.facebook.com/JessMichaelsBks

OGNI mese Jess Michaels mette in palio un buono acquisto Amazon GRATUITO riservato agli iscritti della newsletter. Registratevi al sito: http://www.authorjessmichaels.com/

Se vi è piaciuta questa storia, lasciate una recensione per favore. Aiuterete altri lettori a conoscerla.

facebook.com/jessmichaelsbks
twitter.com/jessmichaelsbks
instagram.com/jessmichaelsbks
bookbub.com/authors/jess-michaels